Confessions d'une Célibataire ... incorrigible

Catalogage avant publication de Bibliothèque et Archives nationales du Québec et Bibliothèque et Archives Canada

Beaubien, Mélanie, 1975-
Confessions d'une célibataire… incorrigible
ISBN 978-2-89585-423-4
I. Normandin, Julie, 1983- . II. Titre.
PS8603.E352C663 2014 C843'.6 C2014-940379-8
PS9603.E352C663 2014

Les Éditeurs réunis bénéficient du soutien financier de la SODEC
et du Programme de crédit d'impôt du gouvernement du Québec.

Nous remercions le Conseil des Arts du Canada
de l'aide accordée à notre programme de publication.

Nous reconnaissons l'aide financière du gouvernement du Canada
par l'entremise du Fonds du livre du Canada pour nos activités d'édition.

Édition :
LES ÉDITEURS RÉUNIS
www.lesediteursreunis.com

Distribution au Canada :
PROLOGUE
www.prologue.ca

Distribution en Europe :
DNM
www.librairieduquebec.fr

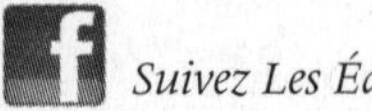
Suivez Les Éditeurs réunis sur Facebook.

Imprimé au Québec (Canada)

Dépôt légal : 2014
Bibliothèque et Archives nationales du Québec
Bibliothèque nationale du Canada
Bibliothèque nationale de France

MÉLANIE BEAUBIEN JULIE NORMANDIN

Confessions d'une Célibataire ... incorrigible

LES ÉDITEURS RÉUNIS

Des mêmes auteures

Mélanie Beaubien :
Intensité recherchée, Éditions ADA, 2011.

Julie Normandin :
Ma revanche sur Cendrillon, Éditions Québec-Livres, 2013.

Mélanie Beaubien et Julie Normandin :
Confessions d'une célibataire, Les Éditeurs réunis, 2014.

À toutes celles qui se posent des questions sur l'amour,
la famille, le couple, l'engagement…

En fait, à toutes celles qui se posent TROP de questions.

Et, surtout, aux amoureuses de la chick lit.

1
Bouilli automnal

— De te dire que je t'aime, Séléna Courtemanche.

Frustrée d'entendre ces mots, je me lève d'un bond, prends Christophe par le bras et le traîne de force vers les toilettes du restaurant où nous déjeunons. J'ai probablement mal compris. C'est impossible que Christophe ait un aussi mauvais *timing*. Je suis en couple avec Daniel et ça m'a pris tellement de temps à l'affirmer et à m'engager « enfin » dans une relation que ce n'est pas le moment de venir tout chambouler.

Il me suit comme un petit garçon de cinq ans qui se fait gronder. Les clients nous regardent d'un drôle d'air. Une fillette cesse de mastiquer sa bouchée et nous fixe. Je lui fais une grimace et poursuis mon chemin, décidée à sermonner Christophe sur ses propos sans queue ni tête. Je claque la porte des toilettes et la verrouille afin de préserver cette « intimité ». Trop emportée par la colère, je n'avais pas vu l'homme qui se tenait devant l'urinoir. Il se la secoue rapidement et nous jette un regard complice, nous signifiant qu'il nous laisse le champ libre pour faire des cochonneries. Encore plus exaspérée, la crise d'apoplexie congénitale imminente, je déverrouille la porte et la lui ouvre toute grande en lui signalant de la main la direction à suivre. Mon visage ne montre sûrement pas que je l'invite à une chaude séance de fellation.

— Es-tu saoul, Christophe ? crié-je. As-tu fumé avec mon voisin ?

Sans lui laisser le temps de répondre, je reprends.

— Tu n'es pas sérieux ?

— Regarde-moi dans les yeux et dis-moi que tu n'es pas amoureuse de moi.

Je le fixe droit dans les yeux, à travers ses lunettes, et lui répète que je ne suis pas amoureuse de lui. Il ne réagit pas à mes paroles. Il s'avance vers moi et je recule par réflexe. Je me retrouve adossée à la porte, prise au piège entre ses bras qu'il étend de chaque côté de moi. Son visage se trouve si près du mien que je sens son souffle sur ma joue. Mon cœur se met à battre la chamade et mes idées s'entremêlent.

— Te voir heureuse avec un autre homme m'a fait réaliser à quel point je tenais à toi.

Il se penche et me murmure à l'oreille :

— Je veux faire des balades à moto avec toi, nourrir Roméo, manger du sucre à la crème de Micheline à tes côtés, boire du thé tous les soirs, jouer au golf avec ton père… En fait, je veux arrêter de faire semblant d'être ton ami. Je veux être ton amoureux.

Je suis bouche bée. Je respire son parfum. La chaleur de son souffle m'enivre.

— Séléna, ne me dis pas que tu es étonnée à ce point. Ça fait des années qu'on se connaît et qu'on se met la tête dans le sable.

— Tu es très égoïste de me dire tout ça maintenant que je suis en couple. Je ne m'appelle pas Marilou. Il ne suffit pas qu'on me fasse un peu de charme pour que je cède à la tentation.

En disant ces mots, je vois surgir dans ma tête le visage de Daniel. Je fais demi-tour sur moi-même, repousse Christophe et tente de déverrouiller la porte. Paniquée, je ne réussis pas. Il pose sa main sur la mienne.

— Ta réaction me démontre que tu ressens la même chose que moi, beauté…

Encore plus paniquée, je tire très fort sur la poignée, ce qui crée un vacarme dans le restaurant. Croyant que la serrure est brisée, un employé intervient.

— Je peux vous aider ? Vous êtes incapable d'ouvrir la porte, monsieur ?

Me rappelant où je me trouve, je fais de gros yeux à Christophe pour qu'il réponde à l'employé que tout va bien. Je reste sur place quelques secondes puis sors d'un pas rapide, sous les regards et sourires amusés des clients. Je laisse 20$ à la serveuse et quitte les lieux.

J'entre dans mon appartement. Daniel m'y accueille une coupe de vin à la main, Roméo perché sur son épaule. Il m'aide à retirer mon manteau et dépose mon sac à main.

— Qu'est-ce que tu traînes là-dedans ? Ça pèse une tonne ! Tu peux bien avoir mal à l'épaule.

Je souris et l'embrasse – un baiser léger et rapide, rien de passionnel. Les paroles de Christophe résonnent encore dans ma tête.

— Tu vas bien, ma belle ? me demande Daniel, inquiet.

— Une journée de fou à la clinique. Une patiente n'attendait pas l'autre. Je suis exténuée.

— Je t'ai préparé un bouilli de légumes de mon jardin. On va se régaler et ça va te redonner de l'énergie. Comme dessert…

Daniel me regarde, un grand sourire sur le visage, voulant me faire comprendre que ce sera lui, le dessert en question. Ouf ! Je n'ai vraiment pas la tête à ça ! Pour ne pas le décevoir, je tente d'entrer dans son jeu, mais il perçoit mon manque d'enthousiasme.

— Ma belle, ton visage me dit qu'on va manger de la crème glacée ce soir, dit-il en riant.

— Désolée ! Journée de merde !

Je file vers la douche et y reste si longtemps que mes doigts ratatinent sous l'eau chaude, me transformant en homard. Je retourne à la cuisine vêtue d'un pyjama en *flanellette* et non en déshabillé de dentelle, histoire de ne pas attiser le feu intérieur de mon amoureux.

J'aime le surnommer mon « amoureux ». Ce mot est tendre à mes oreilles. Marilou me répète souvent que j'aurais dû m'ouvrir bien avant à une relation. Au contraire, je pense que c'est Daniel lui-même qui réveille en moi l'envie de m'engager. Cet homme m'apaise, amenuise tous mes questionnements et déleste mes épaules. En sa présence, je me sens bien et en sécurité. Il faut dire que ses grands yeux verts, sa fossette sur la joue droite, sa joie de vivre et son authenticité me charment plus que tout.

Épuisée, je m'endors en cuillère avec lui, ignorant le texto de Christophe qui vient d'entrer :

Bonne nuit, beauté !

2
Pain de viande à la Diane

Ophélie: Contente de voir que tu fais des efforts « familiaux ».

Marilou: Tu pourrais lui acheter un vibrateur.

Séléna: C'est sa fête, pas son enterrement de vie de fille.

Ophélie: Ton père se marie ?

Séléna: C'est la fête de Diane. Je veux de « vraies » suggestions de cadeaux.

Ophélie: Une journée mère-fille au spa ?

Marilou: Un kit de matante: bonnet de douche, bulles de bain et chandelles parfumées.

Ophélie: Des accessoires de cuisine pour son émission.

Marilou: Un chèque-cadeau pour changer sa coupe ménopause.

Séléna: J'y vais pour les accessoires de cuisine. Merci, les filles !

Impossible de manquer la maison de Diane et de mon père: une quantité industrielle de décorations d'Halloween recouvre le terrain. Un Dracula gonflable, une sorcière suspendue à une branche de bouleau, des fantômes qui flottent au vent, une pierre tombale en mousse de polystyrène, des rires démoniaques qui tournent en boucle, des toiles d'araignées, des épouvantails, des guirlandes de citrouilles et j'en passe. Imaginez le tableau !

Dès que la porte d'entrée s'ouvre, Brandon (le Yorkshire de Diane) court vers moi, chaussé de pantoufles en forme de citrouille et vêtu d'un chandail sur lequel on peut lire : « Bouh ». *Sacrament !* Le summum du quétaine se dirige vers moi ! Avec ma résolution d'être en harmonie avec Diane, je retiens mon envie de lui donner un cours 101 de bon goût et de botter Brandon.

Diane arrive à sa suite, accompagnée de mon père qui m'accueille à bras ouverts. Depuis la révélation qu'il m'a faite sur le décès de ma mère, notre relation a pris une tournure plus familiale, et j'y trouve même un certain plaisir. Finis les SPMF (syndromes prémenstruels familiaux) ! J'embrasse Diane sur les joues en lui souhaitant un joyeux anniversaire.

— Attends que je te montre le gâteau de fête que JE me suis cuisiné. C'est un essai pour l'émission.

Dans deux semaines se tiendra le tournage de l'émission *Un souper presque parfait*, auquel Diane participera avec un GRAND ENTHOUSIASME. J'ai très hâte que ce soit terminé pour qu'elle cesse de nous casser les oreilles avec ses recettes et de les tester sur nous.

— J'ai vraiment hâte de rencontrer André Ducharme.

— Tu ne le verras pas, ma *chéroune*. J'arrête pas de te dire qu'il fait seulement la narration, lui rappelle Marcel.

— Je le sais, mais je le trouve tellement beau, et je suis certaine que, s'il goûtait à mes petits plats, il voudrait venir manger ici toutes les semaines.

Mon père me fait un clin d'œil complice, m'invitant à la laisser rêver.

Le souper est un monologue où Diane nous entretient de son menu et de ses stratégies pour gagner la compétition. De temps à autre, je ponctue son discours à coups de « Hum ! », « Oui ! », « Pas vrai ! », « Bien sûr ! ».

Mon père se permet d'émettre un commentaire sur l'entrée « test » que nous dégustons :

— Tu trouves pas ça un peu risqué de servir des sushis en entrée ?

— C'est super à la mode. Les jeunes aiment ça. Parlant de jeunes, tu n'as pas amené ton beau Daniel avec toi ? Il était gêné ? J'espère que c'est pas toi qui es mal à l'aise. Tu n'as pas à avoir peur, on te fera pas honte. Je vais le prendre par l'estomac, ton petit chum...

Si Diane et mon père savaient… Daniel a fortement insisté pour m'accompagner, et j'ai refusé. Je n'ai peut-être plus de SPMF, mais ça ne veut pas dire que je suis prête à partager ma vie sentimentale avec ma « famille ».

— Daniel est cuisinier, tu te souviens ?

— Ben certain ! Il va pouvoir me donner des idées… J'y pense, dit Diane en se levant, surexcitée, il pourrait m'aider pour mon émission. Ma sœur pourrait venir, elle qui écoute tous les programmes de cuisine. Je suis certaine qu'elle aimerait ça, partager ses trucs.

Découragée, j'imagine mal Daniel en compagnie des *sisters* à la coupe ménopause, chantonnant tout en mitonnant de petits plats.

Diane retourne à la cuisine et tente d'incarner l'hôtesse parfaite en vue du tournage de l'émission.

— Je vous ressers de l'eau et vous apporte du pain à l'instant. Ils oublient toujours ça dans l'émission. Pas vrai, Marcel ? Comme plat principal, vous goûterez au « pain de viande à la Diane ». Ne cherchez pas à découvrir mon ingrédient secret. C'est un truc de ma sœur que je ne dévoilerai pas. *Mosus* et bouche cousue.

— On dit « motus et bouche cousue », ma *chéroune*, la corrige mon père en souriant.

Mon seuil de tolérance personnel vient d'atteindre sa limite. À partir de maintenant et jusqu'à la fin de la soirée, je déploierai des efforts gigantesques pour me retenir d'émettre des commentaires désobligeants envers ma belle-mère. Je ne garantis pas, cependant, que mon langage non verbal ne laissera pas transparaître mon exaspération.

Après avoir subi le gâteau d'anniversaire « à moi de moi » et l'hymne national qui l'accompagne, je lui offre mon cadeau. Diane est tellement émue qu'elle doit s'asseoir pour reprendre ses esprits. Heureusement que je n'ai pas écouté Marilou avec son idée de vibrateur.

— Une chance que Séléna est médecin, parce que tu es beaucoup trop sensible, ma chérie. Mais j'aime bien que tu puisses être aussi heureuse avec des petites choses.

Mon père me regarde, les yeux amoureux, et poursuit :

— C'est ce que j'adore de Diane. Pas besoin de lui offrir une croisière ou un diamant pour l'enchanter.

On frappe à la porte. Pendant que mon père va répondre, je tente du mieux que je peux d'apaiser Diane-la-fleur-bleue-de-mon-père.

— Ah ben, mon préféré ! s'exclame mon père.

Diane accourt vers l'entrée, curieuse.

— Ah ben, si c'est pas mon beau jeune homme! Je suis tellement contente que tu sois là pour mon anniversaire.

Je me lève à mon tour et aperçois Christophe en train de faire une accolade à mon père et d'embrasser Diane sur les joues. Abasourdie, j'en perds le souffle et fige sur place.

— Viens t'asseoir, je t'offre une crème de menthe, dit Marcel en le prenant par les épaules. Ça doit bien faire trois ans que je t'ai pas vu! Raconte-moi comment ça va dans ta vie. Je te sers quelque chose, Séléna?

— Non, merci! Je partais à l'instant.

Ma réponse laisse Diane et mon père pantois. Je m'esquive et claque la porte avant qu'ils puissent s'opposer à mon départ. Je déteste les scènes, mais là, c'est plus fort que moi. Qu'est-ce qu'il lui a pris de se présenter ainsi chez mon père sans avertir? Je ne lui ai pas donné de nouvelles depuis quatre jours; il me semble que ça ne prend pas un doctorat pour comprendre que c'est parce que je n'ai pas envie de lui parler.

Je démarre ma voiture et pars sur les chapeaux de roues, propulsant la *garnotte* de l'entrée. Je dois absolument tout dévoiler à Ophélie. Elle saura quoi me dire, car je ne sais plus quoi penser.

Anabelle, ma Fiat 500, roule à vive allure sur l'autoroute Henri-IV. Je m'apprête à changer de voie pour doubler une voiture quand je remarque une moto dans mon angle mort.

Les $%&*$ de motocyclistes qui roulent comme des fous ! Tu regardes dans ton rétroviseur, tu ne vois rien, et quelques secondes plus tard, il y en a un qui se retrouve à côté de toi. Celui-ci me devance et je me retiens de l'envoyer promener. Puis je me rends compte qu'il me fait un signe de tête. Christophe ! Je lui fais un doigt d'honneur et appuie sur l'accélérateur. Il me rattrape et me fait signe d'arrêter à la halte routière, à la prochaine sortie. Consciente que je ne pourrai pas fuir indéfiniment la discussion, j'actionne mon clignotant.

Heureusement, la halte routière est presque déserte, à l'exception des camionneurs qui se sont arrêtés pour un court repos. Furieuse, je parque Anabelle et mets brusquement le frein à main. Je claque la portière très fort, bien décidée à engueuler Christophe et à lui dire ses quatre vérités. Je fulmine, les mots se déchaînent dans ma tête pendant que je me dirige vers lui d'un pas décidé. Christophe, lui, l'être le plus zen de la planète après Bouddha, détache lentement son casque. Ses gestes sont calmes ; il m'observe approcher avec ses grands yeux bruns, la chevelure en bataille.

Au moment où je m'apprête à le houspiller, le camion de la cantine arrive dans le stationnement. Une boîte argentée étincelante remplie de sandwichs sans croûtes, de sacs de croustilles périmés et de langues de porc dans le vinaigre. Le conducteur m'observe avec un large sourire dissimulé sous sa grosse moustache. Je lui fais signe que je ne veux rien. Signe impossible à ne pas saisir tellement la colère me domine. Voyant que les camionneurs sortent de leurs véhicules pour se restaurer, je prends Christophe par le bras et l'entraîne jusqu'à la table à pique-nique la plus éloignée, celle située juste à côté de la poubelle qui déborde et qui est décorée de fiente de mouettes. Sur une échelle de 1 à 10, 10 étant la crise d'apoplexie congénitale, je me situe à 9,99999.

— Qu'est-ce qui t'as pris de débarquer chez mon père à l'improviste ?

Je ne lui permets pas de placer un seul mot et continue sur ma lancée.

— Toi et le sens du *timing*, ça fait deux. J'espère que tu étais au courant, parce que sinon, mon gars, c'est ce soir que tu vas l'apprendre, et pas avec la méthode douce. Qu'est-ce que t'aurais fait si Daniel avait été avec moi ? T'aurais dit quoi pour justifier ta présence ? Que tu faisais du porte-à-porte pour vendre du chocolat ? C'est n'importe quoi, depuis quand tu te permets de foutre ma vie en l'air ?

— C'est ce que tu penses, que je fous ta vie en l'air ?

— Je t'emmerde, Christophe, lui lancé-je en quittant la table en direction des toilettes.

Décidément, nos discussions se terminent toujours dans des endroits qui nous font évacuer.

Après avoir pénétré dans deux cabines aux cuvettes bouchées et remplies de papier, j'en trouve enfin une qui est moins insalubre que les autres. L'odeur du savon rose *cheap* qui pue parfume l'atmosphère. Je suis si dégoûtée que j'utilise un bout de papier pour verrouiller la porte. J'essaie autant que possible de ne pas effleurer les murs. S'il fallait que je touche à quoi que ce soit en baissant mon pantalon… Vive le Purell ! Je m'accroupis et m'installe pour bien viser. Je suis fâchée au point d'être incapable de faire pipi. Au même moment, j'entends des pas.

— Séléna ?

— Pas moyen d'avoir la paix deux minutes.

— J'ai plus de chances de réussir à te parler ici. Moins de possibilités de fuites de ta part.

Les culottes baissées, je lui crie :

— Veux-tu bien me laisser finir ce que j'ai commencé ?

— Veux-tu bien me laisser parler, Séléna ! Promis, après je ne t'embête plus.

— Non ! Prends ta moto et va-t'en ! Je te rappellerai quand j'aurai oublié ton acte égoïste. Tu me fais chier.

— C'est un peu trop de détails, dit-il en riant tout bas.

Ses pas s'éloignent et la porte se referme. Tant pis, je m'assois afin de me vider la vessie une fois pour toutes. Au loin, le bruit de sa moto m'indique qu'il reprend la route. Tout à coup, les larmes me montent aux yeux. Je regrette aussitôt d'avoir été brusque avec Christophe. Je me rends compte que ma colère est en fait une désagréable vulnérabilité que je repousse depuis des jours. Je n'ai pas répondu à ses appels ni à ses messages ; je l'évite à l'hôpital, tout ça parce que j'ai peur. Peur de ce que je pourrais lui dire et, surtout, peur de faire du mal à Daniel. Les larmes ne cessent de couler. Je me sens complètement ridicule, comme une gamine qui s'est disputée avec sa meilleure amie. Sauf qu'ici, c'est mon meilleur ami et, de surcroît, un homme qui ne me laisse pas indifférente…

Je m'assure que je suis seule dans la salle de toilettes, me rafraîchis le visage avec de l'eau et tente de reprendre le contrôle de moi-même. Les yeux bouffis et les mains qui sentent le savon rose, je déroule un morceau de papier de trois pieds de long pour ouvrir la porte et enfin sortir de cet endroit.

La porte se referme, je lève la tête et je le vois. Christophe est debout devant moi. Il s'avance et pose sa main dans mon cou. Il essuie mes larmes qui ne cessent de couler et m'embrasse. Je me retrouve aussitôt en pensée dans cette chambre d'hôtel, où, il y a quelques mois, la même tendresse m'avait envahie. Je me sens si bien…

3

Du pain sec et de l'eau

— Ça y est, je suis enceinte. J'en suis certaine. Il se passe quelque chose en moi, je le sens.

— Qu'est-ce que tu sens ? Tu as mal aux seins ? Tu as des nausées ? demandé-je.

— Non, mais je le sais, affirme Ophélie.

Marilou renchérit :

— Ophélie nous fait le coup du « tu ne peux pas comprendre, une mère sent ces choses-là ».

— Vous verrez bien dans deux semaines quand je ferai un test de grossesse.

— Tu sais qu'en moyenne, pour devenir enceinte, ça prend un an. Je ne voudrais pas que tu sois déçue de ne pas avoir réussi au premier essai.

— Séléna, j'en suis certaine. Ma belle-sœur est tombée enceinte après un mois. Ma cousine, pendant qu'elle prenait la pilule, et ma mère, parce qu'elle a oublié de mettre un condom, un soir. C'est génétique. Je suis faite pour être maman, vous le savez.

— C'est vrai que j'ai très hâte que tu accouches pour que tu cesses de nous materner, commente Marilou.

— Donc, pas de vin pour toi ce soir ?

— Merci, mais non, merci, dit Ophélie, très heureuse de se contenter d'un Virgin Caesar.

Ophélie vit dans un conte de fées depuis qu'elle a cinq ans, quand sa mère a commencé à lui lire des histoires de princesses pour l'endormir. Jour après jour, elle s'est bâti un conte qui s'intitule : *Ophélie et sa vie parfaite*, dont elle est la protagoniste et le seul personnage de l'histoire, devrais-je préciser. De toute façon, personne ne souhaite habiter son château imaginaire. À quoi bon être parfaite ? Premièrement, c'est impossible. Et c'est tout simplement de plus en plus frustrant de se frapper à la réalité des gens qui nous entourent. C'est un fait, les gens détestent tout ce qui se rapproche un tant soit peu du préfabriqué. Deuxièmement, porter un masque tous les jours, c'est trop épuisant pour le commun des mortels. Ophélie y arrive, et c'est à se demander comment ! Troisièmement, la vie n'est pas un film ou une téléserie ni même un court métrage et encore moins un vidéoclip. Ophélie nous répète souvent qu'elle aimerait que la musique du film *Aladin et la lampe magique* joue en trame de fond de sa vie.

♫ *«Je veux t'offrir un monde aux mille et une splendeurs. Dis-moi, princesse, n'as-tu jamais laissé parler ton cœur? Je vais ouvrir tes yeux aux délices et aux merveilles. De ce voyage en plein ciel au pays du rêve bleu.»*

Elle ne nous l'a jamais avoué, mais je sais qu'elle conserve précieusement dans sa garde-robe une boîte avec des livres, des toutous et des trucs de bébé. J'ai moi-même déménagé cette boîte dans sa nouvelle maison. Devenir mère est une évidence pour Ophélie autant qu'il était clair pour Galilée que la Terre était ronde ou que le père Noël existe pour un enfant de quatre ans. En ce qui me concerne, je n'ai jamais cru en ce gros bonhomme vêtu de rouge, au grand désespoir de mes parents. Et pour ce qui est de devenir mère, je penche plutôt du côté de l'abstention en ce moment, puisque je veux des enfants, mais pas avec n'importe qui. J'ignore si être «fuckée» se transmet génétiquement, mais je n'ose pas en tester l'hypothèse. Par contre, je ne dis pas non au rôle de la *matante* la plus cool du monde.

— Si c'est une fille, je veux être marraine, m'exclamé-je, excitée.

— Si c'est un garçon, ça sera moi alors.

— J'ai mon mot à dire et Xavier aussi.

Marilou et moi répondons en chœur:

— Non!

Ce moment avec les filles me permet de penser à autre chose qu'à la scène Christophe-et-Séléna-à-la-halte-routière. Sachant très bien que je ne peux en parler à Marilou parce que Daniel est son frère, j'attends qu'elle parte pour me confier à Ophélie. Je suis en train de me rendre malade à force de retenir la colère que je ressens envers Christophe.

— Pourquoi il m'a dit ça? Pour une fois que j'arrive à m'engager avec un gars dans la vie, c'est là qu'il décide de me faire sa grande déclaration. Bravo! Méchant bon *timing*, mon champion!

— Daniel est au courant de quelque chose?

— Es-tu folle! T'es la première et la dernière à qui j'en parle. Ophélie, dis-moi quelque chose, je t'en supplie.

— Ce que j'en comprends, c'est que tu l'aimes, ma chère Séléna…

— Tu as du vin? demande Ophélie.

Je sursaute au son de sa voix derrière moi. Je suis tellement concentrée à appliquer une couche de vernis rouge sur mes orteils que j'en ai la langue sortie.

— Je ne t'ai pas entendue entrer, Ophélie. Qu'est-ce que tu fais ici?

Elle me tend un test de grossesse où un « Non » figure dans la case de lecture. Elle retire son foulard et enlève sa tuque tout en se dirigeant vers mon cellier. Quand je dis cellier, je parle de trois bouteilles qui n'ont jamais le temps de refroidir, mais bon !

Depuis deux jours, la neige ne fait que tomber en ce début de mois de novembre. Je regarde dehors et admire le paysage. Quand j'étais petite, ces premières bordées de neige représentaient des moments de réjouissance. Mon père et moi avions l'habitude de construire un gros bonhomme de neige à l'avant de la maison et d'aller glisser dans le parc. Ma mère nous attendait à l'intérieur avec un succulent chocolat chaud, lorsque son humeur le lui permettait. Ces dernières années, ce sont Micheline et Raymond qui me reçoivent avec une boisson chaude et des carrés de sucre à la crème. D'ailleurs, je me demande bien comment vont mes chers voisins. Je n'ai pas eu de leurs nouvelles depuis quelques jours.

Ophélie dépose son manteau sur le dossier d'une chaise de la cuisine avant de se remplir une grande coupe de vin et de m'en servir une plus petite.

— Tu n'avais pas envie de boire directement à la bouteille, un coup parti ?

Elle hausse les épaules… Mauvais signe !

— J'étais certaine qu'une petite vie se formait dans mon ventre.

Je la regarde, mi-désespérée, mi-déçue pour elle.

— Je n'ai pas envie que ça prenne un an, c'est trop long, dit-elle d'une voix enfantine.

— Ce n'est pas toi qui disais vouloir laisser la nature faire son chemin ? Que faire l'amour ne doit pas devenir une corvée ? Que les hystériques qui pleurent chaque mois à cause d'un test négatif exagèrent ?

Elle ignore mes questions.

— Tu crois que c'est parce que j'ai presque 35 ans ? Les chances de devenir enceinte à cet âge sont de 12 % à chaque cycle, comparativement à 25 % quand on est dans la vingtaine.

— Premièrement, tu as 31 ans. Deuxièmement, ça fait seulement un mois que vous essayez d'avoir un enfant. On se calme !

Connaissant Ophélie, elle est probablement allée chercher ces informations sur un forum de discussion de filles pressées, incapables d'attendre leurs règles pour savoir si elles sont enceintes et qui partagent leur questionnement avec toute l'intimité de leur vagin.

Bellebedaine.ca

Auteur	Sujet : Humidité dans les bobettes
Leila77 Invité	Bonjour, Je voudrais savoir si des femmes enceintes peuvent avoir des pertes blanches au point d'avoir des sensations d'humidité dans leurs bobettes. Si oui, combien de temps cela a duré ? Merci de me répondre.
Jen27 Invité	😕 Moi aussi !
Caro1984 Membre	J'ai des tiraillements dans le bas du ventre, des nausées, des aigreurs d'estomac, des pertes très abondantes de couleur blanchâtre et des élancements dans la poitrine. Je dois normalement avoir mes règles demain, mais je n'ai pas eu de pertes marron comme d'habitude. Pensez-vous qu'il soit possible que je sois enceinte ?
MissSteph29 Invité	Help les filles ! ! ! 😬 Les filles, j'ai des nausées depuis une semaine et je suis en retard dans mes règles. Mes mamelons ont durci. Pensez-vous que je suis enceinte ? Je n'ose pas faire un test de peur d'être déçue. Aidez-moi ! ! ! ☹

— *Please*, Ophélie. Arrête de consulter ces sites-là. C'est juste des filles qui prennent tout pour des symptômes et qui se créent de l'espoir entre elles.

Internet représente le cauchemar de tous les médecins.

— J'aimerais te rappeler que je suis médecin et que ma spécialité est l'obstétrique. Fais-moi confiance. Relaxe et profite de Xavier et de son gros engin… Comment il s'appelle déjà ?

— Franchement, c'est Marilou qui surnomme le pénis de Benjamin Hulk Hogan, dit Ophélie, offusquée.

— Fais l'amour et ne pense pas à faire un bébé. Tout va bien aller.

Ophélie ignore mes conseils et baisse les yeux. Je crois percevoir de la honte et c'est pourquoi je m'empresse de vérifier mon hypothèse.

— Ne me dis pas que tu as accusé Xavier d'avoir de mauvais spermatozoïdes et que tu l'as forcé à passer un spermogramme ?

— Non… mais ce matin, j'ai appelé dans une clinique de fertilité.

Sans voix, je suis sans voix.

— T'es pas sérieuse.

Elle acquiesce, tout en gardant le nez dans sa coupe de vin. Je la supplie de me regarder dans les yeux en me jurant qu'elle n'a pas fait ça. À son silence, je comprends qu'elle ne plaisante pas. La secrétaire de la clinique a sûrement levé les yeux au ciel, habituée de rencontrer des femmes qui deviennent carrément obsédées lorsqu'elles désirent un enfant et qui s'imaginent pouvoir procréer du jour au lendemain.

Après cette première déception, Ophélie a rapidement retrouvé son enthousiasme et s'est mise à lire tout, et je dis bien tout, au sujet des « essais bébés » : livres, articles, Internet, positions sexuelles favorisant la fécondation et température qui indique le moment de l'ovulation. Elle a même modifié son alimentation, coupé l'alcool et exigé de Xavier qu'il évite de manger de la poutine et du sucre dans le but que ses spermatozoïdes se transforment en superhéros. Le plus drôle, quoique Marilou et moi ne lui ayons rien dit afin de ne pas crever sa bulle ou de la faire tomber de son nuage, c'est qu'elle souhaite maintenant réduire son stress… Mon œil ! Le jour où Ophélie sera zen, Marilou sera la plus indépendante et engagée des amoureuses qui soit, et moi, je serai mariée depuis cinq ans, mère de trois enfants et au volant d'une minifourgonnette.

— J'ai lu que le stress joue un rôle dans l'infertilité, s'inquiète encore Ophélie.

— Tu n'es pas infertile. Tu es une fille normale qui tente d'avoir un enfant. Cinq embryons sur six meurent et les femmes ne s'en rendent même pas compte. C'est pour te dire à quel point ce n'est pas facile de devenir enceinte.

— Tuttt ! Tuttt ! dit Ophélie avec son ton d'enseignante, je mets toutes les chances de mon côté.

— C'est bien, mais il ne faudrait pas que tu en fasses une obsession. Obsession = stress = moins de probabilités de devenir enceinte.

Évidemment, Ophélie a élaboré un plan pour réduire son stress, tout le contraire du lâcher-prise qui constituerait pourtant la solution. Et nous faisons partie de ce plan… C'est pourquoi nous nous apprêtons à recevoir un enseignement sur l'art de la méditation.

— C'est le summun du n'importe quoi, dis-je aux filles en garant la voiture en face du centre bouddhiste pendant qu'Ophélie, le sourire fendu jusqu'aux oreilles, excitée d'avoir réussi à nous traîner jusqu'ici, s'affaire à payer le stationnement.

Nous nous dirigeons, Marilou et moi, d'un pas incertain vers la porte d'entrée.

— Est-ce qu'il fallait apporter un tapis ? Des culottes en lycra ? De l'encens ?

— J'ai mon tapis au cas où, mentionne Ophélie, emballée de rencontrer Bouddha.

Nous sommes accueillies par un homme qui nous salue tout en prenant une grande inspiration. Le silence règne dans cette grande salle sobre, seul le frottement de nos manteaux d'hiver et de la neige collée sous nos bottes résonne.

— Est-ce qu'il reste de la place pour la méditation de dix heures ? s'informe Ophélie.

Je balaie du regard la pièce où siègent deux femmes au milieu d'une trentaine de chaises vides.

— C'est la première fois que vous venez assister à un enseignement ? se renseigne l'homme à la voix de fumeur exhibant une grosse chaîne en or.

Aucunement l'image que je me faisais d'un adepte de la méditation.

Pendant qu'Ophélie paie pour nous, nous enlevons manteaux et bottes, inquiètes du déroulement de la séance.

En attendant l'arrivée du moine, je me dirige lentement vers la bibliothèque située au fond de la salle. Les titres sont tous aussi zen les uns que les autres : *La respiration 101*, *Comment équilibrer ses chakras*, *Dix étapes vers le bonheur*.

Voyant que tous les autres (les deux femmes, le fumeur et les filles) sont en pantoufles, je retourne à l'accueil pour en choisir une paire que bien des gens ont enfilée avant moi. Ça me répugne, mais je ne veux surtout pas que le moine me foudroie du regard pour avoir souillé son temple. Faire profil bas, voilà mon objectif.

En fouillant dans le panier à pantoufles, j'en trouve deux paires de ma pointure. La première est tricotée en laine et a été portée si souvent qu'elle est décolorée et trouée. Je frissonne de dégoût et opte pour la seconde, qui est ornée de têtes de lapin rose. La scène est ridicule. *Please!* Faites que ça ne dure pas longtemps et qu'Ophélie assimile rapidement les enseignements pour ne plus avoir à revenir ici.

J'ai peur qu'un fou rire s'empare de moi. Quelle est la punition pour avoir ri dans la face d'un moine? Sept ans de malheur? Sept ans de mauvais sexe? Ouf! Je préfère ne pas y penser.

Je vais rejoindre les filles qui admirent une affiche sur laquelle figurent probablement des commandements. Je me place entre elles et fixe le mur. Marilou regarde mes pieds, aux allures de lapins empaillés, et couvre sa bouche pour ne pas éclater de rire. Ophélie se met aussi à rire, elle en a même les larmes aux yeux.

— Ben quoi? Ce sont les seules qui me convenaient! dis-je en chuchotant.

Incapable de me retenir, je m'esclaffe à mon tour, tentant de faire le moins de bruit possible. Trois belles dindes à admirer un mur, et ayant un fou rire contenu… De toute beauté ! Je décide de m'éclipser la première à l'autre extrémité de la pièce avant que cela ne provoque l'hilarité générale. Je m'efforce de penser à autre chose, le temps que le moine se pointe le bout du nez.

Une fois calmée, je m'assois près d'une des dames qui ont pris place dans la première rangée, pour ne pas voir mes amies. Ces dernières s'installent complètement à l'arrière, dix chaises les séparant l'une de l'autre. Je suis étonnée qu'Ophélie ne soit pas près de moi, elle qui a toujours eu l'habitude de se placer à l'avant à l'école, histoire de suivre à la lettre les propos du professeur.

La dame à mes côtés m'explique que lorsque le moine entrera, nous devrons nous lever pour l'accueillir. À peine une minute plus tard, il pénètre dans la salle. Si « ça » c'est un moine, j'en suis un aussi ! L'homme au début de la trentaine porte un jeans délavé et une chemise bleu foncé. Il exécute un rituel avant de s'asseoir. Il nous explique ensuite qu'il remplace le moine habituel, parti en retraite spirituelle d'un mois. Il s'appelle Jonathan et je trouve qu'il ressemble à Passe-Montagne !

Le héros de mon enfance utilise un iPod – qu'il semble d'ailleurs avoir beaucoup de mal à démarrer – pour faire jouer une musique de détente. Très techno pour un moine, un peu trop même, je dirais.

— Eh merde ! dit-il tout bas.

Un moine qui emploie un gros mot ! On aura tout vu.

Je me retourne vers les filles, surprise. Ophélie, les yeux fermés, se tient bien droite, les mains déposées sur ses genoux, prête à entrer en transe. Quant à Marilou, sa tête est penchée vers l'avant et ses épaules sautillent. J'en déduis qu'elle est morte de rire. Je dirige de nouveau mon regard vers le moine pour éviter de rire à mon tour.

— Bienvenue à la séance. Je vois que nous avons des petites nouvelles aujourd'hui, dit Passe-Montagne, assis confortablement sur son trône constitué de coussins empilés les uns sur les autres.

Il me fixe tout en me saluant. Je me sens rougir de la tête aux pieds, éprouvant un profond malaise.

— Puisque c'est la première fois que vous assistez à un enseignement, sachez que nous débuterons par une méditation de vingt minutes. Par la suite, je ferai un enseignement bouddhiste.

Je pensais venir assister à un cours pour maîtriser mon stress, pas me retrouver dans une secte. J'ai envie de prendre mes jambes à mon cou avec mes lapins, mais j'ai vu le fumeur verrouiller la porte… Ma théorie de la secte devient de plus en plus réaliste. Vont-ils nous brûler vives sur le trône ou, pire encore, nous quêter de l'argent ? Moi qui n'ai jamais été très pratiquante, je ne pensais pas me convertir prochainement. Les seules fois où je suis allée à l'église lorsque j'étais jeune, c'était au baptême de ma petite cousine – dont je ne me souviens même plus du nom – ou quand ma mère m'obligeait à servir la messe à Noël. J'ai compris, plusieurs années plus tard, que lorsque les gens ne déposaient pas d'argent dans le panier ou qu'ils détournaient le regard au moment de la quête, c'est qu'ils ne voulaient pas contribuer à la vie paroissiale. Sauf que moi, étant trop jeune et inculte, j'insistais très fortement en mettant sous leur nez mon petit panier en osier. Ce qui m'a valu bien des regards réprobateurs.

— Le ciel est bleu. La mer est calme..., dit Passe-Montagne d'un ton beaucoup trop zen à mon goût.

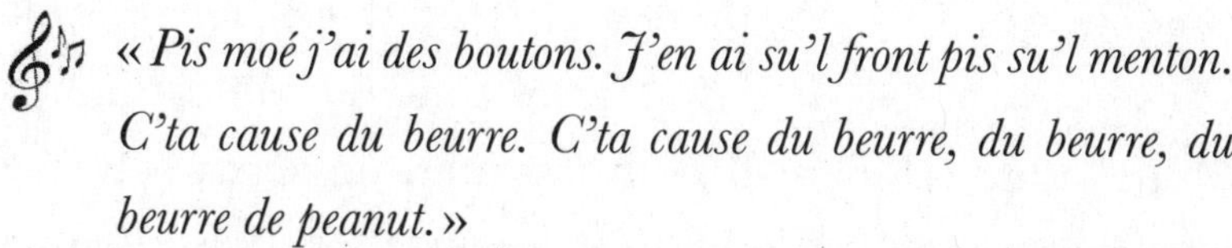

« Pis moé j'ai des boutons. J'en ai su'l front pis su'l menton. C'ta cause du beurre. C'ta cause du beurre, du beurre, du beurre de peanut. »

Je suis incapable de méditer. La seule chose qui tourne en boucle dans ma tête, c'est cette chanson que je m'amusais à chanter à mon voisin pas fin et boutonneux quand j'étais petite. Ce que ça peut être méchant, un enfant ! C'est mon père qui me l'avait apprise. Lui qui était passé maître dans l'art de modifier les paroles.

J'ai pour mon dire qu'une zénitude à l'extrême peut constituer autant un signe de maladie mentale qu'une personne stressée à l'extrême.

Après quelques minutes, sans aller jusqu'à croire que je lévite, je dois avouer que je me détends. Ophélie avait peut-être raison, sortir de notre zone de confort peut s'avérer bénéfique.

Je suis subitement tirée de mon état zen en entendant Passe-Montagne murmurer: «Nous devons nourrir les fantômes autour de nous. Il suffit de garder quelques bouchées à la fin de notre repas et de les leur offrir en élevant notre assiette au-dessus de notre tête.»

Sti! Ça allait bien! Pourquoi tout gâcher avec tes paroles tirées tout droit d'un film de science-fiction? Pour une fois que je réussissais à ressentir quelques secondes de béatitude, il fallait que tu me ramènes les deux pieds dans mes lapins! C'est effrayant de sortir de notre zone de confort finalement. Nous sommes loin de la compassion prônée par cette école de pensée, du moins ce que j'en connais. Ophélie a dû trouver le nom de ce centre dans une boîte de *popcorn* au caramel ou sur un forum de discussion de femmes enceintes.

Je me retourne afin de regarder la réaction des filles aux propos du moine. Ophélie, toujours les yeux fermés, semble absorber comme une éponge la moindre parole de Passe-Montagne, qui commence d'ailleurs à avoir un peu de crème blanche aux coins de la bouche (signe d'un stress élevé et d'un manque de salive). J'irais bien lui servir un verre d'eau, mais j'ai trop peur de me faire jeter un mauvais sort. Marilou me fixe avec des yeux de grenouille (comprendre ici : des yeux exorbités) et un regard signifiant qu'elle souhaite tout autant que moi se sauver par la porte arrière.

Je prends mon mal en patience en me demandant ce que je vais manger pour souper et en pensant à ma brassée de linge sale. Très efficace pour s'imaginer ailleurs qu'ici.

— Merci d'avoir assisté à cet enseignement. Au plaisir de vous revoir.

Nous nous levons en joignant les mains pour nous montrer reconnaissants envers le moine avant qu'il ne disparaisse derrière son rideau de douche.

Mon premier réflexe est de vérifier si l'homme à la voix de fumeur a déverrouillé la porte. Je me débarrasse de mes têtes de lapin et m'empresse de chausser mes bottes. Ce geste de quelques secondes me semble durer une éternité, puisque je dois retenir un puissant fou rire.

Une fois assises dans la voiture – Ophélie étant en grande discussion avec les deux femmes qui assistaient à « ça » –, Marilou et moi éclatons de rire. Nous citons à tour de rôle les moments marquants de cette expérience, que nous pouvons presque qualifier de troisième type. Ophélie nous retrouve dans l'auto et nous gronde en prenant place à l'arrière.

— Arrêtez de vous cacher derrière un masque de rigolade. Soyez honnêtes envers vous-mêmes. Cet enseignement était profond et constructif. Retenez…

Marilou lui coupe la parole avant qu'Ophélie me demande d'offrir ma barre tendre au fantôme affamé qui se tient à mes côtés.

— Ça va faire, la bouddhiste en herbe. C'est toujours ben juste une heure que tu viens de passer dans un centre, et non trois mois en Inde dans un temple. On va se calmer.

Ophélie est brusquée par les paroles de Marilou, qui n'use jamais de délicatesse. Son menton tremble et ses yeux se remplissent d'eau.

— Vous ne comprenez pas à quel point c'est important que je trouve des moyens de gérer mon stress. Je pense que je viens enfin de trouver LA façon de me calmer…

— T'ovules-tu ?

— Penses-tu vraiment, Séléna, que, si j'étais en période de fertilité, je serais assise dans ta voiture à écouter vos commentaires désobligeants ? Je serais plutôt sous les couvertures avec Xavier à essayer d'attirer la vie en moi !

Voyant que je m'apprête à rétorquer, Marilou me pince la cuisse afin que je me taise. Ophélie, qui constate elle-même le ridicule de la situation, s'avance le visage vers l'avant en reniflant.

— Les filles, est-ce que je suis devenue folle ?

— Pas folle, juste trop zélée. Retiens seulement les trois « P » : patience, pratique…

— Prière ? complète Ophélie en coupant la parole à Marilou.

— Non ! « P » pour promotion canapé dans le *Kamasutra* : l'homme assis sur un canapé, la femme l'enfourchant, les genoux repliés contre son torse, et se penchant lentement vers l'arrière, corrige l'experte en positions sexuelles.

Nous éclatons de rire et continuons à bavarder tout en nous dirigeant vers le restaurant le plus près, à la demande de nos estomacs vides.

4
Champagne et graines de tournesol

Daniel	Christophe
• Bon cuisinier.	• Sexy.
• Fait bien l'amour.	• Travaillant.
• Attentif.	• Sexy!
• Attentionné.	• Il me connaît par cœur.
• Sent bon.	• Attentionné.
• Sourire craquant.	• Belle complicité.
• Prêt à s'engager.	• Julie dans les parages.
• Pas de Julie dans les parages.	• Sort d'une relation.
• M'a fait découvrir de nouveaux intérêts.	• Bon cuisinier.
• A sa propre maison.	• Partage les mêmes intérêts.
• Habite à la campagne (eh oui, la poule de luxe y trouve son compte).	• N'a pas encore réglé toute la paperasse de la séparation.
• Pas de chicane avec Marilou.	• Marilou va me tuer.
• Ophélie va me comprendre.	• Ophélie va me comprendre.
• Roméo l'aime.	• Mon père l'aime.

J'en suis à ma vingt-huitième heure de réflexion, cloîtrée dans mon appartement avec Roméo. Il me connaît si bien, cet oiseau. Quand je suis triste, il le ressent, me picorant l'oreille debout sur mon épaule et se mettant à me siffler des airs. Conclusion: les listes, ça ne sert à rien sauf à nous mêler davantage.

J'ai dit à Daniel que j'avais besoin de réfléchir, et je me sens coupable. Je lui fais de la peine et il ne mérite pas ça. Ma culpabilité m'empêche d'être efficace dans ma réflexion. Quant à Christophe, je lui ai écrit de cesser de me harceler de messages. Je vais lui donner des nouvelles lorsque je serai prête.

Pour me changer les idées, j'ai décidé de refaire le joint en silicone autour du bain. Je prévois aussi faire quelques achats en ligne et apprendre une nouvelle chanson à Roméo pour le préparer pour le temps des fêtes.

> ♫ *« On l'appelait nez rouge / Ah! Comme il était mignon / Le petit renne au nez rouge / Rouge comme un lumignon / Son petit nez faisait rire / Chacun s'en moquait beaucoup…»*

Je n'arrive toujours pas à prendre une décision. Qui choisir entre Christophe et Daniel ? Et pourquoi l'un plus que l'autre ? Ce serait si facile si la vie pouvait décider pour moi. Une idée me vient en tête…

Le Courrier du cœur de *Louison Deschâteaux*

Question :

Madame Deschâteaux,

Cloîtrée dans mon appartement depuis deux jours, je dois faire un choix entre deux hommes, mais j'en suis incapable. Je suis en relation avec l'un des deux depuis quelques mois, ce qui pour moi tient du miracle. Pour une fois que je m'engage vraiment, le deuxième, mon meilleur ami, a décidé de me faire une déclaration d'amour totalement inattendue. J'ai pesé le pour et le contre par écrit, retourné dans ma tête les bons et les mauvais cotés de chacun, et je n'arrive toujours pas à décider. Je fais donc appel à vous.

Une fille dans le brouillard

Réponse :

Chère fille dans le brouillard,

Je crois déceler dans votre lettre une ambivalence que vous devez porter tel un fardeau. Vous avez eu de bonnes pistes de réflexion, notamment en dressant le pour et le contre par écrit, mais je vois bien que vous êtes dans une impasse. Je vous suggère donc de revenir à vous et de ressentir vos émotions par rapport aux deux et surtout d'écouter votre petite voix. Que dit-elle ? Vous savez, elle a toujours raison.

Je vous souhaite une belle démarche intérieure.

Louison Deschâteaux

Démarche intérieure, mon œil !

Quoi de mieux qu'une rencontre au sommet chez moi, accompagnée d'une bouteille de champagne, pour remettre nos potins à jour.

Pop!

— Aaaah! crie Ophélie. Tu crois que je peux boire du champagne avec vous? Il paraît que c'est pas recommandé quand on essaie de devenir enceinte.

— Je croyais avoir à te ramasser à la petite cuillère après tes journées cloîtrées comme une sœur, mais te voilà resplendissante. Ah! Je sais, Diane s'est fait enlever par des extraterrestres? Non… Tu as trouvé le meilleur solde de magasinage *ever*?

— T'es enceinte? dcmande Ophélie, l'air penaud.

— Calmez-vous! J'ai un stérilet. Diane vit encore à Val-Bélair et j'ai effectivement dépensé, mais rien n'était en solde. C'est plutôt que je viens de prendre une des plus importantes décisions de toute ma vie. Et peu importe ce que vous allez me dire, vous ne me ferez pas changer d'avis!

— OK… Tu déménages? renchérit Ophélie, l'air triste.

Je m'empresse de la rassurer avant qu'elle ne se mette à pleurer, pendant que Marilou, les deux bras croisés, s'impatiente. Je poursuis:

— Pas besoin d'un doctorat pour comprendre que c'est depuis que je suis en couple que tout se complique. J'ai toujours prôné le célibat comme mode de vie, alors je vais y revenir et l'assumer. Je sais que vous avez mon bonheur à cœur. Et surtout ma vie amoureuse. Si vous êtes vraiment mes amies, vous allez m'aimer comme je suis, c'est-à-dire une célibataire endurcie. Le seul homme qui va partager ma vie, c'est Roméo, point final. Ma nouvelle devise : aventure, ouverture et expérience. J'irai là où la vie me mènera, même si c'est dans un trou perdu en dehors de la ville.

Je leur fais signe de se taire et de retenir leurs commentaires encore quelques secondes.

— Je n'ai pas terminé ! Plus de caméras cachées ni de rendez-vous galants surprises.

Les filles échangent un regard coupable.

— La vie n'est pas faite pour être vécue seule, Séléna. La vie, la vraie, se construit avec des enfants qui courent partout et quelqu'un qui t'aime…

— Alors je me ferai inséminer, Ophélie, *that's it!*

Évidemment, Ophélie ne peut pas comprendre, elle qui rêve de mariage et d'une grande famille.

— Es-tu lesbienne ? enchaîne Marilou.

— Dans une autre vie peut-être, mais pas dans celle-ci.

— Et mon frère, dans tout ça, il est au courant de ton retour aux sources ?

— Oui. Je suis passée chez lui hier. S'il te plaît, n'en fais pas une montagne, j'ai de la peine, même si tu me perçois présentement comme une grosse méchante.

— Tu nous caches sûrement quelque chose. J'ai loupé un épisode, c'est certain. Il y a quelques semaines à peine, c'était le grand bonheur avec mon frère. Il doit y avoir quelqu'un d'autre là-dessous, je me trompe ?

Ophélie me fait signe de dire la vérité à Marilou. Je lui explique donc ce qui est arrivé avec Christophe. En commençant par les toilettes du restaurant et en terminant par celles de la halte routière.

— Et Christophe, il a pris ça comment ?

— Je ne lui ai pas encore parlé, j'ai prévu souper avec lui demain…

— Tu ne crois pas que tu aurais dû attendre avant de sabler le champagne ? Comme je te connais, tu finiras sûrement toute nue avec Christophe !

— Marilou, franchement ! commente Ophélie.

— C'est toi qui oses me dire ça ? À ta place, je me regarderais dans le miroir. Tu te perds dans je ne sais plus quels bras, bien que Benjamin soit toujours dans le décor ! Sur ce, je me tais. Aucune morale ne sera faite de ma part ici ce soir, et je vous en demande tout autant en ce qui me concerne.

Marilou se fait toute petite devant mes propos incendiaires et Ophélie reste sans voix. Elle semble découragée, autant de ma vie que de celle de Marilou. Il est vrai que ça ne doit pas être de tout repos de nous suivre, nous ne sommes plus du tout à la même place. Alors que ses drames quotidiens tournent autour des spermatozoïdes de son homme et de ses tests d'ovulation, Marilou et moi pourrions alimenter toute une téléśerie.

5
Du touski

Il est à peine dix-neuf heures. Confortablement assise dans mon lit, mon ordinateur portable sur les cuisses, je magasine de nouveaux dessous. Oui, je sais, pour le moment, aucun homme à l'horizon ne pourra en profiter, mais je n'aurai qu'à les porter en faisant la vaisselle ou en passant l'aspirateur. Mon téléphone, juste à côté de mon gin tonic sur ma table de chevet, se met à vibrer. J'y jette un bref coup d'œil, en tournant à peine la tête. Mes yeux se posent sur les cinq lettres composant le nom de la dernière personne à qui j'ai envie de faire la conversation ce soir, après Christophe et Daniel. Après mon père. Et après Marilou aussi (elle m'énerve avec ses histoires louches ces jours-ci). Je ne réponds pas, trop occupée à choisir entre le dessous rose avec de la dentelle noire ou le blanc avec de la dentelle vert menthe. Diane me laisse un message, que je n'ai évidemment pas le goût d'entendre ce soir.

Mon désir de dépenser n'étant pas totalement assouvi après avoir fait mes achats sur le site de Victoria's Secret, je décide de jeter mon dévolu sur les manteaux tendance cet hiver. Ce que j'aime de l'hiver, c'est le grand choix de manteaux: les longs, les courts et la gamme de couleurs et de tissus. Et les bottes, bien sûr !

Mon téléphone vibre de nouveau, c'est encore Diane. Merde ! Qu'est-ce qu'elle me veut ? M'inviter à souper pour goûter ses sushis infects ? Hors de question. Je la laisse remplir l'espace qu'il me reste sur ma boîte vocale. Je vais devoir écouter ses messages, par contre, si je veux en recevoir d'autres…

Je me lève pour délester ma vessie d'un peu de pression et j'en profite pour prendre connaissance des appels reçus.

— Allô, ma belle Séléna. Je m'excuse de te déranger, mais je suis inquiète. Ton père n'est toujours pas revenu de sa soirée et ce n'est pas dans ses habitudes. Tu me connais, je m'imagine toutes sortes de scénarios. Rappelle-moi, s'il te plaît. J'essaie de le joindre sur son téléphone, mais il ne répond pas. Bon, j'espère que tu passes une belle soirée. Peut-être que tu travailles. Je ne connais pas ton horaire. Ce serait bien si tu nous le donnais. On pourrait savoir quand on peut t'appeler ou non. OK ! J'arrête de te jaser, là. Fais attention à toi. Bisou. Bisou.

J'efface le message. Elle s'inquiète toujours pour des petits riens. J'écoute le deuxième :

— Rebonsoir, ma belle. Je m'excuse de te déranger de nouveau, mais j'avais oublié de te donner le numéro de téléphone de ton père, si jamais tu veux essayer de le joindre. Alors, c'est le 418 289-9999. J'aurais pu te texter, mais je ne sais pas comment faire avec le téléphone de la maison. Je ne suis pas de mon temps, dit-elle en riant, pendant que je soupire. Tu comprends, à cette heure-ci normalement, on joue aux cartes dans le lit en écoutant les nouvelles. Donc là, je suis incapable de me mettre au lit, je suis trop inquiète. S'il lui était arrivé malheur… Ah mon Dieu ! Je ne m'en remettrais pas. Bon, je te laisse, et rappelle-moi, là.

Je tente de joindre mon père, afin que Diane ne me contacte pas une troisième fois. Après quelques sonneries, la boîte vocale se fait entendre. Je raccroche, sachant très bien que mon père ne réussit pas toujours à répondre lorsqu'on essaie de le joindre sur son téléphone (disons qu'il éprouve quelques difficultés à utiliser « cet engin techno de jeunes », comme il se plaît à dire). Je le rappelle donc, afin de lui laisser le temps de répondre.

— Allô ?

— Papa. C'est moi.

— Allô ? Qui parle ?

Exaspérée, je tente de rester calme.

— C'est Séléna, ta fille. Tu vas bien ?

— Un instant, je me stationne sur le bord de la route… Allô ?

Je vais droit au but, pour ne pas éterniser la conversation.

— Papa, c'est Séléna. Où es-tu ?

— Ah, Séléna. Comment vas-tu ? Comment as-tu su où j'étais ?

Bruit de criquet.

— Très bien, mais Diane est inquiète que tu ne sois pas rentré.

— J'ai fait une crevaison, mais là je suis en route pour la maison. Tu serais gentille de lui donner un coup de fil pour lui dire de ne pas s'inquiéter.

Décidément, la communication est difficile entre nous ce soir. Il est hors de question que je rappelle Diane. Elle est capable de me retenir au bout du fil jusqu'à l'arrivée de mon père. Je n'ai pas envie de parler de macramé. Je réussis à convaincre papa de faire lui-même cet appel et je m'emmitoufle sous une tonne de couvertures, dans l'espoir de m'endormir rapidement, puisque je travaille tôt demain.

Je viens à peine de me coucher que mon téléphone vibre une troisième fois, c'est Ophélie.

— Des pertes vaginales trois jours après l'ovulation, c'est un signe de grossesse ?

— C'est quoi cette question ? demandé-je à mon tour, étonnée.

— Je suis sûre que, cette fois, je suis enceinte. J'ai des pertes un peu visqueuses, blanches, mais jaunes aussi parfois.

— Ouvre bien grand tes oreilles : ce n'est pas parce que je suis médecin que je dois entendre ce genre de confidences de la part de ma meilleure amie.

Je chasse l'image qui me vient en tête.

— Mais, Séléna, réponds simplement à ma question. Je suis allée sur quelques forums et j'ai lu que les parois vaginales sont plus épaisses quand on est enceinte et que c'est ce qui cause les pertes.

— Premièrement, c'est beaucoup trop tôt pour savoir si tu t'es fait engrosser…

Offusquée par ce mot, Ophélie me coupe la parole :

— Ton langage est si vulgaire ! On dit « enceinte ».

Sans me reprendre, je poursuis :

— Deuxièmement, c'est probablement une vaginite ou une…

— J'ai demandé à Xavier si les pertes sentaient mauvais et il m'a dit que non, alors j'ai cru…

Beaucoup trop d'images pour moi !

Je n'en reviens pas. C'est impossible qu'il ne m'en ait pas parlé avant. Je ne peux pas l'apprendre de cette façon. Ce doit être une erreur. Moi, sa meilleure amie, sa confidente depuis toutes ces années, et apparemment la femme de sa vie depuis quelques jours. C'est à n'y rien comprendre. Comment peut-il me faire ça ? Il y a forcément erreur, je ne peux pas apprendre une telle nouvelle par une infirmière, une collègue que je connais à peine. Et elle, qui se dirige vers moi, toute fière de venir m'annoncer la nouvelle.

— Oh ! Je suis désolée, docteure Courtemanche. Je croyais que vous étiez… Je suis désolée, m'a-t-elle dit avant de déguerpir (car à la vitesse où elle est partie, on emploie « déguerpir »… ou « *crisser* son camp »).

Visiblement, elle ignorait que je n'étais pas au courant, mais elle vient d'apprendre une grande leçon : le tact, ça existe.

Je suis fâchée, triste et je n'ai pas le cœur à l'ouvrage. Une infirmière vient m'informer que ma patiente de la chambre 417 est dilatée à neuf centimètres. Je dois donc chasser ces pensées et me préparer pour l'accouchement. Après quelques poussées, le cœur du bébé ralentit et la pression de la mère chute. Cas de césarienne d'urgence. La femme est rapidement transférée en salle d'accouchement, son conjoint la suivant de près. Finalement, l'opération se déroule bien et le nouveau papa revient à la chambre accompagné d'une jolie fille, en attendant que la maman récupère et vienne les rejoindre.

Un bébé, ça reste un bébé. Ils se ressemblent tous. Je comprends que, pour un parent, c'est forcément le plus beau, le plus intelligent. C'est connu, l'amour rend aveugle. Mais pour les gens qui les entourent, mentir peut s'avérer fort utile, histoire de ne pas crever la bulle des nouveaux parents. Après toutes ces années de pratique, voici mon top 5 de «quoi dire en cas de bébé laid» (à noter que tout est dans le ton):

1. «Ah! Il est tout petit. Combien de jours il a?»

2. «Tu es tellement chanceux, toi, tu sais que tes parents sont fous de toi?»

3. «Ohhhhhh! C'est quoi ton nom, petit trésor?» (Très utile dans le cas où le sexe est ambigu. Regarder dans la couche n'est pas très subtil.)

4. «Salut, toi! Comme ça, tu as donné un peu de misère à ta maman? Mais ça en valait la peine, n'est-ce pas?» (Ici, tout est dans l'art de détourner l'attention.)

5. «Enfin, tu es là! Tu sais que beaucoup de gens avaient hâte de faire ta connaissance.» (Évitez surtout d'ajouter: tu aurais dû rester caché.)

En sortant de l'hôpital, j'aperçois Christophe dans le stationnement en train d'enlever les feuilles échouées sur son pare-brise et les quelques flocons qui s'y sont accumulés. Je fige complètement, je n'ai surtout pas envie de lui parler. Je dois pourtant passer près de lui pour me rendre à ma voiture. Deux options se présentent à moi: retourner à l'intérieur le temps qu'il parte, ou faire un long détour par la gauche et espérer qu'il ne me voit pas. J'opte pour la deuxième option. Il est occupé à regarder ailleurs, il ne me verra pas. Une fois arrivée à ma Fiat 500, je ne prends même pas la peine de débarrasser les cristaux qui en recouvrent la vitre avant, je rentre aussitôt m'y réfugier. Je compte sur mes essuie-glaces pour faire le ménage, pas question de ressortir avant d'être arrivée chez moi. Pendant que je me réchauffe les mains avant de les déposer sur mon volant froid, mon téléphone m'annonce l'arrivée d'un texto.

Je fouille dans mon sac à main. C'est Christophe:

> Tu fais semblant de ne pas me voir? J'imagine que tu as appris la nouvelle... J'aurais aimé t'en informer moi-même. Je suis désolé... Appelle-moi, je dois te parler, beauté. Bisou.

Pfff! Je lance mon téléphone dans le fond de mon sac, je mets la clé de contact et je démarre le moteur. Je quitte le stationnement de l'hôpital avec la ferme intention de passer la soirée emmitouflée chez moi à faire l'indépendante. S'il croit que je vais courir après lui. D'autant plus que c'est peut-être seulement stratégique. Apprendre que son meilleur ami part travailler à Rimouski par une collègue, ce n'est pas ce que j'appelle jouer franc jeu.

En arrivant à mon appartement, je trouve difficilement mes clés. Peut-être est-ce un geste inconscient afin de laisser le temps à Micheline et Raymond, mes voisins, de m'entendre et venir m'offrir un bon repas chaud ? Une lasagne maison, il me semble que ce serait réconfortant et, en plus, je n'ai pas le goût de cuisiner. C'est Raymond qui ouvre finalement la porte.

— Bonjour, Séléna ! Tiens, je t'ai gardé une pointe de pâté au saumon. Joie !

— Merci, Raymond ! C'est tellement gentil.

J'en profite pour prendre de leurs nouvelles.

— Micheline a une grosse grippe depuis plusieurs jours. Elle est dans le bain, elle te salue. C'est pour ça que j'ai pensé à toi en préparant le souper. Elle mange peu, alors je risque de gaspiller du pâté.

— A-t-elle demandé conseil à un médecin ? Voulez-vous que je l'examine ?

— Nous sommes allés voir notre médecin de famille hier, à la clinique. Il lui a donné des antibiotiques. On attend qu'ils fassent effet. À notre âge, on est plus fragile, tu sais.

Inquiète, je le remercie pour le pâté et lui rappelle que je suis disponible en tout temps si quelque chose n'allait pas.

Ding. Dong.

Qui peut bien me déranger à cette heure-ci? Je garde ma couverture sur le dos et me traîne les pieds jusqu'à la porte. Je regarde dans l'œil magique et OMG! Je sursaute et recule. Je réponds ou je la laisse dehors? Je ne fais pas de bruit dans l'espoir qu'elle croira que je suis absente. M'a-t-elle entendue approcher? Roméo chante, comme il a l'habitude lorsqu'on sonne. Depuis quelques jours, il ajoute parfois une phrase que lui a apprise Ophélie: «Quelqu'un à la porte.» C'est donc à répétition qu'il manifeste son enthousiasme de recevoir de la visite.

J'entends mon téléphone sonner dans le salon. Je n'ose pas bouger et je jette un autre bref coup d'œil à la personne dérangeante dans le couloir. Je l'aperçois, son téléphone à la main, et je l'entends ME laisser un message.

— Salut, ma belle fille! J'ai pensé te rendre visite ce matin. Ton père m'a dit que tu étais en congé aujourd'hui. Je t'ai fait de bons muffins au son et raisins. En fait, je voulais te voir pour te parler de quelque chose et je voulais avoir ton avis de jeune-qui-connaît-ça pour mes recettes concernant le tournage de mon émission. Rappelle-moi dès que tu as une minute. Je vais retourner dans ma voiture et t'attendre.

Dites-moi quelqu'un que je fais un cauchemar ! Est-ce que j'ai l'air d'une goûteuse professionnelle ? Surtout ce matin avec ma bouche pâteuse et mon haleine de cheval. Une idée de génie (mais pas un génie gentil) me traverse l'esprit : je la rappelle, elle monte, je lui arrache les muffins des mains avant qu'elle entre, je la pousse dehors et je l'envoie paître.

Non ! Je vais faire appel à mon génie gentil et poli ce matin.

— Salut ! Je dormais quand tu as appelé. Où as-tu eu mon adresse ?

— C'est ton père qui me l'a donnée. Il jouait ENCORE une partie de quilles et je ne peux pas ENCORE y assister, dit-elle sur un ton ironique. As-tu une minute pour goûter à mon pain de viande et à mon moelleux au chocolat ?

— À dix heures le matin ?

— Le tournage a lieu la semaine prochaine, pis je te trouve ben bonne pis ben à mode. Je sais que tu seras de bon conseil.

Je m'aperçois alors que Diane se trouve toujours de l'autre côté de la porte. Je lui offre d'entrer.

— C'est beau chez vous, Séléna! Aimerais-tu ça que je te fasse des petits rideaux pour ta cuisine? J'ai aussi un beau meuble dans le sous-sol qui traîne, me semble qu'il ferait bien dans ton salon.

— C'est gentil, mais ma décoration est à mon goût.

— Je ne disais pas ça parce que c'est pas beau, au contraire. En tout cas, si jamais tu as besoin de quelque chose, ne te gêne pas. Est-ce que je peux emprunter ta cuisine? Je ferais réchauffer du pâté.

— Fais comme chez toi…

Je la laisse seule à la cuisine et retourne m'envelopper chaudement sur mon divan. Je remets en marche l'épisode de *Zoé Hart*, malheureusement interrompu lorsque Zoé et Wayne se courtisaient. Alors que le baiser tant attendu est sur le point de se produire, Diane lance un cri de terreur.

Je ne bouge pas, habituée à l'entendre s'énerver pour des riens. Ma mère dirait que Diane crie au loup. Quand j'étais petite, elle me répétait toujours que je ne devais pas exagérer l'expression de mes émotions, parce qu'en les amplifiant, un jour, je ne serais pas crue lorsqu'un incident réellement grave m'arriverait. Diane remporte le championnat dans la catégorie «Capoter pour un rien», comme l'autre soir lorsqu'elle s'est inquiétée à propos de mon père.

— Mon moelleux n'est pas moelleux ! Comment veux-tu que je remporte 2 000 $ et que les jeunes ne rient pas de moi si je ne réussis même pas à avoir un centre crémeux dans mes moelleux ?

Je lève les yeux au ciel. Quel drame ! Je replonge dans mon épisode en faisant abstraction de sa crise.

Quelques minutes plus tard, Diane s'assoit à mes côtés, une tranche de pain de viande séchée ensevelie sous une sauce douteuse.

— Goûte à ça, ma belle. Tu vas te régaler. J'en suis certaine.

— Il n'est pas midi. Ça te dérange si je le conserve au frigo et que je te fais part de mes commentaires plus tard ? m'informé-je en essayant de fuir cette situation non essentielle aujourd'hui.

— Fais-tu de la fièvre ? s'enquit-elle en me touchant le front.

Je retire sa main un peu brusquement et lui assure que ma santé va bien. Si j'ai un problème, j'ai toutes les ressources qu'il me faut pour me soigner. Je n'ai pas besoin d'une mère…

— Tu pourras consulter ton beau Christophe, lance-t-elle avec un sourire en coin, fière de son commentaire.

Afin de préserver la bonne relation que j'ai maintenant avec mon père, je me retiens de la sortir sur le balcon. J'évite le sujet délicat nommé « Christophe » et m'informe si elle s'est remise de sa frayeur de l'autre soir, causée par le retard inopiné de mon père.

— Si je te parle de ça, je risque de me remettre à pleurer.

Je hausse les sourcils. Ma bonne conscience me dicte de poursuivre cette conversation pour qu'elle puisse se confier, mais j'opte pour le silence et une écoute distraite. C'est plus fort que moi, je n'éprouve aucune empathie pour cette femme, ce qu'elle ne semble pas remarquer.

— Je suis très inquiète, Séléna. Ton père n'est pas comme d'habitude. Je le connais, ce n'est pas un homme cachottier, mais là, je suis certaine qu'il me cache quelque chose. Je fais confiance à mon intuition, j'ai toujours été un peu sorcière. J'ai déjà pensé être tireuse de cartes. Est-ce que tu aimerais ça que je te tire aux cartes ? On pourrait voir qui sera l'homme de ta vie et combien de petits-enfants tu vas nous faire.

Un souvenir de Mme Dupuis, dans sa maison mobile jaune agrémentée d'une quantité industrielle de statuettes en plâtre dans le fond du rang 3 à Saint-Anselme, jaillit.

— Non, merci ! J'ai déjà donné dans l'ésotérisme…

Diane me coupe la parole, comme si je n'avais rien dit, et dirige une grosse cuillerée de pain de viande vers ma bouche.

— Juste un petit morceau. J'ai besoin d'avoir tes commentaires tout de suite si je veux avoir le temps d'essayer mon menu encore une fois avec ton père ce soir.

Trop, c'est trop ! Je prends sa main, l'oriente de nouveau vers l'assiette et, avec fermeté, lui mentionne que je suis fatiguée et que j'ai besoin d'être seule *right now*. Diane se met à pleurer à chaudes larmes.

— Je suis désolée, je ne voulais pas te déranger, mais je suis tellement stressée ces jours-ci.

Je me déplace vers la cuisine avec elle. De façon maladroite, je lui donne des tapes, que j'espère réconfortantes, dans le dos. Elle se calme et reprend ses plats avec la goutte au nez et l'œil humide. Une parcelle de malaise et de culpabilité surgit…

— Je suis désolée, Diane. J'ai beaucoup travaillé ces derniers jours. Je vais goûter à ton pain de viande et à ton moelleux au chocolat, si ça peut te faire plaisir.

Elle sèche ses larmes et me fait un grand sourire, sans rancune.

Après son départ, j'ai l'impression qu'un dix roues vient de me passer sur le corps et j'ai l'estomac à l'envers. Une infusion de digestif biologique (menthe poivrée, orange et gingembre) et une sieste m'aideront à reprendre du poil de la bête.

Tant qu'à être célibataire, aussi bien ressortir tout mon arsenal de chasseuse et le mettre à profit. Rien de mieux qu'une soirée en compagnie de Marilou pour attirer la gent masculine.

— C'est moi qui te sors ce soir, mais je ne te dévoile pas où on va, s'excite Marilou.

— OK! Qu'est-ce que je dois porter? Est-ce qu'on se maquille ensemble? J'ai deux heures devant moi avant la fermeture des magasins, je vais m'acheter un nouvel ensemble, il faut que je te laisse.

— Tu peux t'habiller comme tu veux. L'important, c'est que tu aies pris un verre de vin ou deux avant de venir me rejoindre.

— Minute, papillon! J'espère qu'il n'y a pas une histoire de *date* cachée, parce que je vais repartir aussi vite que je vais être arrivée.

— Ne t'inquiète pas, j'ai compris ton message la dernière fois. Mes intentions sont nobles. Que du plaisir et pas de cachotteries ce soir, me répond Marilou, convaincante.

Je remplis une grosse valise… Comme je vais me préparer chez Marilou, les «au cas où» m'ont empêchée d'être minimaliste. En voici donc le contenu: trois chandails à paillettes, trois pantalons, six paires de chaussures (toujours tenir compte que la chaussure doit s'agencer à l'habillement et non l'inverse, à moins qu'elle soit une Michael Kors), soutien-gorge noir avec bretelles et un modèle sans bretelles, et une tonne de produits de beauté (les couleurs de *gloss* variant selon l'habillement et le *feeling*).

— Tu as prévu déménager chez moi ou tu viens juste te préparer avant de sortir ? me taquine Marilou.

— Aujourd'hui, c'est le début de ma nouvelle vie. Ma première soirée de retour sur le marché du célibat. Ce soir, c'est la chasse. *Tonight is the night.*

— La chasse ? Opte pour ta veste orange fluo et ta bouteille de pipi de je ne sais quel animal, ajoute-t-elle en riant.

— Depuis quand tu t'y connais en chasse ? Pose pas de question. Laisse-moi faire, tu vas voir. Toi, par contre, tu te prépares pour une soirée de filles uniquement, exigé-je.

— C'est quoi le rapport ?

— As-tu quitté Benjamin ? demandé-je avec un regard sévère.

— Euh non !

— Alors tu ne peux pas chasser ce soir. Tu es celle qui me met en valeur et qui attire les mouches autour du pot de miel. Je suis la chanceuse qui pourra profiter de ton attrait charismatique.

Après plusieurs changements de tenues, du genre à la Carrie dans *Sex and the City*, nous réussissons enfin à appeler un taxi.

Les pancartes défilent sur l'autoroute, et je constate que nous nous éloignons du centre-ville.

— Plus on s'éloigne, plus l'espoir que tu m'amènes dans un endroit *glamour* s'amenuise.

Sourde à mon commentaire, Marilou continue à regarder ses messages sur son téléphone.

Le taxi s'arrête devant un bâtiment douteux. Nous sommes très loin d'Hollywood, croyez-moi !

— Je vois ton expression, Séléna Courtemanche, et je te demande pour une fois de mettre ton dédain de snob de côté et de bien vouloir donner une chance à cet endroit. Des collègues m'en ont parlé…

Une image de ses collègues de bureau me vient en tête : moustache, repousse, cernes de cigarettes, cuirette, excès de parfum, coupe ménopause et veste de laine.

— Tes collègues ne sont pas une référence, lui dis-je en hésitant à entrer.

— Je te rappelle que tu ne peux pas mettre tous les œufs dans le même panier. Souviens-toi du beau Rémi avec qui tu avais passé une agréable soirée…

Souvenir d'un bel homme et de son ex rencontrée par hasard qui lui avait fait une crise. Toute une soirée !

Marilou me force à entrer la première. Je vois le bar au loin. Je m'y rends d'un pas décidé, sans oser regarder autour. Avec un peu d'alcool, je serai peut-être plus en mesure d'apprécier l'ambiance et de mettre en application ma nouvelle devise : aventure, ouverture et expérience.

Je commande un verre sans tarder. J'en bois quelques gorgées en fixant la caisse enregistreuse. Dès que je commence à ressentir les effets apaisants de l'alcool, je prends une grande inspiration et me retourne.

Constat : un homme au ventre très arrondi, un chauve, un timide qui ne supporte pas l'alcool, des femmes d'un certain âge fâchées parce que des jeunes ont investi la place, un homme lissant sa grosse moustache, et trois gars dans la trentaine attablés autour d'un panier de *popcorn* et d'un pichet de bière (le style gars-de-*shop*-qui-arrive-tout-droit-du-travail).

Marilou revient de la salle de bain. Les trois gars de *shop* ne tardent pas à la déshabiller du regard, ce qui ne semble pas lui déplaire. Elle s'amuse même à leur faire des yeux doux.

— Suis-moi, on va aller fumer une cigarette.

— Depuis quand tu fumes, Séléna ?

— Ne pose pas de question, dis-je en lui tirant le bras au point de la faire presque trébucher.

Les gars rient en la voyant quasiment perdre l'équilibre, ce qui me réjouit.

— Je te rappelle que tu m'accompagnes pour me mettre en valeur et non pour tromper ton chum.

— J'ai rien fait, je te signale. Je suis allée aux toilettes pour changer mon tampon. Je ne suis pas allée *frencher* ni mettre des Kleenex dans mon soutien-gorge.

Je poursuis mon discours, à deux pouces de son nez, pour lui faire réaliser son attitude irrespectueuse envers Benjamin.

— Arrête de faire l'innocente, Marilou. Tu roucoules devant les trois gars assis au fond du bar. Tout pour attirer leur attention.

— Un dicton dit que lorsqu'on est en couple, on a le droit de regarder le menu, mais pas de commander.

— Ce soir, tu es au régime. Tu as des kilos à perdre et j'ai une robe neuve à étrenner.

Marilou semble offusquée.

— Tu me trouves grosse ?

— C'est une façon de parler, ma grande.

— Appelle-moi pas comme ça, me lance-t-elle d'un ton fâché. Tu sais que c'est mon complexe numéro un, ma taille. En passant, une mère, j'en ai une, et tu es mal placée pour me faire la morale au sujet du couple et de l'engagement. Je te conseille donc de la fermer.

Je me croirais à *Occupation double* sur un trottoir à Charlesbourg (beaucoup moins *glamour* qu'à Barcelone) en pleine chicane de *fifilles* à bout de nerfs (le teint plus pâle, la poitrine plus petite et les dents moins blanches).

Fin de la discussion. Marilou repart à l'intérieur, frustrée. Je répète mon mantra avant de regagner le bar : ouverture, aventure et expérience. Après tout, Marilou n'est plus une enfant. Elle est assez vieille pour savoir ce qu'elle fait. Par contre, si la situation tourne mal, je me réserve le droit de lui dire : « Je te l'avais dit ! »

Deux heures plus tard, Marilou est langoureusement assise sur les genoux d'un des gars de *shop*, et je chante *Girls just want to have fun* au karaoké en y mettant tout mon cœur. À moi la scène ! Je ne suis plus à Charlesbourg dans un bar de fond de cour, mais à Las Vegas, sur la scène du Bellagio, devant une foule conquise. On tape sur mon épaule. Je me retourne, les cheveux battant au vent (la porte du bar vient de s'ouvrir, y laissant entrer une bonne brise) comme si j'étais une star et… je me retrouve devant un serveur empressé de finir son quart de travail, me demandant de payer ma facture.

Je termine mon spectacle en chantant *Seulement l'amour* (le cosmopolitain était excellent) et en faisant de petits cœurs avec mes doigts en direction des couples qui se prélassent sur la piste de danse (ou, plutôt, LE couple). Je salue mon public, qui, étonnamment, ne demande pas de rappel.

Je cherche Marilou du regard. Elle a beau être petite, elle ne peut tout de même pas se cacher derrière un tabouret de bar ! Je quitte la scène immédiatement et cours en direction des toilettes, le seul endroit où, après déduction, elle peut se trouver. En y entrant, je l'aperçois assise sur le comptoir, le visage défait et les yeux boursouflés.

— Est-ce que j'ai manqué un épisode ? demandé-je, inquiète.

— J'aimeeeeeeeeeeeepuuuuuuuuuuuBenjaminnnnnnnnnn ! Il est trop Roger-Bontemps, il ne veut jamais m'accompagner pour sortir, il préfère toujours faire du *cocooning*…

Elle se remet à pleurer de plus belle et s'éponge le nez sur sa manche. Je prends du papier hygiénique (je dirais plus du papier transparent *cheap*) et en confectionne un petit tampon, tentant d'essuyer ses larmes du mieux que je peux. J'ai plus d'habileté à faire accoucher les femmes qu'à les consoler. Bien que je sois grisée par l'alcool, je suis consciente que son état accentue ses émotions. Consigne à suivre : ne jamais considérer les propos d'une fille saoule. Il vaut mieux partir d'ici.

Je hèle un taxi. Une fois chez Marilou, et après l'avoir bordée, je saute de nouveau dans le véhicule. En route vers chez moi, je me mets à réfléchir à mes résultats de chasse. Je suis loin d'avoir complété les équations de mon tableau. Cependant, on peut constater que l'effectif masculin de ce soir s'avérait plutôt inintéressant. Quand même, lorsque Marilou attire plus de mouches que moi, c'est difficile pour l'orgueil. Qu'est-ce qui peut expliquer ce phénomène ? Pourquoi je ne ramène aucun gars dans mon lit ce soir ? Mon habillement ? Mon pouvoir de séduction ? Ma trop grande détermination ?

Mon manque de persistance ? Je dégage des ondes négatives ? Avant, j'avais du choix.

J'ai besoin de chaleur humaine... Tout à coup, une idée jaillit dans mon esprit. Ce n'est peut-être pas la bonne, mais... Si je l'appelle, il peut refuser de me parler, puisque je ne lui ai pas redonné de nouvelles, mais je ne risque rien, car je sais que je lui plais. Non ! Ce n'est pas une bonne idée. Je remets mon téléphone dans mon sac à main. J'essaie de me concentrer sur la route, tout en tentant de discuter avec le chauffeur.

— Vous devez en voir souvent, des filles en état d'ébriété ? Recevez-vous plus de pourboire quand les clients sont pactés ? Aimez-vous votre travail ? Vous êtes courageux de travailler la nuit. Je travaille aussi de nuit. Pas toujours facile ! Vous avez combien d'enfants ? Je vous demande ça parce que je vois des photos collées sur le tableau de bord.

Le chauffeur de taxi, les mains positionnées à dix heures dix, comme on le lui a montré dans les cours de conduite, ne répond à aucune de mes questions. Comme il semble n'avoir aucun intérêt pour moi, je sors de nouveau mon téléphone et décide de l'appeler.

Il répond, d'une voix endormie :

— Séléna ? Tu vas bien ?

— Très bien. Comment vas-tu ?

J'entends une voix de femme en arrière-fond s'informer s'il y a une urgence.

— Je m'excuse. Je me suis trompée de numéro.

Sous le choc, je raccroche et j'éclate en sanglots. Je pleure jusqu'à l'arrivée à mon appartement. Je dépose mon sac à main, plonge la cage de Roméo dans le noir, enfile un pyjama et me glisse sous les draps, le cœur lourd et en position fœtale (non, pas dans cette position, tout de même !).

Eh merde ! Qu'est-ce qu'il m'a pris d'appeler Daniel cette nuit ?

« Bravo, ma grande ! Une raison de plus pour démontrer à quel point tu es saine d'esprit. »

Le lendemain, je file à vive allure en direction de l'hôpital, espérant ne pas recevoir de contravention. Comme j'ai déjà réussi à séduire un policier, ce serait peut-être une façon de tester à nouveau mon charme. Et si c'est une policière ? Elle doit avoir des amis !

À l'hôpital, le souvenir de Christophe en train de m'accueillir tout sourire, un cocktail de fruits à la main, surgit dans mon esprit. Comment allons-nous réussir à maintenir une relation d'amitié entre Rimouski et Sainte-Foy ? Amitié…

Est-ce vraiment ce que je veux ?

On cogne à la porte de mon bureau. Concentrée sur une pile de nouveaux dossiers, je dis à la personne d'entrer, sans même soulever la tête et savoir à qui je m'adresse.

— Salut, beauté !

Mon cœur fait trois tours sur lui-même… Christophe se tient devant moi, une boîte de carton dans les mains.

— Puisque tu ne me rappelles pas, j'ai pensé venir te saluer avant de partir pour Rimouski.

— Tu n'as pas apporté un cocktail de fruits ou un café ? Histoire de souligner le départ…

— Pour que tu me le lances à la figure ? dit-il en souriant.

Je fais la sourde oreille.

— Elle sort d'où, ta soudaine idée de partir travailler si loin ? Tu ne vois pas que ça me fait du mal ?

Chères lectrices, je n'ai pas dit cette dernière phrase, j'y ai seulement pensé.

— J'ai besoin de changer d'air en attendant que tu te décides à venir vers moi.

Sans donner suite à son dernier commentaire, je poursuis la conversation.

— Tu as loué une maison ? Un appartement ?

— Je vais habiter chez François Poudrette.

Un camarade d'études et ex-colocataire. Poudrette n'est pas son vrai nom de famille. C'est un surnom qu'on lui donnait à l'époque pour lui rappeler sa tendance à renifler de la farine… si vous voyez ce que je veux dire ! Il était aussi tombeur de femmes. J'espère qu'il a changé ces dernières années et qu'il n'aura pas une mauvaise influence sur Christophe. *Anyway*, qu'est-ce que ça peut bien me faire ?

— Tu as quoi dans cette boîte ? demandé-je, pour faire diversion. Ton ancienne vie ?

— Séléna…, dit-il en levant les yeux au ciel, découragé par mon attitude. Est-ce que j'ai droit à une accolade avant de partir ou tu vas encore me fuir ?

Je fixe le dossier ouvert devant moi. Je me lève, remplie d'orgueil, et lui fais une accolade. Je m'empresse de détourner le regard, quittant la pièce pour lui cacher les larmes qui me montent aux yeux.

JE N'AI PLUS AUCUN POUVOIR DE SÉDUCTION.

DANIEL A UNE AUTRE FEMME DANS SA VIE.

JE N'AI PAS D'« AMI SANTÉ ».

OPHÉLIE OVULE CONSTAMMENT.

MARILOU EMBRASSE TOUT CE QUI BOUGE.

Et pour rajouter du crémage sur le *cupcake*,

CHRISTOPHE EST PARTI.

Je suis dans une phase déplorable. Dure journée! Dure semaine! Dur mois! Il faut que je me reprenne en main. Je ne peux pas continuer comme ça. Ce n'est pas le genre de Séléna Courtemanche de se laisser aller ainsi à la déprime. Je pourrais appeler Diane pour obtenir un regain d'énergie… Je blague!

Rien de mieux qu'un bain chaud et des revues à potins pour me changer les idées. Je reste en pyjama pour me rendre au dépanneur du coin en espérant n'y rencontrer personne que je connais. Raymond, qui s'apprêtait à sortir les ordures, m'intercepte au passage.

— Tu vas où, ma petite? Tout va bien? me demande-t-il avec un regard suspect.

— Je vais acheter quelques revues. Vous avez besoin de quelque chose?

— J'en ai plein. Ne gaspille pas ton argent pour ça.

Il part chez lui à toute vitesse et revient avec une dizaine de magazines.

— Attends-moi encore une minute. Micheline en amène souvent aux toilettes. Elle a sûrement fini de les lire.

Le *Bel Âge*, *Châtelaine* et *TV Hebdo*… Hum! Ça promet!

Avant de toucher les magazines qu'il est allé chercher, j'ai une envie folle de mettre du Purell sur toutes les parties de mon corps.

— C'est trop gentil, Raymond, mais je dois sortir de toute façon, car je n'ai plus de lait, dis-je en reculant vers la porte, pour éviter d'avoir à toucher à ce nid de bactéries. Micheline va mieux, j'espère ?

— Les antibiotiques semblent avoir fait effet. On se croise les doigts.

— Ça me rassure. Merci encore, et dites bonjour à Micheline de ma part.

Une fois au dépanneur, je constate que ce n'est pas le choix de revues qui manque. Et dire que, lorsque j'étais petite, je faisais attention pour ne pas regarder les étagères du haut, sachant que des femmes nues apparaissaient sur la première page des magazines et que cette section était réservée aux adultes. Aujourd'hui, tu écris «chat» sur Internet et dix mille images de femmes nues s'affichent. La preuve que les temps changent.

Je sors du dépanneur avec le *Summun Girl* caché sous mon chandail et *Psychologies* glissé entre deux autres revues à potins ; le titre «Comment retrouver le sourire en dix jours» a attiré mon attention.

Je ratatine dans une mare d'eau chaude et de mousse parfumée à la pêche pendant que Roméo me chante la pomme.

Votre cœur *est dans la noirceur ?*

Voici onze trucs pour vous venir en aide, pour retrouver le sourire et pour remettre du soleil dans votre cœur :

1. Sortez de votre zone de confort.
2. Faites du sport.
3. Mangez des fruits et des légumes.
4. Souriez et votre corps ressentira une émotion positive.
5. Accordez-vous des récompenses et des petits plaisirs.
6. Faites-vous masser.
7. Adoptez la méthode Coué (forme d'autosuggestion permettant un mieux-être psychologique et physique).
8. Sachez dire non.
9. Entourez-vous de gens positifs.
10. Communiquez votre désarroi avec votre entourage.
11. Oxygénez-vous à l'extérieur.

Psychologies • Vol. XI • No. 3 15

Des larmes coulent sur mes joues. Je les essuie rapidement comme si quelqu'un pouvait me voir. *Please!* Qu'est-ce qui m'arrive ?

À bien y penser, ce n'est pas un article écrit par une journaliste adepte de la psychopop qui pourra me sortir de cette mauvaise passe. Et si je consultais ?

Je me couche dans le bain, la tête sous l'eau, pour oublier cette idée saugrenue. Une seule solution me vient en tête…

6

Tisane à la camomille

J'appuie sur le bouton pour faire descendre l'ascenseur. Après plusieurs minutes d'attente, je décide d'emprunter l'escalier pour ne pas arriver en retard à mon rendez-vous. Une fois au troisième étage, je cherche la porte 302. Je vois les numéros 301, 303, 304, mais pas le 302... Je continue d'avancer dans le corridor, qui semble interminable. Des murmures de l'autre côté de chacune des portes parviennent à mes oreilles. J'aperçois une salle d'attente et m'assois en attendant qu'on vienne me chercher. Mon rendez-vous est à treize heures, dans une minute. J'ignore ce que je fais ici. Je préférerais être n'importe où sur la planète plutôt que de devoir affronter ça. Des bruits de pas me parviennent du couloir. Mon cœur palpite et des gouttes de sueur perlent sur mon front. Les battements de mon cœur s'accordent au rythme des pas qui s'accélèrent à mesure qu'ils se rapprochent. Je veux sortir d'ici. J'ai chaud, et mon pouls dépasse les cent cinquante battements à la minute. Je tente de me lever, mais mes pieds restent cloués au sol. Je cherche à décoller ma jambe droite du plancher. Malgré mes efforts, elle ne bouge pas ! Les pas se rapprochent. Je détache les lacets de mes souliers afin de dégager mes pieds. Je me lève et cours droit vers la sortie.

Je fonce tête première dans... Daniel! Ma terreur ne faisant qu'augmenter, je repars dans l'autre direction dans l'espoir d'éviter l'homme qui venait me chercher pour mon rendez-vous. C'est alors que je l'aperçois, vêtu d'un costume gris et d'une cravate, une chaînette reliant son veston à la poche de son débardeur, où se trouve probablement une montre. Il me lance un regard austère à travers ses lunettes. Tous les traits de son visage semblent me reprocher ma fuite...

Je me réveille en sursaut et en sueur. Que faisait le psychanalyste le plus célèbre de l'humanité dans mon cauchemar? Et Daniel? Je peux bien être aussi bouleversée. Je crois que je vais annuler mon rendez-vous chez la psychologue. C'est sûrement un signe m'indiquant que je ne dois pas y aller. Cette idée, aussi, de consulter! Moi qui ai toujours été si forte. Le seul souvenir que je conserve d'une thérapie, c'est après la mort de ma mère. J'avais consulté un homme qui m'avait demandé de fixer une lumière, dans le but de visualiser une boule d'énergie que je devais faire voyager dans tout mon corps. Humaniste ou psychanalyste? Je ne sais pas quelle était son approche, mais je sais que cette boule de lumière n'a aucunement apaisé la douleur du décès de ma mère.

Ce matin, je dois me rendre à la clinique. J'aime bien ces journées où je sors du tourbillon de l'hôpital pour rencontrer mes patientes d'une façon plus conviviale. Je saute dans ma Fiat et conduis avec une gaieté naturelle. En garant ma voiture, j'aperçois un représentant pharmaceutique. Je ne le connais pas, mais son habillement me confirme qu'il est ici pour me vendre quelque chose. La secrétaire me remet une pile de dossiers et m'informe que M. Laprise, de Xebora, désire me rencontrer. Je lui fais signe de me suivre à mon bureau, lui précisant sans tarder que j'ai seulement quelques minutes à lui consacrer.

— Je vais faire vite, docteure Courtemanche. Vous allez bien ? Jolie tenue ce matin, lance-t-il avec un sourire enjôleur qui ne m'atteint pas.

Se dresse devant moi le portrait typique du parfait tombeur. Tout d'abord, son emploi convient très bien à sa personnalité. Il doit réussir à vendre à la fois ses produits et sa propre personne. Je suis prête à parier que ce gars-là amène sous sa couette au minimum deux filles par semaine. Ses dents blanches, son parfum, son veston-cravate, son teint basané et sa chevelure reluisant sous une bonne couche de gel, voilà ce qui caractérise le parfait *douchebag* camouflé sous un costume de ville. Je suis certaine qu'il porte des V-Neck en dehors du travail et qu'il est tatoué sur un bras.

J'écoute distraitement son discours. Il redouble alors d'efforts pour me faire la promotion de ses médicaments. J'ai l'impression d'assister à un spectacle. À son départ, je soupire de soulagement. Ce genre de personnalité me gruge toute mon énergie. Il transpire le narcissisme et le Hugo Boss.

Je vais à la cuisine me chercher une grande tasse de café, histoire de poursuivre cette journée avec plus de vigueur. Au programme ce soir : souper avec les filles.

À la sortie de la clinique, je constate que mon téléphone affiche un nouveau message vocal d'un numéro inconnu : « Bonjour, docteure Courtemanche, ici M. Laprise. Tu peux m'appeler Hugo. J'aimerais t'inviter à boire un verre. J'espère que tu ne m'en voudras pas trop d'avoir réussi à trouver ton numéro de cellulaire. J'ai bien aimé jaser avec toi ce matin, alors je te laisse mon numéro. *Ciao !* »

Intrusion ! Qui a bien pu donner mon numéro à ce vendeur ? Je frissonne à la seule idée de passer une soirée avec lui. Tellement pas mon genre. J'efface son message et espère ne plus entendre parler de lui.

— Je me présente, Murielle Nadeau.

Je lui serre la main, mais ne lui rends pas son sourire, traumatisée par le fait d'être dans le bureau d'une psychologue. Que voulez-vous, Louison Deschâteaux n'a pas réussi à faire fuir mes démons. Ça aurait pourtant été beaucoup plus simple d'écrire quelques mots dans un journal sous un nom d'emprunt, plutôt que de payer 75 $ l'heure pour une consultation.

Le bureau me semble minuscule. Une boîte de mouchoirs ainsi qu'une couverture de laine que je ne toucherai certainement pas sont posées sur un guéridon à côté de mon fauteuil. Une multitude de plantes égayent l'endroit. Une odeur de mascarpone flotte dans l'air. Pas une odeur sucrée qui donne mal au cœur, mais plutôt une odeur agréable.

« Calme-toi, beauté ! Rien ne t'oblige à être ici. Personne ne le sait et il n'y a que toi, rien que toi, qui as pris la décision de demander de l'aide. »

— La première rencontre consiste surtout à dresser un portrait de vous et de votre enfance jusqu'à ce jour. Je veux également comprendre la raison première de votre besoin de consulter, si tel est votre désir et non celui d'une autre personne.

— Je préfère vous le mentionner, personne n'a été informé de mon intention de vous rencontrer. Je sais aussi que vous êtes liée par le secret professionnel.

— En effet, je vous confirme que tout ce qui se dit ici reste ici.

Elle me regarde avec ses grands yeux bleus sans souffler mot. Elle doit être adepte de la synergologie, j'en suis certaine. De plus, avec sa jupe à motifs brodés et sa chemise de soie jaune, on voit bien que son look n'a rien de *glamour*.

— Vous pensez à quoi, Séléna, en ce moment ?

— Honnêtement, je panique à l'idée que vous êtes sûrement en train de décortiquer chacun de mes gestes.

En disant cela, j'effectue d'étranges rictus qui ne font qu'accroître mon degré d'anxiété. Murielle Nadeau respire pourtant la zénitude. Elle dégage une aura de calme qui contraste avec mon état d'esprit actuel : je frise la crise d'apoplexie congénitale.

— Qu'est-ce qui vous a poussée, Séléna, à entrer en contact avec moi ?

Fiou ! Avec son style ésotérique, je pensais qu'elle allait me demander ce qui m'avait poussée à prendre contact avec des esprits !

— En fait, je ne sais pas vraiment si j'ai eu raison de prendre rendez-vous. J'ai un bon travail, des amis, je ne manque pas d'argent, j'ai de bons voisins et je ne me suis jamais fait battre.

— Et votre famille dans tout ça ?

Quelques secondes s'écoulent avant que je formule une réponse.

— En fait, on se voit toutes les semaines. On mange et on sort régulièrement ensemble.

— Vous sortez avec vos parents ? demande-t-elle, étonnée.

— C'est plutôt avec mes amis.

— Vous êtes proche de vos amis ? C'est votre famille, c'est ce que je comprends, dit-elle sur un ton zen et avec un sourire dans la voix.

— En effet. On est toujours ensemble.

Ma réponse était spontanée, comme si je ne voulais pas aborder le délicat sujet de ma famille.

— Et vos parents, vous les voyez régulièrement ?

— Oui.

La psychologue s'assoit en indien, ramenant ses pieds sous ses fesses et camouflant ses jambes sous sa jupe (l'image de Jonathan, moine bouddhiste version 2014, me revient en tête). Ouf ! Je suis loin d'être devant mon téléviseur en train de regarder *America's Next Top Model.*

— Je sens que vous ne voulez pas aborder ce sujet.

— Non.

Je la vois écrire sur sa feuille blanche. Je tente de me rassurer en me disant qu'elle est peut-être en train de dessiner !

— Avez-vous un partenaire ou une partenaire ?

Est-ce que j'ai l'air d'une lesbienne ?

— Non.

— Et au travail, comment ça se passe ?

Je me lance dans un long discours où je lui décris mon parcours universitaire, ma spécialité, mes tâches, mon horaire, etc.

— C'est intéressant… Je vois que vous avez beaucoup de choses à me confier au sujet de votre carrière. Alors que vos réponses sont brèves concernant les autres aspects de votre vie.

Elle fait une pause, comme si elle voulait me faire parler. Elle prend une grande inspiration pour se recentrer.

— Que faites-vous pour vous détendre au quotidien ?

Une image de la maison de campagne de Daniel apparaît sous mes yeux.

— Je magasine en ligne, je répare des trucs et je regarde des téléséries.

— OK…

Elle écrit encore quelques mots sur sa feuille.

— Qu'est-ce que vous souhaitez travailler avec moi en thérapie ?

— Euh… Je ne sais pas vraiment.

— Vous avez sûrement vécu un élément déclencheur pour que vous fassiez un pas vers la psychothérapie.

— En fait, je ne pleure pas souvent et je ne communique pas vraiment. Et depuis quelques semaines, j'ai la larme facile. Je ne comprends pas, car ce n'est vraiment pas mon habitude.

Elle ne dit rien, mais émet un son qui pourrait me faire penser qu'elle est en pleine transe. Du moins, c'est ce que je croirais si je me trouvais, non pas dans un bureau avec vue sur le centre-ville, mais dans un ashram en Inde.

Le reste de la rencontre se déroule plutôt bien. Je réponds brièvement à ses questions, en regardant l'heure et en me demandant plusieurs fois ce que je fais là.

Avant de partir, je prends un autre rendez-vous en me disant que je pourrai toujours l'annuler.

— Séléna, j'ai constaté que, lorsque j'ai dit le mot « famille », vous avez reculé sur votre siège et vous avez croisé les bras. Je vous laisse sur cette réflexion jusqu'à la semaine prochaine.

Son sourire et la longue inspiration qui l'accompagne me font dire que je ne réussirai pas à me défiler.

7

Gin tonic et saumon fumé

L'heure de gloire de Diane arrive enfin. Après des mois à m'être fait casser les oreilles avec ses histoires de concours, ses multiples idées de menus décousus, ses inquiétudes, ses espoirs, ses tests culinaires, ses fantasmes sur la façon dont elle dépensera les 2 000 $ alloués au gagnant, le tournage de l'émission sera enfin derrière nous. Par contre, avant cette étape attendue, il me faut accepter le malaise que j'éprouverai lorsque le Québec en entier connaîtra ma belle-mère. Diane, la *matante* de Val-Bélair qui adore le macramé et les pantoufles en Phentex. J'espère seulement qu'elle n'osera pas parler de moi à la télévision dans l'idée de nous rapprocher. Elle est si fière de moi que ça devient parfois embarrassant.

— Oh mon Dieu, Séléna ! Je voulais vraiment que tu répondes. Je suis chez ma sœur et nous testons mon moelleux au chocolat. Et là, je le trouve beaucoup trop sucré ; ma sœur, elle, trop amer. Toi, c'était quoi tes commentaires déjà ? Je te fais tellement confiance, t'es jeune, t'as du goût, aide-moi. Je te le dis, j'ai le cœur qui va me sortir de la poitrine.

Prise au dépourvu, et ne m'attendant pas à discuter cuisine et préférences gustatives, je lui réponds que tout était parfait.

— Mais encore ?

— Je ne suis pas spécialiste en desserts, Diane. La plupart du temps, à l'hôpital, je me contente de Jell-O et de biscuits pour accompagner le thé. Je ne sais pas quoi te dire… Et puis je suis avec mes amies, je ne pourrai pas te parler longtemps. C'est bruyant, on est au restaurant et je t'entends à peine.

— Ah oui ? Passe-moi donc Ophélie !

Surprise par sa demande, je tends mon téléphone à Ophélie. Je ne comprends pas le but de sa démarche, mais en même temps je suis heureuse de refiler le problème à quelqu'un d'autre.

— Allô, dit Ophélie. Oui. Oui. Hum. Hum. Bien sûr, Diane, avec plaisir ! OK, on arrive. Bye !

Marilou et moi nous regardons, un point d'interrogation dans le front.

— Qu'est-ce que tu entends par « on arrive » ? l'interroge Marilou.

— Nous trois, confirme Ophélie. On est justement rendues au dessert. Et puis j'ai vraiment envie de manger du chocolat, ça doit être les hormones.

— Tu me niaises, Ophélie ! Tu ne me traîneras certainement pas à Val-Bélair ce soir, dis-je.

— Allez-y sans moi, poursuit Marilou.

— *No way*, Marilou. Si tu viens pas, j'y vais pas non plus. Hors de question !

Ophélie nous regarde avec ses yeux de petit chien battu. Eh merde !

Libre ce soir ? Hugo xx

Je regarde le message qui vient de s'afficher sur mon téléphone. Hugo ? Il me faut quelques secondes pour comprendre à qui j'ai affaire. Je finis par placer un visage sur le nom : le représentant pharmaceutique, alias le vendeur *douchebag*.

Séléna : Non, je ne suis pas libre.

Hugo : Demain alors ? Sinon je pars jeudi pour une semaine en Suisse.

Oui, et alors ? Pourquoi me parle-t-il de son horaire ? Je ne réponds pas.

Mon téléphone sonne de nouveau. Croyant que c'est Hugo, je soupire et, agacée, je regarde l'écran. Un courriel de Christophe !

De : Christophe

À : Séléna

Objet : Mon départ…

Allô, beauté ! Ça fait quelques jours que je veux t'écrire ce message pour t'expliquer les raisons de mon départ. J'aurais préféré te parler en personne, mais ton humeur massacrante en ma présence ces derniers temps m'a refroidi.

J'ai emménagé avec François il y a six jours. Tu rirais de voir qu'il a conservé notre vieux divan brun et qu'il est tout aussi bordélique.

Je souris en lisant cette dernière phrase : j'ai si souvent reproché à François de ne pas faire la vaisselle et de laisser traîner ses chaussettes dans le salon.

Je m'ennuie de toi, de nous deux, de nos fous rires, de nos longues discussions et de te faire à manger. Ton absence crée un grand vide dans ma vie, plus grand que celui que j'ai pu vivre après ma séparation d'avec Julie, même après tant d'années de vie commune. Je refuse de croire que tu es indifférente à mon départ, je te connais.

Si je suis parti si loin, c'est que le poste était intéressant, mais surtout parce que j'avais besoin de prendre du recul. Disons que cet emploi est tombé à point. Je ne pouvais pas m'imaginer continuer à te côtoyer au quotidien dans ces conditions. Si tu changes d'idée, que tu as envie de parler, sache que Rimouski, ce n'est pas la Chine. Quelques heures de route seulement nous séparent. Et si je ne me trompe pas, tu es mûre pour des vacances ☺ xxxx

J'aurais aimé lire encore et encore ses mots… Je constate que d'avoir de ses nouvelles me chavire. Ce serait peut-être un bon thème à aborder avec Murielle…

— Bonjour, docteure Courtemanche…

Au moment où j'entends mon nom, je revois le visage de mon vendeur de médicaments. Tout se passe en une fraction de seconde, ce qui est très rapide, mais pas suffisamment pour me réjouir. Eh merde !

— Monsieur Laprise. Que puis-je faire pour vous ?

— Accepter mon offre de boire un verre ensemble, tout simplement, dit-il en s'appuyant sur le comptoir de la réception.

— Vous avez fait tout ce chemin pour me demander ça ? Et vous avez cru qu'en vous présentant à ma clinique je serais incapable de dire non ?

— En effet, vous ne donnez pas suite à mes messages texte. Eh oui, pour la deuxième question, vous ne pouvez résister à mon charme, me lance-t-il d'un air arrogant en s'approchant de moi.

Quel culot!

Ses yeux bleus s'agencent avec sa cravate, ses cheveux châtains sont coiffés décoiffés, parfaitement placés. Son sourire contient beaucoup de dents, mais je dois avouer qu'il est plutôt beau gosse, moins *douchebag* que je ne le croyais. Après tout, j'ai le choix entre rentrer seule chez moi pour manger une lasagne congelée en compagnie de Roméo ou aller dans un restaurant du centre-ville.

— Je ne sais pas à quelle heure je termine. Je verrai à ce moment-là si je ne suis pas trop fatiguée et si j'ai envie de sortir.

— Parfait! Je vais me pencher sur mes dossiers au café *Au Temps perdu*, sur l'avenue Myrand. Je te texte à l'instant, au cas où tu n'aurais pas gardé mes messages précédents... Tu auras mon numéro pour m'écrire quand tu auras fini de travailler.

OK! Il sait ce qu'il veut et il va droit au but. Je dois lui donner ça, mais bon, ça reste un charmeur. Pfff! Il ne sait pas à qui il a affaire. Sur ce, je retourne à mes patientes.

Elle se prénomme Myriam, elle mesure à peine cinq pieds un pouce et me paraît plus anxieuse qu'Ophélie, chose que je ne croyais pas possible. Après l'avoir invitée à me suivre, je l'observe marcher jusqu'à mon bureau. Son pas est rapide, ses gestes sont saccadés. Elle dépose brutalement son sac à main sur le plancher, elle tire brusquement la chaise vers elle et s'y assoit en la ramenant plus près de mon bureau ; le vacarme qu'elle cause ne semble pas la déranger du tout. Je m'amuse à la regarder. Je sais reconnaître un paquet de nerfs ambulant.

— Je suis allée sur Internet et j'ai noté des questions à vous poser, me dit-elle sans même me saluer.

Ah non, pas Internet. Je ne comprends pas ces femmes qui naviguent sur le Web à la recherche de forums de discussion qui les feront paniquer.

Elle sort sa tablette électronique de son sac et la dépose sur ses genoux.

— Voici : est-ce que je peux manger des viandes froides ? J'ai une rage de sous-marins Subway ces jours-ci. Quelle est la portion de thon que je peux manger sans créer de problème à mon bébé ? Les teintures pour les cheveux, c'est dangereux ? Puis-je continuer d'aller au salon de bronzage ? Et les produits nettoyants dans ma maison ? Les saucisses cocktail, étant donné que c'est une faible cuisson, est-ce que je peux en manger ? J'ai le goût de saucisses ! Si je visite une amie qui fume, combien de temps maximum puis-je rester en sa présence ? Est-ce qu'il y a un danger pour le bébé si je fais l'amour avec mon conjoint ?

Je prends le temps de répondre à toutes ses questions, même celles qui me paraissent farfelues. Après chaque réponse, je sens son anxiété diminuer et je vois un sourire se dessiner

sur son visage. À la fin de son interrogatoire, je procède à un examen. Tout est sous contrôle. À sa sortie, je vois une femme toute nouvelle, le cœur léger et à la démarche désinvolte.

À la fin de la journée, je décide de rentrer chez moi. Il est hors de question que j'aille perdre mon temps avec un vendeur au sourire fendant. Avant de démarrer ma voiture, je regarde si j'ai reçu des messages. J'ai un appel manqué d'Hugo. Décidément, celui-là, il ne lâche pas le morceau facilement: «Salut, Séléna, je voulais te rappeler notre rendez-vous. J'ai quitté le café et je suis en train de prendre un verre au Savini. J'espère que tu ne me feras pas faux bond. Je t'ai commandé un gin tonic. Le serveur attend juste ton arrivée pour le préparer. *Ciao, bella!*»

En raccrochant, je décide tout de même de me rendre chez moi. Mais en passant devant le resto-bar en question, mon corps prend le contrôle et dirige Anabelle vers le stationnement. Un gin tonic, c'est tentant!

En entrant dans le resto, je l'aperçois assis au bar en train de discuter avec une serveuse. Pas n'importe laquelle, une jolie blonde à qui il semble faire des yeux doux. Il flirte avec tout ce qui bouge, j'en suis certaine. Je me rends aux toilettes sans même le saluer, afin de passer devant lui pour qu'il me voie. Je n'irai certainement pas le «déranger» dans son *work in progress*.

Lorsque je sors des cabinets, il me fait signe, le bras dans les airs et une expression de joie exagérée sur le visage. J'ai quasiment envie de me camoufler derrière une plante verte tellement il est extraverti. Calme-toi, jeune homme.

« *Please* beauté ! Rappelle-toi ta devise : ouverture, aventure et expérience. Prends sur toi ! »

— Hé ! Je savais que tu viendrais !

— Ah oui ! T'es voyant, parce que moi je ne le savais pas il y a à peine deux minutes.

— Oui... Tu ne savais pas que ma montre me permet de voir l'avenir ?

Je le regarde avec soupçon, cherchant où il veut en venir...

— Comme en ce moment, je sais que tu ne portes pas de petite culotte...

— Quoi ? m'exclamé-je en m'esclaffant.

— Zut ! Ma montre est en avance d'une heure...

Je ris tellement que je porte ma main à mon visage. J'ai honte pour lui.

— Ne me dis pas que c'est ça que tu sers à tes cibles ?

— Tu veux parler de la serveuse avec qui je conversais tantôt ? demande-t-il en pouffant. Maintenant que t'es ici, je n'ai d'yeux que pour toi. Et pour la phrase, ça fait partie des plus mauvaises citations de séduction entendues dans un bar. Je te jure que j'ai déjà vu un gars à l'œuvre avec ça. Je tente ma chance. Avec toi, je dois sortir tout mon arsenal…

— Et c'est quoi, ton top 3 des phrases de drague les plus ridicules ? demandé-je en faisant abstraction de son dernier commentaire.

Il m'observe et me fait signe avec son index de m'approcher, ce que je ne fais pas. Il insiste et je me prête au jeu. Avec un regard sexy, il me lance :

— Je t'ai fait venir avec mon doigt, imagine avec ma langue.

Étonnée par son imitation que je juge tout près de la réalité, j'éclate de rire. Il poursuit :

— Travailles-tu dans les jeans ? Parce que tu travailles dans les miennes pas mal…

— Monsieur Laprise, vous vous enfoncez.

— Docteure Courtemanche, je vous vois sourire, ce qui est plutôt bon signe, compte tenu de notre première rencontre à votre bureau. Avouez que vous aviez hâte que je débarrasse le plancher, n'est-ce pas ?

J'acquiesce.

— Qu'est-ce qui t'as fait changer d'idée ? Pourquoi as-tu accepté mon invitation ce soir ? m'interroge-t-il en cessant de me vouvoyer.

— Le gin tonic. Rien d'autre.

— OK ! Je vais changer de stratégie…

Après avoir discuté une bonne heure de nos carrières respectives, nous commandons une entrée de saumon fumé avec une salade. Je sais, manger une salade pendant une *date*, ce n'est pas recommandé, mais qui a dit que c'était un rendez-vous ? Je pourrais manger de l'ail que ça ne changerait rien. C'est tout de même plaisant d'avoir une discussion avec lui, il a de l'ambition. Je le regarde subtilement depuis qu'il a retiré son veston, il n'est pas mal du tout. J'ignore si c'est l'effet des gin tonics, mais il me semble très charmant, à tous les points de vue.

L'ambiance est plaisante et décontractée, et Hugo ne passe pas inaperçu : les femmes se retournent pour l'observer attentivement. Je m'amuse à regarder ce qui se passe autour de nous. Je me demande ce que les gens pensent en nous voyant ensemble. Se disent-ils que nous formons un couple ou que c'est mon meilleur ami gai ? Il prend si soin de son apparence que ça peut laisser des doutes quant à son orientation sexuelle.

La soirée se termine après avoir partagé un succulent gâteau au fromage. Je suis étonnée de me sentir si à l'aise avec lui.

Je ne regrette pas d'avoir accepté l'invitation. Il insiste pour payer la facture et m'aide à enfiler mon manteau. À l'extérieur, il m'embrasse sur les joues en prenant son temps, puis il m'ouvre la portière d'un taxi qu'il a fait venir pour moi, notre soirée bien arrosée ne me permettant pas de partir avec ma Fiat. Il paie la course et me souhaite bonne nuit, en bon *gentleman*.

Sur le chemin du retour, je me questionne encore une fois sur mon pouvoir de séduction. Peut-être est-il revenu sans que je m'en aperçoive. Je n'ai pas l'impression d'avoir tout fait ce soir pour plaire. Je suis restée moi-même, sans arrière-pensée, ce qui m'étonne. Je crois que je ne vais pas annuler mon rendez-vous avec Murielle Nadeau dans deux jours, j'ai quelques points à discuter.

8
Œuf poché et fruits frais

Ce matin, je me lève le cœur lourd : c'est l'anniversaire de la mort de ma mère. Depuis son décès, j'ai toujours fait abstraction de cette journée. Une forme de déni qui me permettait de ne pas penser à elle. Aujourd'hui, à la demande de mon père, nous allons déjeuner ensemble et nous rendons au cimetière. Il a toujours fait ce rituel, mais je n'ai jamais accepté de me joindre à lui. Croyant jusqu'à tout récemment que mon père avait trompé ma mère, je ne me sentais jamais capable de me retrouver en sa présence lors de cette journée. C'est tout de même à contrecœur que je vais le rejoindre. Je n'ai jamais été à l'aise avec mes émotions, surtout en présence de mon père, et je suis loin d'être une experte en communication.

— Deux œufs tournés, bacon, saucisses, pain blanc avec un cocktail de fruits, svp.

— Et pour vous, monsieur ?

— Je vais prendre du bacon aux œufs, dit-il en se trouvant drôle. Je veux dire deux œufs tournés avec beaucoup de bacon.

— Tu sais bien, papa, que ce n'est pas bon pour ton cholestérol.

Je me tourne vers la serveuse et rectifie la commande de mon père : un œuf poché, fruits, fromage cottage.

— Est-ce que docteure Courtemanche me permet de boire du café ?

Je lève les yeux au ciel et ignore sa question. Mon père tente alors d'amorcer ce repas en assouvissant sa curiosité.

— Comment ça va avec ton chum ? Daniel ? Christophe ? Diane et moi, on ne sait plus sur quel pied tu danses, ma petite.

— C'est Diane qui t'a demandé de me poser des questions sur ma vie amoureuse ? m'informé-je, irritée.

— Pas du tout. Je suis capable de prendre des nouvelles de ma fille par moi-même.

— Aucun homme dans ma vie présentement à part Roméo, ma bête à plumes. Sujet clos.

— C'est notre faute, à ta mère et à moi. On n'était pas de grands communicateurs. On ne t'a pas habituée à parler de ce qui se passe en dedans de toi.

Je change de sujet rapidement avant qu'on tombe dans le mélodrame, qui est loin d'être dans mes cordes.

— Parlons plutôt de ce qui se passe en dedans de toi, cher papa. Comment va ton cholestérol ? Et ta hanche ?

— Tout va bien, si ça peut te rassurer. Diane cuisine plus santé que jamais. D'ailleurs, je fais présentement une *overdose* de légumineuses, de légumes à feuilles et de soupe aux légumes. Depuis qu'elle a enregistré son émission de télé, elle a décidé de faire un virage végé.

— C'est quoi le lien entre les deux ? J'ai déjà vu du fromage brie cuire dans la friture et du bacon tremper dans le chocolat lors du même épisode. On est loin du Défi Santé 5/30 !

— Elle a participé à l'émission en compagnie d'un candidat végétarien, d'un végétalien et de deux crudivores.

— Pourquoi ils ont mis Diane dans ce groupe avec son pain de viande ?

— Selon moi, c'est une question de personnalité. Tu sais comment est ma *chéroune*, une vraie pie hyperactive. Les autres candidats étaient tous introvertis. C'est elle qui a fait le *show*.

— Elle a gagné ou non ?

— On ne peut pas le dire avant la diffusion de l'émission. Justement, on voulait t'inviter à manger avec nous lors de ce grand soir. Tu feras le message à tes amies. Diane les a trouvées ben fines d'avoir accepté de goûter à ses moelleux au chocolat. Elle tient à ce qu'elles soient présentes.

Ne voulant pas le décevoir en cette journée déjà morose, j'acquiesce en me disant que c'est encore loin.

Une fois le déjeuner terminé, nous nous rendons au cimetière. Entre le restaurant et cet endroit, nous assistons à tout un changement d'ambiance. Il fait très froid, le vent fouette nos cheveux et le temps est gris. Quelques centimètres de neige sont prévus en fin de journée. Je ne suis pas venue ici depuis des années.

— Rien pour nous réchauffer le cœur, une journée de même.

J'opine du bonnet et garde le silence. Je me concentre pour ne pas poser le pied sur les défunts. Le malaise que je ressens ne provient pas de l'idée de côtoyer la mort, puisque mon travail m'a désensibilisée sur ce point. C'est plutôt le fait que ma mère soit enterrée ici.

Des fleurs en plastique décolorées survivent aux saisons. D'anciennes pierres tombales datant du début du XXe siècle se dressent encore malgré le temps. La scène de l'enterrement, vécue lorsque j'avais 14 ans, ressurgit. Je me vois encore les yeux cachés par ma frange, mes écouteurs dissimulés sous mes cheveux, la tête penchée vers l'avant. Mon père me regardait, fâché et désapprouvant mon attitude, alors que j'écoutais de la musique. Le seul moyen pour ne pas me laisser submerger par les émotions.

Mon père s'immobilise tout à coup et je comprends que nous sommes arrivés à destination. Une pierre simple, de grosseur moyenne, avec une colombe gravée, porte les inscriptions: Ghislaine Côté, 1957-1996. Le nom de mon père n'y est pas inscrit, comme sur certaines autres pierres où les conjoints vivants réservent leur lot en même temps. Sa relation avec Diane à l'époque refait également surface. Comme s'il lisait dans mes pensées, il brise le silence.

— Tu sais, quand j'ai acheté la pierre, j'avais décidé de ne pas y faire inscrire mon nom à côté de celui de ta mère. Premièrement, j'ai toujours trouvé cette pratique morbide et, deuxièmement, j'étais très fâché par son geste. Je lui en voulais de nous avoir abandonnés en s'enlevant la vie. J'étais triste pour toi, une fille a besoin de sa mère.

Je retiens mes larmes de toutes mes forces. Depuis quelques jours, mes émotions me submergent facilement. Si un simple article sur le bonheur a réussi à activer mes glandes lacrymales, alors une visite au cimetière... Qu'est-ce qui m'arrive?

Mon père fixe la pierre tombale de ma mère et laisse aller un flot de souvenirs.

— Te souviens-tu quand elle te chicanait? Elle n'était pas crédible pour deux sous. C'est moi qui devais faire figure d'autorité. Si je l'avais écoutée, elle t'aurait toujours donné tout ce que tu souhaitais, sans jamais mettre de limites. Elle me disait souvent que t'étais sa petite fleur du printemps. Tu étais son rayon de soleil, dans toute la noirceur qu'elle pouvait vivre.

J'ignorais que mon père pouvait être aussi nostalgique.

— Maudit qu'elle cuisinait mal, par contre. C'était pas mangeable, ajoute-t-il en riant.

Je comprends de qui je retiens maintenant. Même un macaroni en boîte représente un défi culinaire pour moi.

Mon père dépose un bouquet de fleurs séchées clinquant près de la pierre tombale, probablement un bricolage de Diane. Ce n'est pas unc belle décoration, mais l'intention est bonne.

J'ai toujours détesté faire l'épicerie au même titre que j'ai toujours détesté cuisiner. Comme je suis dans une période où j'ai tendance à manger mes émotions et que je ne bénéficie plus des petits plats réconfortants de Micheline, mon réfrigérateur crie famine. Me voilà donc à l'épicerie à devoir penser à ce que je pourrais bien me mettre sous la dent. Devant moi, pétoncles gluants et crevettes aux yeux noirs m'enlèvent toute trace d'appétit. Ce n'est pas ce soir que je vais apprendre à perfectionner ma méthode pour cuisiner des fruits de mer. Daniel savait s'y prendre…

Dans la rangée des conserves, plus précisément devant quelques bocaux garnis de langues de porc marinées, j'aperçois un homme dont le visage me dit quelque chose. Grand, brun, casquette à l'envers, chemise à carreaux et espadrilles. Sûrement pas un de mes anciens «amis santé» puisqu'il ne satisfait pas mes critères. Je poursuis mon chemin jusqu'à la rangée des repas congelés, solution intéressante pour une fille nulle en cuisine. C'est alors que Marilou apparaît avec un cantaloup dans une main et un pot de crème glacée au caramel dans l'autre.

— Marilou! dis-je, étonnée. Qu'est-ce que tu fais ici?

— Je prends l'autobus, c'est évident. Qu'est-ce que tu veux que je fasse ici à part penser à remplir mon garde-manger?

— Très drôle, dis-je, sarcastique. Je te croyais chez tes parents en fin de semaine.

— C'était le plan, en effet, mais mon père avait d'autres projets.

Je connais suffisamment Marilou pour savoir qu'elle me ment actuellement. Je tente de vérifier mon hypothèse.

— Tu as l'intention de manger du cantaloup pour souper?

Elle bafouille. Aucune réponse plausible ne sort de sa bouche.

Pour ne pas créer de dispute, je ne lui pose pas d'autres questions et poursuis mon chemin en lui disant que nous sommes mûres pour une rencontre au sommet. Je m'empresse de payer mes achats, m'installe dans ma voiture et guette sa sortie. C'est alors que je la vois, quelques minutes plus tard, quitter l'épicerie au bras de l'homme à la casquette à l'envers et aux espadrilles. Tout à coup, un déclic se produit dans mon cerveau. Je revois le visage de cet homme assis à une table au café-bar où je me suis offerte en spectacle.

— Merde ! Qu'est-ce que tu as encore fait, Marilou ? me demandé-je à voix haute.

9

— Qu'est-ce que tu veux dire par « larme à l'œil facilement » ?

J'ai accepté que Mireille me tutoie, maintenant que nous en sommes au deuxième rendez-vous. Je me sens plus à l'aise comme ça, le climat doit être propice à la confidence, puisque je n'excelle pas dans ce domaine.

— Je veux juste dire que je ne pleure jamais et que j'ai failli pleurer trois fois juste cette dernière semaine.

— Décris-moi les situations où les émotions se sont présentées.

— La première fois, c'était dans le bain. La deuxième fois, c'était au cimetière, et la troisième fois, c'était après avoir vu mon amie Marilou à l'épicerie, lui dis-je brièvement.

— Dans le bain, quel était l'événement déclencheur de ces larmes ? Il va falloir que tu me donnes des précisions, Séléna, si tu veux que je t'aide.

Gênée, je lui explique l'article que j'étais en train de lire sur le bonheur.

— OK ! Ensuite, au cimetière… Tu allais te recueillir ? Tu étais seule ?

— J'étais avec mon père, précisé-je sèchement.

Mireille penche la tête et attend que je poursuive mon récit, tout en prenant une grande inspiration.

Deux minutes s'écoulent en silence. Je n'ai pas envie de parler de ma mère et de la raison de cette visite au cimetière. Voyant que je ne reprends pas la parole, elle enchaîne avec une autre question.

— Que s'est-il passé à l'épicerie ?

Avec une furie que je ne peux dissimuler, je lui raconte ce que Marilou fait depuis des mois à Benjamin.

— Je sens de la rage lorsque tu parles de ton amie. Est-ce que je me trompe ?

— *Sti!* C'est évident. Il n'y a rien de plus indigne que l'infidélité.

— OK… Pourquoi l'infidélité te touche-t-elle à ce point ?

— Ça ne se fait tout simplement pas, tromper une personne qu'on aime.

— As-tu déjà vécu de l'infidélité ?

— Mon premier amoureux m'a quittée pour une autre fille quand j'avais seize ans. Mais je ne crois pas que ça ait un lien avec ma colère envers Marilou.

— Est-ce que tu crois qu'une personne infidèle est une mauvaise personne ?

— Tout à fait. Je n'ai jamais trompé personne. D'ailleurs, quand j'ai su qu'un de mes « amis santé » avait une femme, j'ai cessé de le voir sur-le-champ.

— Qu'est-ce que tu veux dire par « ami santé » ?

Comme elle n'est pas de la même génération que moi, je peux comprendre que cette expression lui échappe.

— C'est simple : un homme qu'on fréquente, à qui on ne doit rien et qu'on voit seulement quand on en a envie.

— Tu as un ami de ce genre dans ta vie présentement ?

Murielle Nadeau est une machine à questions. Impossible de ne pas me dévoiler.

— Non, et c'est ça le problème. Je voudrais bien, mais on dirait que j'ai perdu la main. Ça fait des semaines que je n'ai pas eu un homme dans mon lit. J'ai laissé Daniel et, après avoir décidé de vivre intensément ma vie de célibataire, tout a semblé s'éteindre. Comme si mon pouvoir de séduction avait disparu pendant que j'étais en couple.

— Intéressant… Comme l'heure s'achève, Séléna, j'aimerais beaucoup que tu réfléchisses cette semaine à ta définition de la fidélité et aussi à celle de l'engagement.

Je lui signe un chèque en me disant que cet argent aura servi à me poser davantage de questions plutôt qu'à obtenir des réponses. Je ne me comprends pas mieux et je ne me sens pas mieux.

Réfléchir sur l'infidélité, tu parles d'un sujet ! Si on m'avait dit un jour que moi, Séléna Courtemanche, j'aurais à faire de l'introspection sur un thème si loin de ma réalité, j'aurais ri ou parié un gros montant d'argent. Je suis douée lorsqu'il est question de lire des analyses de laboratoire, de demander les bons instruments, de sortir des bébés qui ne sont pas dans des positions idéales, de brasser la cage de mes amies, mais quand il est question de me regarder le nombril, j'opte plutôt pour une tasse de thé, du magasinage en ligne, un évier à réparer ou un épisode de ma série préférée. En d'autres mots, j'évite. Puisque je viens de m'embarquer dans un processus thérapeutique (comme c'est bien dit), je dois faire des efforts et m'investir. Par où commencer ? Existe-t-il un livre sur les étapes à suivre pour prendre contact avec son moi intérieur ? Sans instructions, sans éléments concrets, je me sens nulle. C'est pourquoi je décide de faire appel à Google, mon grand ami (oui, je sais que je suis la première à interdire à mes patientes de consulter Internet, mais en ce moment je me vois mal appeler Murielle en panique, ou encore les filles pour leur parler de ma thérapie… surtout Marilou !).

Dans la barre de recherche, j'inscris « comment développer sa capacité d'introspection ». Plus de cinq cent mille résultats apparaissent en quarante-trois secondes. J'ai donc de la lecture plus qu'il ne m'en faut pour alimenter ma réflexion. Le premier article m'apprend que le volume du lobe frontal des personnes qui ont une facilité d'introspection est supérieur à celui des autres. J'aime bien cette explication qui provient d'un article scientifique et qui fait référence au domaine médical. Dans mon cas, mon lobe frontal antérieur doit être plus petit que la moyenne. Bon, pas le temps de développer des complexes supplémentaires, je poursuis ma recherche virtuelle. Je tombe sur un texte de l'Ordre des ingénieurs du Québec. J'ai fréquenté dans le passé un « ami santé » ingénieur et, d'après mes souvenirs, il était loin de faire de la réflexion sur lui-même l'une de ses priorités. Il était plus du genre à penser qu'il pouvait instruire les autres avec ses bons conseils, plutôt que de faire de l'autocritique. Il avait la science infuse. Vu qu'il n'était pas un grand sportif, la principale activité de notre couple était la lecture et les mots croisés. Cher Nicolas… Au moins, il était beau tout nu et il sentait bon, ça compensait. Il était prêt à s'engager et voulait même fonder une famille. Les filles l'aimaient bien, le type parfait pour elles, mais pas pour moi. Ce n'est pas d'hier que je prône le célibat. Murielle en fera sûrement un sujet de discussion au cours des prochaines semaines. Alors passons cet article.

Ah ! Le Nouvel horizon. Ce site propose une méthode en dix étapes pour prendre contact avec l'enfant en nous. Plutôt fastidieux ; je préfère tout ce qui est mathématique plutôt qu'ésotérique. Je trouve ça spécial d'être si loin de cet univers alors que ma mère en était si proche. Peut-être est-ce justement à cause de toutes les expériences dans lesquelles elle nous a entraînés, mon père et moi, que j'ai développé cet esprit critique. Quand j'étais petite, je me souviens d'avoir vu ma mère utiliser toutes sortes de méthodes pour soulager son anxiété et retrouver la paix intérieure. Certains enfants voient leurs parents tenter des régimes amaigrissants ou essayer différents types de voitures. Moi, quand j'avais sept ans, ma mère est revenue un jour à la maison en nous annonçant que nous étions maintenant végétariens. Du jour au lendemain, elle a fait disparaître tout ce qui contenait des produits chimiques et des protéines bovines. Pas question de faire une transition délicate, c'était le soir même que le changement s'effectuait. Je garde en mémoire le regard de mon père à ce moment-là. Il avait soupiré et était parti bricoler dans le garage. J'avais donc été seule avec ma mère à goûter des frites au tofu trempées dans du ketchup. Et pas question d'utiliser le four à micro-ondes ! Tout ce qui comportait des ondes nocives devait être éliminé. Alors qu'elle avait été si heureuse, quelques mois auparavant, quand mon père était revenu à la maison avec le dernier modèle de four à micro-ondes ultramoderne de chez Sears. Quand j'y repense, je me dis que l'expérience du végétarisme n'était rien à côté de l'épisode de l'énergie des roches…

Après avoir reçu de la part de ma mère une collection complète de cristaux, de quartz et d'autres variétés de cailloux dont je ne connais plus les noms, j'avais eu à en subir les traitements ésotériques. Je devais, entre autres, dissimuler dans mes poches de pantalon de petits étuis rouges dans lesquels se trouvaient ces roches, et ce, même à l'école. J'étais tellement affolée à l'idée que mes amies les découvrent que je les attachais avec des épingles. S'il avait fallu qu'un prétendant tombe sur un étui, j'aurais été la risée de la polyvalente. Ce n'est pas tout. Ma mère faisait aussi tremper ses cristaux dans l'eau, le but étant de créer une solution « énergétique ». Lorsque j'éprouvais une angoisse quelconque ou un problème de santé, elle mettait quelques gouttes de cette eau sous ma langue.

— Séléna, tu mets sept gouttes, pas plus ! Laisse l'énergie monter en toi et ça ira mieux après.

C'est en faisant mes études de médecine que j'ai compris l'impact de l'effet placebo dans la vie de ma mère. Elle aurait été un cobaye extraordinaire pour la science. C'est triste de penser qu'elle a essayé autant de choses et qu'en fin de compte cela ne l'a pas empêchée de s'enlever la vie…

Je poursuis ma recherche sur Internet et trouve un site qui propose des citations :

Les conflits dans le monde sont le miroir
de nos conflits intérieurs non résolus.

– Eckhart Tolle

Il existe un curieux paradoxe : quand je m'accepte tel que je suis,
alors je peux changer.

– Carl Rogers

Plus on a médité,
plus on est en état d'affirmer qu'on ne sait rien.

– Voltaire

Tellement encourageant ! Chères lectrices, sachez lire toute mon ironie entre les lignes.

Quelques minutes plus tard, je découvre enfin une démarche intéressante.

Programme de transformation
10 étapes pour découvrir l'enfant en soi

1. Prenez de grandes inspirations avec le haut du corps, cinq minutes, trois fois par jour.
2. Méditez. La méditation est un moyen efficace pour apprendre à rester dans le moment présent. Il s'agit de développer sa capacité à rester connecté avec ses sensations intérieures, plutôt qu'avec le monde extérieur.
3. Écrivez sur une feuille les cinq caractéristiques qui vous définissent puis validez-les avec des personnes déterminantes de votre entourage.
4. Chaque soir, dressez un bilan de votre journée, incluant les bons coups et les moins bons. Cela vous permettra de rester en contact avec votre moi intérieur.
5. Sortez de votre zone de confort en vivant une nouvelle expérience. Cela vous rendra plus fort.
6. Prenez contact avec vos émotions. Fermez les yeux, visualisez l'endroit dans votre corps où se trouve un inconfort et donnez-lui une couleur et une forme.
7. Entretenez votre corps et votre esprit en vous alimentant sainement, faites un minimum de 30 minutes d'activité physique par jour et dormez au minimum 8 heures par nuit.
8. Diminuez, si tel est le cas, votre consommation d'alcool, de drogues et de tabac. Ces différents produits provoquent une coupure avec votre moi intérieur.
9. Faites des activités en solitaire.
10. Prenez contact avec la nature.

Démarrez aujourd'hui • Ressources • Témoignages
À propos • Contactez-nous

Je fais imprimer la liste et l'affiche sur la porte du réfrigérateur.

10
Champagne et sushis

— Des sushis, ça te dit ?

— Hum… Je préfère ne pas en manger, d'un coup que je sois enceinte.

Je hausse les sourcils, mais n'ajoute rien au commentaire d'Ophélie.

En ce début de décembre, les magasins sont ouverts tous les soirs. Le rêve ! Je suis à la recherche d'une robe pour le bal masqué de Noël de l'hôpital, au château Frontenac. Ophélie se cherche un ensemble propre et confortable, histoire d'être à l'aise pour bouger. Des jeux sont organisés dans la cafétéria de l'école primaire où elle enseigne.

— Je ne sais pas encore ce que je vais cuisiner, on doit tous apporter un plat.

— Ne te casse pas la tête, Ophélie, appelle un traiteur ! Je suis tellement contente de ne pas cuisiner, j'aurais sûrement empoisonné mes collègues. De mon côté, un cinq services me convient parfaitement, surtout quand c'est bar ouvert.

Ophélie est du genre à magasiner chez Marie Claire, Revue et Point Zéro. Après avoir mangé, je l'emmènerai chez BCBG, Tristan et au Château. Ça suffit, les vêtements de *matante*. Diane, sors de ce corps.

— Depuis quand tu portes du sept ans? demandé-je à Ophélie, étonnée. Ce ne sont sûrement pas tes cent douze livres mouillées que tu essaies de camoufler.

— Tout à coup que mon bedon s'arrondit d'ici Noël. Je veux être certaine que je ne dépenserai pas d'argent pour du nouveau linge que je ne pourrai même pas porter.

Soudain, j'aperçois quelque chose que je ne devrais pas voir… Mon père, de dos, en compagnie d'une autre femme. La fille de *matante* Ginette ? Ma cousine Myriam ? Non. Je tire sur le bras d'Ophélie et l'amène dans une boutique.

— Aïe ! Tu me fais mal, Séléna.

— Chuuuuuuuut ! Regarde là-bas et dis-moi ce que tu vois.

— Le père Noël.

— Non, en arrière, près de la fontaine, à côté des lutins.

— Il y a trop de monde. Qu'est-ce que je suis censée voir ?

— Eh merde ! Il est parti. Je suis certaine que c'était mon père… Avec une autre femme !

— À cette heure, ton père est assis dans son *La-Z-Boy*, chaussé de ses pantoufles en Phentex. Il est exactement dix-huit heures trente, l'heure d'*Un souper presque parfait.* D'autant plus que c'est LA semaine de Diane, alors il est très peu probable que ça soit lui. Ton père, infidèle ? Impossible. D'ailleurs, c'est vendredi qu'on va chez tes parents pour regarder l'émission ?

— Rectification s'il vous plaît : mon père et sa blonde, et non pas mes parents. Ne m'en parle pas pour vendredi ! J'espère qu'on va m'appeler pour une urgence à l'hôpital.

— Séléna, Diane est tellement heureuse. Ils étaient super bons, ses moelleux au chocolat. Sois gentille avec elle. Laisse l'esprit de Noël t'envahir, ajoute Ophélie en faisant des mimiques.

— Bon, tu as sûrement raison, j'ai dû me tromper. Mais je connais quelqu'un d'infidèle, par contre...

Ophélie ouvre grand ses yeux avec un air étonné.

— Qui ça ?

— Si je t'en parle, tu ne dis rien à personne. Promets-le-moi.

— Motus et bouche cousue, me dit-elle en faisant comme si elle fermait une fermeture éclair devant sa bouche.

— J'ai aperçu Marilou au bras d'un homme en sortant de l'épicerie, mais elle ne sait pas que je l'ai vue.

— Quoi ? Es-tu certaine que ce n'était pas Benjamin ? demande-t-elle, scandalisée.

— Certaine à cent pour cent. À moins que Benjamin ait perdu cinquante livres ces deux dernières semaines.

— Qu'est-ce qui te fait croire que ce n'était pas qu'un ami ?

— Je l'ai vu flirter avec lui l'autre soir au karaoké. Et elle marchait en lui tenant le bras, en riant aux éclats, les deux yeux dans la graisse de *bine*.

— T'as rien fait ?

— J'étais cachée dans ma voiture.

Dépassée par ma révélation, elle en pleure presque et s'assoit sur un banc pour digérer la nouvelle.

— Je ne peux pas concevoir qu'on aille voir ailleurs quand on est en couple. Quand tu sais que ça va mal, discute, communique, mais fais pas ça. Marilou… Elle est tellement mêlée. Il faut faire quelque chose pour elle.

— *No way!* Je ne me mêle pas de ça. Elle est assez grande pour savoir ce qu'elle fait, d'autant plus que je l'ai avertie à plusieurs reprises.

Ophélie change tout à coup d'humeur : elle se retrouve en extase devant un joli poupon tout emmitouflé qui passe devant nous.

— J'ai tellement hâte d'en avoir un.

Je suis contente que la scène l'ait distraite de notre conversation, et nous continuons notre magasinage. Lorsque nous entrons chez Simons, un inventaire complet de robes de soirée se dresse devant nous. Je prends une éternité pour en essayer quelques-unes. Ophélie est très patiente. Incapable de faire un choix, j'en achète trois plutôt qu'une. Je devrai donc me procurer les accessoires, les chaussures et le sac à main qui habilleront chacune d'elles. Que de plaisir en vue !

Quelques flocons s'accrochent à nos cheveux à notre sortie du centre commercial, et la température est douce. Mon téléphone sonne. Je le cherche maladroitement en essayant de ne laisser échapper aucun de mes nombreux sacs, mais ils s'écroulent tous par terre. Une femme dans la quarantaine se précipite pour m'aider. Je la remercie gentiment. Dès qu'elle est suffisamment loin pour ne pas m'entendre, je m'exclame :

— Tu vois ! J'ai perdu mon pouvoir d'attraction. Avant, les hommes se seraient battus pour venir à ma rescousse, alors que maintenant j'attire les mères de famille.

— Tu sais, Séléna, si tu es aux femmes, je vais respecter ton orientation, lance Ophélie le plus sérieusement du monde.

Je soupire d'exaspération.

C'est un message de Marilou que j'ai reçu :

Marilou : T'es où ?

Séléna : Je sors du centre commercial avec O. Un thé chez moi ?

Une heure plus tard, nous sommes réunies dans mon appartement. Que de plaisir à humer les différents sachets de thé de ma collection David's Tea. Le malaise d'Ophélie relativement à ma révélation au sujet de Marilou est palpable. Je lui fais comprendre du regard que ce n'est pas le bon moment d'aborder le sujet.

— Je suis certaine qu'ils mettent de la drogue là-dedans. C'est incroyable ce que ça provoque quand on les respire, plaisante Marilou, fermant les yeux en signe d'extase.

— En tout cas, si vous manquez d'idées pour mon cadeau de Noël, vous pouvez me donner généreusement de ces petits sachets, renchérit Ophélie.

Marilou enchaîne avec un discours discréditant la famille de Benjamin. Chaque année, celle-ci exige que tout le monde s'échange des présents.

— Faire des cadeaux sans même connaître la personne à qui tu les offres, est-ce vraiment ça, Noël ? L'idée, c'est d'être ensemble et en famille.

— Je ne suis pas d'accord avec toi, Marilou. C'est tellement agréable de faire des cadeaux. Juste de penser à mes emballages spéciaux, je capote, s'exclame Ophélie. Avez-vous des suggestions pour un échange avec les professeurs ?

Je lui propose d'offrir un chèque-cadeau que la personne pourra échanger contre un produit vendu dans une boutique érotique, et Marilou renchérit en recommandant l'achat d'un gros vibrateur. Nous nous tordons de rire devant la mine offusquée d'Ophélie.

— J'imagine mal Marguerite, à soixante-cinq ans, tenter de déballer un vibrateur avec des mitaines pour le four. Ridicule comme idée, les filles.

— Moi, cette année, j'espère juste travailler pour éviter les *partys.* Sinon je m'achète un voyage de dernière minute. Un tout-compris sous le soleil me conviendrait parfaitement.

— Quoi ? Tu ne viendras pas dans ma famille comme d'habitude ? s'écrie Ophélie d'un air triste.

— Justement, c'est la tienne. Ça me rappelle chaque fois que ma famille n'est plus ce qu'elle était.

— Ne me dis pas que Diane maintient encore sa tradition et qu'elle vous fait chanter en vous tenant la main comme des gamins, rigole Marilou tout en se rendant à la cuisine pour remplir sa tasse de thé. Euh, Séléna, c'est quoi ça ?

Elle pointe du doigt ma liste de choses à faire pour retrouver la paix intérieure, aimantée sur le réfrigérateur.

Gênée et prise de panique devant les explications à fournir, j'invente une excuse et j'incrimine une de mes patientes qui désire que je lui en fasse une copie.

— C'est juste pour ne pas oublier.

Je m'en tire assez bien avec mes mensonges. La discussion se termine ainsi, à mon plus grand soulagement.

— J'ai deux billets pour le spectacle de Sugar Sammy.

J'ai toujours trouvé que cet humoriste avait un petit quelque chose qui me rappelle l'un de mes «amis santé» lorsque j'étais à l'université. Je dis «amis santé» parce que déjà, à ce moment-là, je préférais étudier et passer des soirées entre copines. L'engagement figurait loin dans ma liste de priorités. Le sosie de cet artiste s'appelait Mathias. Je me souviens de lui avoir brisé le cœur parce que je n'étais pas prête à être en couple. Je l'ai retrouvé quelques années plus tard sur Facebook. Il est maintenant marié, a les cheveux grisonnants et est père de deux enfants. Je suis très contente pour lui.

Je disais donc qu'Hugo m'a offert un billet de spectacle. Il a tellement insisté que j'ai accepté son invitation. Je connais ce genre de gars: toujours très sûr de lui, se fixant des objectifs qu'il atteindra à tout prix, même s'il doit vendre sa mère pour y arriver. Il est clair que je suis sa prochaine cible, mais c'est bien mal me connaître. Je suis plus maligne que lui à ce jeu.

J'ai quelques années d'avance en techniques de séduction. Une célibataire endurcie comme moi cache plus d'un tour dans son sac, et bien d'autres choses…

Je me colore les lèvres une dernière fois avant d'aller le rejoindre dans le hall du Capitole. Il a insisté pour venir me chercher et j'ai insisté encore plus fort pour prendre ma voiture, histoire de pouvoir le quitter plus facilement une fois la soirée terminée. C'est comme une partie d'échecs : j'anticipe les stratégies de mon adversaire.

Je n'avais pas prévu la pluie verglaçante qui s'abat actuellement sur nous. Je gare Anabelle dans le stationnement intérieur situé tout près de la place D'Youville, malgré le prix exorbitant. À pied, je me rends vers la salle de spectacle en contournant la patinoire. Quelle mauvaise idée de porter des talons hauts ! Je reste concentrée sur mes pas, les yeux rivés au sol, pour éviter de tomber.

Je m'arrête quelques secondes pour observer les couples qui patinent. Vêtus des mêmes couleurs, ils se tiennent par la main et ne se quittent pas une seconde. Ces couples me font penser à mon père et Diane. J'observe aussi les patineurs de vitesse. Le corps penché vers l'avant et les mains jointes dans le dos, ils fendent l'air à vive allure. Ils se croient sur une patinoire olympique alors qu'ils tournent en rond sur un cercle de quarante-cinq centimètres de diamètre. J'exagère à peine !

Je poursuis mon court chemin en évitant les gros morceaux de sel et de calcium. Au prix que j'ai payé mes Louis Vuitton !

Soudain, une main se glisse sous mon bras pour me soutenir.

— Fais attention où tu poses tes pieds, ma belle.

Hugo me sourit de toutes ses dents blanches étincelantes (je suis certaine que son dernier blanchiment doit dater de la veille et qu'il sort directement du gym où, avant notre rendez-vous, il est allé faire des pompes pour se muscler. *Chest*, bras !).

Embarrassée de me faire surprendre en position instable sur mes échasses, je suis convaincue qu'il est certain d'avoir un avantage psychologique sur moi puisqu'il me considère comme vulnérable. Je tente de reprendre le contrôle. Au moment où je m'apprête à lui dire qu'il n'est pas nécessaire de me soutenir avec son bras, il prend ma main et me fait faire un tour sur moi-même pour m'amener face à lui, comme si nous venions de terminer une valse. Son visage se retrouve à deux centimètres du mien. Je sens son souffle chaud sur ma joue, son haleine faisant contraste avec le froid extérieur. Il me regarde avec intensité, mais se dégage lui-même de cette étreinte. Il aura bien su comment garder le contrôle…

Pourquoi, à chaque début d'un spectacle d'humour, y a-t-il toujours une femme ou un homme qui répond aux questions un ton plus élevé que les autres spectateurs ? Et pourquoi cette personne se trouve-t-elle chaque fois très drôle ? Bravo aux humoristes qui savent avec tact se tirer de cette situation ! Chères lectrices, vous savez ce qu'il y a de pire ? Eh bien, ce soir, cette personne est assise à mes côtés !

— Est-ce qu'il y a des gens parmi vous ce soir qui voient le spectacle pour une deuxième fois ?

— Ouaaaaaais ! crie Hugo en portant sa main à côté de sa bouche en guise de porte-voix.

— Vous êtes en forme ?

— Mets-en, je suis en forme pour toi, mon homme !

Bon ça y est, il se croit déjà son ami. Je m'enfonce dans mon siège.

— Avoir su, je ne serais pas venu ! rétorque l'humoriste pour le remettre à sa place.

On m'avait dit que Sugar Sammy avait de la répartie, eh bien, ce soir, c'est apprécié.

À l'entracte, pendant que je bois une coupe de vin rouge, Hugo fait de la représentation publique.

— Tu vois le couple près du bar ? C'est grâce à ces gens-là si nous sommes ici ce soir. C'est le directeur de la salle et je l'ai rencontré dans un congrès. Un échange de bons services, me lance-t-il en lui faisant un clin d'œil.

Je souhaite seulement que ses «échanges de bons services» se limitent à une paire de billets de spectacle.

— Après le *show*, je te réserve une surprise. J'espère que tu n'avais pas prévu retourner chez toi? me chuchote-t-il à l'oreille.

— Cher Hugo, si tu comptes m'amener dans ton lit, tu te mets un doigt dans l'œil, lui dis-je d'un air décidé.

— Tu me déçois, ma belle. Je suis plus *gentleman* que tu le crois…, murmure-t-il en déposant une main dans mon dos pour me faire passer devant lui.

La deuxième partie du spectacle est saisissante. À la fin de la soirée, les spectateurs font une ovation longue et chaleureuse à l'humoriste. À la sortie de la salle, je me tourne vers Hugo.

— J'ai trois questions à te poser avant de savoir si je retourne chez moi ou si j'accepte ton offre. Est-ce que ça se passe chez toi? Dans une chambre d'hôtel? Sur la banquette arrière de ta voiture?

— Les choix sont intéressants, mais tu te trompes. Fais-moi confiance, ma belle, tu risques de manquer quelque chose si tu rentres chez toi.

Notre destination: un hôtel de style rustique, donc pas mon genre. Je lui exprime ma déception d'un regard féroce.

— Je t'ai dit de me faire confiance, me confirme-t-il, sûr de lui.

«Un peu d'ouverture, beauté! N'oublie pas ta devise.»

Il me tire par la manche jusqu'à l'intérieur de l'hôtel Acadia, et son sourire enjôleur fait diminuer mon niveau de frustration.

En moins de deux, on se retrouve sur le toit de l'hôtel, où nous attend un spa fumant. Il n'y a personne, à part un serveur qui me salue gentiment.

— Bonsoir, madame Courtemanche. Nous vous attendions, dit-il en me tendant une serviette et un peignoir.

De sa main, il m'indique la direction pour aller me changer avant de plonger dans l'eau chaude. Évidemment, la première chose à laquelle je pense quand j'assiste à un spectacle d'humour, c'est d'apporter un maillot de bain! Ça se range super bien entre mon portefeuille et mon téléphone cellulaire dans mon sac à main!

— Très habile, monsieur Laprise, votre tentative de me voir nue!

— Si ça te gêne, tu peux garder tes sous-vêtements...

À mon retour, une coupe de champagne m'attend ainsi qu'Hugo, déjà confortablement installé dans le spa. OMG!

Je ne vois pas toute «la chose», mais je peux dire que ce qui sort de l'eau me donne des chaleurs. Cet homme a le plus beau corps masculin qu'il m'ait été donné de voir depuis que je suis en âge de m'intéresser au sexe opposé.

Nous restons silencieux à nous détendre et à savourer ce bon moment. Je ne sais pas si c'est l'effet des bulles, mais la tentation de me rapprocher de lui est forte. Je me retiens, parce que je ne veux pas flatter son *ego* de gars prétentieux, mais lorsqu'il avance vers moi sans prévenir et qu'il plaque ses lèvres sur les miennes, je lui rends son baiser avec fougue…

11
Brownies au chocolat

— J'ai failli faire une gaffe hier soir, dis-je d'entrée de jeu lors de ma rencontre avec Ophélie et Marilou.

— Tu as failli battre ton record d'achats en ligne ?

— Tu as traité une patiente de fêlée ?

— Tu as couché avec Raymond ?

— Tu as mangé Roméo pour souper ?

— Tu es tellement sadique, Marilou ! Calmez-vous ! Je n'ai fait aucune dépense cette semaine. Je suis toujours gentille avec mes patientes et Raymond a presque quatre-vingts ans. C'est plutôt que je me suis laissée prendre au jeu par un jeune *douchebag* !

— Tu as joué aux fesses ?

— Beurk ! Genre d'expression que mon père utilise. Je n'ai pas couché avec lui, si c'est ce que tu veux dire.

— C'est quoi le problème, alors ? demande Ophélie confuse, en buvant une gorgée de thé.

— Le problème, c'est le gars. Il se croit le plus grand charmeur de la ville de Québec, et j'ai succombé. Il avait loué le toit de l'hôtel Acadia juste pour nous deux !

Marilou s'empresse de sortir son téléphone.

— Il est dans tes amis Facebook ? Je veux lui voir la face, à ce jeune homme.

Je navigue quelques secondes sur Internet et je réussis à leur montrer quelques photos.

— OK ! J'aurais succombé pour moins que ça…, commente Marilou, envoûtée.

— Tu m'étonnes, Séléna, parce que, dans ta liste de critères, le style *douchebag* est dans la catégorie « Pas touche », lance Ophélie. Il faut vraiment qu'il soit séduisant pour qu'il ait réussi à s'approcher de toi. Étais-tu saoule ?

— Pourquoi vous pensez toujours que je suis saoule lorsque j'ai une *date* avec un gars ?

— Parce que c'était une *date* ! lance Marilou, fière d'avoir l'impression de me piéger.

Je leur explique l'histoire du billet de spectacle et de ma soirée qui s'annonçait en solitaire.

— Et toi, Ophélie, parle-moi de ton processus de procréation, dis-je en tentant de changer de sujet.

— Pas si vite, ton histoire commençait à peine à être croustillante, s'exclame Marilou. Si tu tiens à ce qu'on change de sujet, eh bien, j'en ai un pour toi : as-tu eu des nouvelles de Christophe ?

Sa question me va droit au cœur. Depuis ma soirée avec Hugo, je repense mille fois au baiser échangé avec Christophe à la halte routière. Il me manque beaucoup et je ne pense qu'à aller le rejoindre à Rimouski…

— Chutttttttttttttttttttttttttttt ! fait Diane, qui vient tout juste de se joindre à nous.

Le bruit du plastique sous mes fesses me rappelle la protection que ma mère glissait sous mon drap pour mes pipis nocturnes. Diane et mon père ont acheté un nouveau canapé pour le visionnement de l'émission ; ils tiennent mordicus à conserver ce type de recouvrement pour éviter les taches.

La totale : Brandon, le yorkshire de Diane, a lui aussi un nouveau fauteuil ! Le summum du quétaine réunit à Val-Bélair ce soir.

— Chutttttttttttttttttttttttttttt ! Écoutez, ça commence.

Ophélie est plus sérieuse que jamais et Marilou dévore les *brownies* au chocolat de Diane.

— C'est ce soir que vous allez savoir si j'ai gagné…, lance Diane avec un sourire fendu jusqu'aux oreilles. Je vous dis que ce n'était pas évident de passer le vendredi, parce que, toute la semaine, j'ai pensé à mon menu et je me suis comparée aux jeunes. J'étais la plus vieille, mais je me suis sentie appréciée. Je me suis fait de nouveaux amis.

Il me semble, oui, que tes nouveaux amis vont vouloir venir *bruncher* avec toi un dimanche autour d'un plat de *beans* et de deux œufs tournés !

« Un peu de patience et d'ouverture, beauté ! C'est sa soirée. Fais ça pour ton père, si tu ne le fais pas pour elle. »

— Je suis fière de toi, ma *chéroune*, dit mon père à Diane, avec un regard amoureux.

— D'après moi, tu as gagné parce que vous avez acheté un nouveau divan.

Mon père me regarde d'un air fâché, comme si je venais de vendre le *punch* du siècle.

Le thème de l'émission retentit. J'ai un choc quand je vois Diane apparaître à l'écran, vêtue d'un ensemble jaune canari et d'un tablier en dentelle blanche, sur lequel on peut lire : « Pour toi, André » (tablier qu'elle a fait coudre par sa sœur, spécialement pour l'occasion). Marilou s'étouffe presque avec sa gorgée d'eau en voyant la mise en plis (un millier de bouclettes serrées les unes contre les autres) et le maquillage exagéré de ma belle-mère.

— On m'avait dit qu'à la télévision il fallait en mettre plus.

Elle se retourne vers mon père pour voir sa réaction. Ce dernier la rassure en lui caressant le dos.

Assis à table, les participants complimentent l'hôtesse. Je me demande s'il s'agit d'une stratégie ou s'ils pensent réellement ce qu'ils disent. Plus l'émission avance, plus je dois reconnaître que Diane se débrouille plutôt bien. De toute façon, qui suis-je pour juger, moi qui cuisine comme un pied?

Le premier segment de l'émission étant terminé, Diane se tourne vers nous, excitée, afin de recueillir nos commentaires pendant la pause publicitaire. Ophélie, avec toute la gentillesse dont elle sait faire preuve, la complimente sur son assurance et son sens de la répartie, surtout envers le candidat qui essayait de la déstabiliser en lui posant des questions sur ses techniques de cuisson. Pendant ce temps, mon père en profite pour aller chercher de la bière froide au sous-sol. Marilou, quant à elle, confirme les propos d'Ophélie et y ajoute son grain de sel.

— Diane, tu es comme une star. C'est spécial de te voir comme ça, à la télé.

Ophélie porte une main à son cœur en signe d'émotivité. Je lève les yeux au ciel. Marilou, qui me voit faire, rit en silence. Au même moment, mon téléphone vibre. C'est l'hôpital. J'écoute le message laissé par l'infirmière en chef du département. Je quitte le salon pour m'éloigner de la cacophonie des cris : Diane est vraiment en délire. Je descends les premières marches de l'escalier menant au sous-sol et j'entends mon père parler ; j'en déduis qu'il est au téléphone. Je range le mien dans ma poche arrière et, malgré moi, j'entends quelques bribes de sa conversation.

— Je sais, ma chérie… Je sais que ce ne doit pas être facile pour toi. Je ne peux pas en parler encore pour le moment. C'est pas le bon moment, mais je te promets que je vais le faire bientôt…

Ahurie, je remonte les marches en catimini. Est-ce que j'ai bien compris ? Mon père a une maîtresse ? Je tente d'effacer de ma mémoire les paroles que je viens d'entendre. *Please !* Faites que je me sois trompée !

Je retourne au salon rejoindre les filles, heureuse d'avoir cette fois-ci une « vraie » excuse pour partir. Mon père arrive derrière moi, avec deux bières froides et un sourire collé au visage, comme si de rien n'était.

— Tout va bien, papa ? Tu as besoin d'aide ? demandé-je, irritée.

Mes amies m'observent, étonnées par mon changement subit d'humeur.

— Je dois vous quitter, césarienne d'urgence à pratiquer.

Diane semble déçue. Ophélie, d'un bond, me rejoint et me suit jusqu'à la porte d'entrée.

— Franchement, Séléna, arrête de penser juste à ton petit nombril. Mets-toi à la place de Diane. Je sais très bien que les appels de l'hôpital sont tes prétextes préférés pour t'éclipser, mais ce soir tu dois faire un effort.

— Je te jure que c'est vrai cette fois-ci, Ophélie.

— Je ne te crois pas, me dit-elle avant de tourner les talons et de prendre place au salon pour la suite de l'émission.

En route, je songe à la fois où Diane m'avait appelée en panique parce qu'elle cherchait mon père. Peut-être était-il avec cette femme ? J'ai longtemps cru que mon père avait trompé ma mère avec Diane. Après notre discussion à ce sujet il y a quelques mois, il m'a affirmé que Diane était entrée dans sa vie après son décès. Voilà pourquoi je le crois incapable de faire une telle chose. Je suis à la fois déçue et surprise. Et s'il m'avait menti ? Ça voudrait dire que, présentement, il me cache encore quelque chose, et Dieu sait jusqu'où ça pourrait aller…

12

Thé noir

Elle était assise dans le coin sombre de sa chambre, lumières éteintes et rideaux fermés. Il était onze heures du matin, c'était un printemps, le moment de l'année où tout le monde se lance à l'extérieur pour remplir ses poumons d'air frais. Comme si l'hiver les avait empêchés de respirer pendant quatre longs mois. Cette saison a quelque chose de mélancolique et d'heureux à la fois. Ma mère, elle, n'était que tristesse.

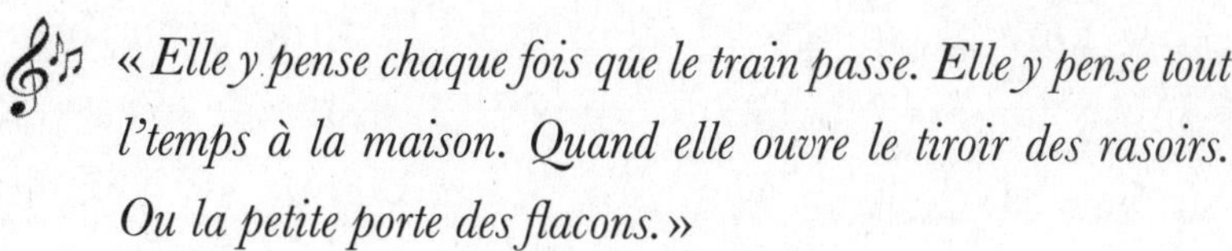

« *Elle y pense chaque fois que le train passe. Elle y pense tout l'temps à la maison. Quand elle ouvre le tiroir des rasoirs. Ou la petite porte des flacons.* »

Repliée sur elle-même dans son fauteuil, elle ne s'habillait plus depuis plusieurs jours, refusait de manger et de sortir de sa chambre. C'est mon père qui lui donnait son bain. J'ai tant souhaité avoir une mère normale. Je n'ose pas imaginer comment mon père pouvait se sentir. Je me doute que parfois il devait avoir envie de la quitter. Je me rappelle avoir surpris une dispute entre eux.

— Je t'ai mariée pour le meilleur et pour le pire, disait mon père pour tenter, je suppose, de se rassurer lui-même.

Je ne crois pas au principe de l'âme sœur. Le mariage, c'est d'abord et avant tout une question de paperasse, de robe blanche et de fille hystérique qui perd le contrôle devant un chum qui ne participe pas assez à la confection des centres de table. Ma mère est décédée l'année où ils célébraient leur dix-huitième anniversaire de mariage. Ils s'étaient rencontrés à l'école secondaire et n'avaient jamais connu d'autre amour que celui-là. Comment peut-on penser faire sa vie avec une personne, alors que c'est la seule qu'on ait rencontrée ? Certains diront que c'est mignon, je trouve ça pathétique. Je ne l'ai jamais confié à qui que ce soit, mais j'ai toujours espéré au fond de moi que je me trompais… Malheureusement, avec les années, j'ai compris que l'amour avec un grand A sert à faire prospérer les affaires des commerçants, mais tout comme le père Noël, c'est du vent. Un suicide, c'est partir et laisser sa famille derrière soi. Si cet amour avait réellement existé, je ne crois pas que ma mère aurait posé ce geste fatal. Qu'est-ce que j'ai fait pour venir au monde dans une famille comme la mienne ?

C'est avec cette question en tête que j'entre dans le bureau de Murielle Nadeau.

— Je ressens beaucoup de tension. Avec quoi tu arrives aujourd'hui ?

Je déteste cette question. J'arrive, j'arrive tout court ! Je ne sais jamais quoi répondre. Murielle poursuit :

— Lorsque tu es entrée, ton non verbal exprimait de la colère. Est-ce que je me trompe ? me demande-t-elle sur un ton qui peut laisser croire qu'elle s'apprête à léviter.

— Je suis en tabar...

Je lui défile toute la litanie de pensées que j'avais avant d'arriver dans son bureau. Je fais de grands gestes, je hausse le ton en lui décrivant mon téléroman, car oui, ma vie ressemble un peu trop à une série télévisée depuis quelque temps. Je sens ma tension artérielle monter, mes oreilles chauffer, et je suis certaine que mon visage est écarlate. Je lui dis tout, mon père, Diane, l'appel sur lequel je n'aurais pas dû tomber.

— C'est intéressant, d'autant plus que, lors de notre dernière séance, je t'avais demandé de réfléchir à ce que la fidélité représente pour toi.

J'avais complètement oublié ce devoir. Peut-être qu'inconsciemment une partie de moi souhaite réellement guérir...

— Est-ce que tu vois un lien entre ton passé, ces événements que tu rapportes aujourd'hui et tes relations amoureuses ?

— Non, dis-je d'un ton assuré.

— Vraiment ? insiste Murielle.

— Vraiment. Je ne suis pas un Roger-Bontemps comme mon père et je ne suis pas dépressive comme ma mère.

— Ta mère était dépressive ?

Je me laisse aller à la confidence, sans m'en rendre compte. Les trente dernières minutes de la rencontre, je les passe à parler de ma mère, à relater les bons souvenirs comme les mauvais. Pendant ce temps, Murielle m'écoute, hoche la tête en signe de compréhension. Plus elle montre qu'elle semble réellement me comprendre, plus les mots sortent de ma bouche à une vitesse fulgurante. Je suis surprise de la quantité d'information que j'expulse de tout mon être.

— Vous… Tu es vraiment douée comme psychologue, dis-je.

Murielle sourit humblement.

— Je te pose la même question de réflexion avant que la séance se termine : vois-tu un lien entre ton passé et tes relations ? Je te sens fermée quand je te pose cette question, mais essaie d'y penser cette semaine, Séléna.

Elle me salue comme d'habitude, en employant le signe *namaste* (salutations répandues en Inde).

Je me demande si cette femme possède le don de lire dans les pensées.

À notre grand étonnement, à Marilou et à moi, Ophélie se sert finalement une coupe de vin blanc remplie à ras bord. Elle hésite avant d'en prendre une gorgée, puis plonge les lèvres dans le liquide comme une abstinente qui en redécouvre le goût. Elle nous regarde et annonce qu'elle a terminé ses tentatives pour enfanter, après six mois d'essais. Elle avoue candidement qu'elle savait au fond d'elle-même qu'elle était stérile.

— Je l'ai toujours su, mais je n'en ai jamais parlé à personne. Vous m'auriez jugée en me disant que je me base encore une fois sur mon instinct. Je n'ai plus envie d'être déçue chaque mois et de me faire des idées avec le moindre signe.

Nous restons muettes devant son discours. Je brise la glace :

— Mais, Ophélie, tu sais que la plupart des couples réussissent en moyenne après six ou sept mois d'essais, n'est-ce pas ? Tu lis tout sur le sujet depuis des mois, je ne peux pas croire que cette information t'ait échappé…

— C'est de la foutaise, les moyennes. Je suis entourée de filles qui deviennent enceintes en claquant des doigts, alors ça prend un bouc émissaire pour ramener tout ça à la normale.

— Et ce bouc, c'est forcément toi ? l'interrompt Marilou. C'est drôle, je t'imagine mal avec des cornes et une barbe.

Nous éclatons de rire devant les propos d'Ophélie qui, encore une fois, sont totalement dépourvus de logique, et devant ceux de Marilou qui sont très terre à terre.

— Bon, je ne veux plus en parler. Désormais, je serai une femme de carrière, plus question de famille. J'ai toujours voulu enseigner aux petits Africains. Je pourrais partir en voyage humanitaire pour construire une école et, qui sait ? peut-être devenir directrice un jour.

— Toi, directrice ? lance Marilou. C'est vrai que tu porterais bien la jupe et le veston. Par contre, du point de vue autorité et gestion du stress… Ouf !

— *Please*, les filles, on change de sujet. Les bébés, c'est déprimant, vous voyez bien. Un *toast* à nous, dis-je en levant ma coupe de vin.

13
Hamburger et poutine

Six jours, quatre heures et trente et une minutes se sont écoulés depuis le début de ma réflexion… N'ayant pas l'habitude de faire de l'introspection, je n'ai pas envie de fouiller encore bien longtemps dans mes bibittes existentielles. À quoi bon réfléchir sur le passé et retourner sans cesse mes nombreux questionnements ? Je préfère l'action et c'est pourquoi je pars à l'instant. Anabelle réchauffe son moteur depuis quelques minutes, pendant que je sors deux grosses valises de mon appartement. J'ai exagéré sur les talons hauts et les robes, mais je dois être prête à toute éventualité.

Je roule sur l'autoroute, en direction de Rimouski. La météo ne semble pas être de mon côté. Le vent se lève et la poudrerie est abondante. Marilou me téléphone. Je prends l'appel en arrêtant à la première halte routière que je croise, pour des raisons de sécurité. J'ai à peine le temps de dire « Allô » que Marilou est déjà lancée dans ses griefs au sujet de Benjamin.

— Il était encore couché sur le divan quand je suis arrivée. Une vraie larve ! C'est qui l'imbécile qui a inventé les jeux vidéo ? Une plaie. Il joue durant des heures et, pendant ce temps, rien ne se fait dans l'appartement. Alors qui doit passer la balayeuse, hein ? Qui doit ramasser la vaisselle et les verres qui traînent sur la table du salon, hein ? Qui fait le lavage ? Bibi ici présente…

Je n'interviens pas, sachant que la crise va durer quelques minutes et que, même si je parle, elle ne m'écoutera pas. Elle reprend son souffle et poursuit.

— Qui a dit que vivre en couple est agréable ? Il n'y a rien de drôle à vivre à deux. Il faut tout le temps que je fasse des compromis et encore des compromis. Je suis écœurée. Avoir su, je serais rentrée chez les sœurs. Pas d'homme dans ma vie, c'est trop compliqué.

Quand Marilou parle d'un avenir raté au couvent, je souris toujours. Depuis que je la connais, ce choix de carrière revient dans son discours chaque fois qu'elle éprouve des difficultés avec la gent masculine.

— Plus j'y pense, moins je me sens mal de l'avoir trompé. Ils le disent dans les revues, une fille qui n'a pas suffisamment d'attention de la part de son chum est portée à aller voir ailleurs.

— Pousse mais pousse égal, Marilou. Il y a toujours bien des limites à vouloir justifier ton infidélité. Tu n'as pas d'excuses pour légitimer tes actes.

Comme si elle n'avait pas entendu ma remarque, elle poursuit son délire verbal.

— La semaine dernière, je lui ai proposé de sortir pour changer la routine, et tu sais où il m'a emmenée ? Au resto du clown ! Il avait ramassé des coupons dans un dépliant. Depuis quand les hamburgers et la poutine attisent la passion ?

C'est beau, l'écoute passive, mais là j'en ai assez, et j'ai de la route à faire.

— Rappelle-moi quand tu l'auras laissé.

Je raccroche, à bout de nerfs, et retourne dans mes pensées.

Pourquoi les histoires d'amour sont-elles si compliquées ? Je regarde Marilou avec Benjamin, un gars super gentil qui correspond en tous les points à la liste de critères qu'elle avait faite avant de le rencontrer, et pourtant elle ne semble pas satisfaite.

Plus j'y pense, plus je me dis que j'ai toujours eu un penchant pour Christophe. Je n'ai juste jamais voulu me l'avouer. Dès le départ, je l'ai classé dans la catégorie « Ami ». Il a rencontré Julie, il s'est marié et ça faisait mon affaire de ne pas me poser davantage de questions. Trop d'émotions pour moi.

Je me sens comme Julia Roberts dans le film *Le mariage de mon meilleur ami*. Je viens de réaliser que j'aime Christophe et l'avantage, par rapport à ce film, c'est qu'il vient de divorcer et non de se marier. En plus, j'ai eu droit à une déclaration d'amour officielle.

Il ne sait pas que je roule en direction de chez lui. Je compte bien lui faire une surprise qu'il n'oubliera pas de sitôt. Ça fait près d'un mois qu'il est parti et il me manque énormément. Je découvre l'ennui, ce qui est à la fois effrayant et exaltant. Tous les jours, lorsque j'entre au travail, je l'imagine m'attendant avec un cocktail de fruits à la main. Je suis nostalgique à la seule pensée de nos soirées où il me concoctait de bons repas tout en me faisant un *show* d'humour privé. Christophe est la version masculine de moi. Bon, en plus grand, en plus mature, en moins *fashion*, en plus viril, en plus « je me connecte à mes émotions et je n'ai pas peur d'en parler ». Finalement, il ne me ressemble pas du tout. En fait, il est davantage mon complément que mon sosie.

Je freine brusquement. Heureusement qu'il n'y avait pas de glace noire, parce que j'aurais visité de près le champ de patates. Mon cœur bat rapidement et j'ai la sensation de faire une crise de panique, sans avoir l'impression de mourir toutefois. Je respire profondément et tente de me calmer. Et si c'est mon ami qui me manque et non un futur amoureux ? Suis-je en train de me fourvoyer en me rendant chez lui ? Mon intention était de lui sauter dans les bras en arrivant. Et si jamais je ressens un malaise ? Je risque de le faire souffrir. Il a dit qu'il m'attendrait, mais il ne restera pas indéfiniment disponible. Mon Dieu, et si je le perdais pour toujours ?

« *Please*, beauté ! Tu vas être raisonnable et bien peser le pour et le contre avant de te rendre ridicule et, du même coup, de blesser Christophe. L'option chambre d'hôtel à Montmagny est excellente. »

Je me gare devant l'accueil de l'hôtel. Il suffit de quelques secondes pour que ma voiture soit recouverte de neige. Les cheveux au vent, je tente de trouver la porte. Quand j'entre, mes cheveux viennent se coller à mon *gloss*. De toute beauté !

Je dépose mon sac à main sur le comptoir et replace ma chevelure en crachant quelques mèches au passage.

— Bonjour, madame. Est-ce que je peux vous aider ?

— Je veux louer une chambre pour ce soir, s'il vous plaît.

— Une personne seulement ?

— Bien sûr que oui ! dis-je d'un ton déterminé.

— Désirez-vous une suite avec un bain tourbillon ou une chambre avec un lit double ?

Subitement, trouvant la situation ridicule, je change d'idée. Je prends mon sac à main, tourne les talons et repose mes fesses bien au chaud dans ma voiture. Une fois assise, je réalise que je dois sortir, balai en main, pour gratter mon pare-brise. De la pluie verglaçante ! En raclant énergiquement, je constate que je suis entêtée à l'idée de me rendre à Rimouski ce soir. Ce n'est pas une nuit dans une chambre d'hôtel qui va faire la différence dans mon cerveau. Je suis une fille d'action et je vais le prouver. Je vais vaincre la tempête et arriver à mes fins.

Le réceptionniste de l'hôtel me regarde par la fenêtre. Il doit croire que je suis cinglée. Et pour confirmer sa pensée, je m'étale de tout mon long à côté de ma voiture, grâce à un savant mélange de talons hauts et de glace. Je le vois rire.

Je secoue mes vêtements avec tout ce qu'il me reste de dignité et reprends place au volant de ma Fiat 500.

Les conditions routières se détériorent de plus en plus. Une déneigeuse quitte l'accotement et j'en profite pour la suivre dans son sillage. Je vois d'ici les multiples ambulances arriver à l'hôpital et les dépanneuses débordées. Depuis les dix derniers kilomètres, trois voitures se sont retrouvées au fossé. À bien y penser, ce n'est pas raisonnable de me rendre à Rimouski. Je ne veux pas faire partie du lot d'accidentés de cette première tempête hivernale.

Je loue une chambre au premier motel que je croise. Une vieille dame, me faisant penser à Micheline, m'accueille en pantoufles. J'entends le tic-tac de l'horloge grand-père située dans l'entrée. L'atmosphère est calme. On pourrait se croire dans un film d'horreur bon marché, si ce n'était du sourire chaleureux de la dame.

Lorsque je pénètre dans la chambre, une odeur de cigarette me serre la gorge. Le tapis est collant et la poussière s'est accumulée sur tous les meubles. Ça doit faire au moins deux ans que cette chambre n'a pas été louée. Je soulève les draps et les ramène au pied du lit. Je m'étends tout habillée et m'endors rapidement, sans avoir mangé, en regardant le visage de la déesse grecque sur fond bleu poudre qui me fait de l'œil sur le mur. Il s'agit d'un cadre *vintage* quétaine, mais pas *vintage glam* comme c'est la tendance à l'heure actuelle. Ce n'est pas ici que je vais trouver des idées de décoration.

Je me réveille à cause d'une envie de pipi. Il est trois heures du matin. J'écarte le rideau poisseux du bout des doigts et constate que la neige a cessé de tomber. Je pense prendre ma douche avant de partir, mais la bibitte d'humidité qui a élu domicile au fond du bain me fait changer d'idée.

Qui a dit que le GPS est une merveille du monde? C'est quand j'en ai VRAIMENT besoin qu'il fait des siennes: « Recalcul en cours ». Je suis présentement dans la cour arrière d'un garage, alors que je devrais être stationnée devant chez Christophe. J'ai des papillons dans le ventre depuis que j'ai fait mon entrée dans la ville de Rimouski. À chaque coin de rue, le nombre de papillons augmente, croyant d'une fois à l'autre que j'arrive à destination. Un homme sort du garage, les mains tachées d'huile, trois manteaux lui couvrant les épaules pour se protéger du vent et du froid persistants qui dominent dans cette ville. Il comprend que je suis une fille perdue lorsqu'il m'aperçoit avec mes talons hauts *fashion* qui laissent pénétrer le froid (ma mère m'aurait sûrement dit, comme lorsque j'étais petite: « Pas question que tu portes ça. Elles sont ben belles, mais elles ne sont pas chaudes!), mon GPS dans une main et mon air découragé.

— Vous êtes perdue, ma petite dame ? demande-t-il entre deux bouffées de cigarette. Allez, entrez.

— C'est juste ! Mon GPS n'est pas efficace dans votre ville.

— Vous êtes sûre que ce n'est pas plutôt vous qui ne savez pas comment l'utiliser ?

Offusquée, je dépose mon GPS sur le comptoir devant lui. Je le regarde, les bras croisés, et adopte une voix de *nunuche*, car il a l'air de croire que j'en suis une, pour lui donner l'adresse de ma destination. Comme il semble se moquer un peu plus de moi, je reprends mon GPS et file vers la sortie, en colère. Il ne sait pas à qui il a affaire. Je me retiens de lui dire que je suis capable de faire un changement d'huile.

— Je suis désolé, ma petite dame. Je ne voulais pas vous offenser. La rue Leclerc est tout près d'ici. Vous devez tourner à gauche en sortant de la cour du garage et c'est tout de suite la première rue à droite. Vous êtes presque arrivée, lance-t-il en tentant de se reprendre.

Les dents serrées, je me retourne pour lui faire face. En guise de remerciement, je lui achète un paquet de gomme et une brosse à dents poussiéreuse (il doit en vendre une tous les dix ans).

Le quartier est composé de condos et de bâtiments jumelés relativement neufs. LE beau quartier résidentiel du coin, situé à cinq minutes du centre-ville. Je me stationne dans la rue, entre deux bancs de neige. Je me fous d'être devant une borne-fontaine, je veux simplement voir Christophe et lui faire la surprise. Sa voiture est garée, ce qui me confirme qu'il est chez lui et sûrement encore couché, à l'heure qu'il est. Je prends tout de même quelques secondes pour revoir mon visage dans le miroir et, au même moment, j'aperçois François Poudrette, colocataire de Christophe et ami d'université. Il n'a pas changé ! Le même air arrogant, quelques cheveux en moins. Rectification : de nombreux cheveux en moins. Je me rappelle la fois où il avait tenté de me séduire, et même de m'embrasser. J'avais bu quelques verres de trop, je suppose qu'il s'imaginait que ce serait plus facile de m'amener dans son lit. Il a plutôt reçu une claque au visage et du vomi sur ses chaussures. Tout pour blesser son orgueil et son gros *ego*. Murielle Nadeau dirait que ça cache une faible estime de soi. Elle me demanderait sûrement en ce moment : « Et toi, Séléna, as-tu pensé que ton attitude froide cache peut-être une faible estime de toi ? » Ta gueule, Murielle !

Je gravis les quelques marches menant à la porte d'entrée. Je dois sonner pour que quelqu'un la déverrouille. Après une interminable minute d'attente, à me faire geler le postérieur, la porte s'ouvre enfin. Je m'empresse d'entrer et constate que je dois me rendre au deuxième étage, si je me fie aux numéros du couloir. L'atmosphère est silencieuse, seule une odeur de café du matin embaume l'air ambiant.

Mon cœur va sortir de ma poitrine tellement il bat à une vitesse fulgurante. Une grande femme, blonde, vêtue seulement d'une serviette à main (tellement petite qu'elle cache à peine ce qu'elle doit camoufler), me salue.

J'entends l'eau couler dans la douche et aperçois les restes d'un souper pour deux, une bouteille de vin vide et deux coupes sur la table basse du salon. Mon regard tombe aussi sur un soutien-gorge qui trône fièrement sur le comptoir de la cuisine.

Sachant que François vient tout juste de quitter le condo, l'équation se fait instantanément dans ma tête : Christophe + la pétasse blonde = baise.

— Est-ce que Christophe est dans la douche ? demandé-je à la pétasse.

Elle hoche la tête en signe d'acquiescement.

Aucun son ne sort de ma bouche. Je tourne les talons, abasourdie, et me dirige tout droit vers la sortie. Assise dans ma voiture, je tiens mon volant à deux mains. Mes doigts sont blancs de rage et mon visage est rouge de colère. Mille pensées me traversent l'esprit. J'entends les paroles de Christophe avant son départ, je revois son courriel, je me revois m'ennuyer de lui et JE ME TROUVE CONNE. Je n'ai rien vu venir. Pour une fois que je mets mon orgueil de côté dans ma vie, voilà comment je suis récompensée. *Fuck*

Murielle ! *Fuck* la thérapie ! *Fuck* le cheminement personnel ! Je suis mieux dans mes pantoufles confortables, et personne ne va venir me dire de changer. Roméo est et sera toujours le seul homme de ma vie. Je vis bien seule et je n'ai pas besoin d'être en couple.

La première heure de trajet se déroule dans un silence lourd, les yeux rivés sur la route, une boule dans l'estomac et le visage en furie.

À la deuxième heure, les larmes semblent vouloir embuer mes yeux. Je respire profondément dans l'espoir de les faire retourner d'où elles viennent, mais ce combat est inutile. Elles coulent sur mes joues avec un débit aussi fort que celui des chutes Montmorency. Je ne vois plus rien. Le soleil m'aveugle, et il fait une chaleur étouffante dans la voiture. Je m'arrête sur le bord de la route, retire mon foulard, mets l'air climatisé en marche et compose le numéro d'Ophélie. J'ai un urgent besoin de me vider le cœur.

Elle répond et semble excitée comme une puce.

— On fait de la télépathie, Séléna ! Est-ce que tu me crois si je te dis que j'allais t'appeler à l'instant même ? Hiiiiiiiiiiiiiiiiii !

J'ai le souffle coupé. Son état d'excitation contraste trop avec mes sanglots. Je n'ose même pas dire un mot. Ophélie, elle, s'empresse de poursuivre sans même chercher à connaître la raison de mon appel.

— Devine quoi ? Allez, devine, devine, devine qu'est-ce qui m'arrive ?

Je ferme les yeux et respire profondément.

— JE SUIS ENCEINTE ! J'ai fait quatre tests pour être certaine. Les « plus » sont apparus tout de suite sur les quatre tests. Je me suis réveillée à quatre heures du matin parce que je fais de l'insomnie depuis quelques jours, ce qui m'avait d'ailleurs mis la puce à l'oreille. Il paraît qu'une future maman se prépare dès le début à se réveiller la nuit. J'ai tiré Xavier de son sommeil avec les tests dans les mains, sautant sur le lit. Il a compris tout de suite ce qui se passait juste en voyant mon visage illuminé. Il m'a prise par la taille et m'a serrée très fort dans ses bras. J'ai appelé mes parents, impossible de me retenir, et ensuite j'ai pensé à t'appeler, mais c'est toi qui l'as fait en premier ! C'est pour ça que je te dis que tu as lu dans mes pensées.

Je dissimule mes émotions et fais semblant d'être heureuse pour elle. Cela ne signifie pas que je ne partage pas sa joie, mais je ne peux, pour le moment, me réjouir autant qu'elle. Je lui fais croire que je dois terminer l'appel et que ma présence est requise à l'hôpital ce soir.

— Je suis déçue, je pensais t'inviter à souper pour fêter ça. Je t'aurais cuisiné des côtes levées au Pepsi juste pour toi.

Depuis quand j'aime les côtes levées ?

— On se reprendra, Ophélie. Félicitations à toi et à Xavier. Je te rappelle plus tard.

Je raccroche et compose le numéro d'Hugo.

14
Sauté au cari

Depuis que j'ai envoyé un texto à Hugo, après mon retour de Rimouski, nos échanges deviennent de plus en plus fréquents et de plus en plus chauds. J'ai été claire dès le premier message : plan sexe (je débarque chez toi demain, si tu ne peux pas, tant pis pour toi). Il n'a pas eu le choix d'accepter. Nos messages traitent uniquement de ce sujet, se font de plus en plus crus, sans romantisme, il n'est question que de préliminaires et de sexe. Mon désir de le revoir augmente au fur et à mesure que mon téléphone vibre pour m'annoncer un nouveau message reçu. J'enfile mon déshabillé acheté en ligne il y a quelques semaines. J'ai hâte de le porter autrement qu'en faisant la vaisselle. J'apporte aussi une bouteille de vin, au cas où.

En arrivant chez lui, je frappe à sa porte, avec l'espoir de ne pas me dégonfler. Et s'il est dévêtu ? Je suis convaincue que son *ego* est assez gros pour se montrer nu comme un ver. Je me sers de lui, il se sert de moi, histoire d'ajouter une autre fille sur sa liste de conquêtes, c'est un bon *deal* sans engagement.

Il entrouvre finalement la porte, me sourit et me fait signe d'entrer. Lumières tamisées, musique d'ambiance et beaucoup trop de chandelles et de pétales de roses dispersés un peu partout dans son loft.

Il s'attend à ce que je m'exclame devant tant de petites attentions.

— Tu n'aurais pas dû…, dis-je avec un visage qui exprime une certaine déception qu'Hugo décrypte très bien.

— Tu n'aimes pas ? Toutes les filles craquent pour un décor romantique, non ?

— Pas moi… Qui t'a dit que je suis ici pour un feu de foyer et un film collée sur toi ? Je croyais que nos échanges t'avaient donné quelques idées…

— Tu n'es effectivement pas comme les autres, Séléna…, murmure-t-il tout en se mordillant la lèvre inférieure.

Trop sexy !

Il m'invite à le suivre au salon. J'aperçois au loin deux coupes de champagne qui nous attendent sur la table basse. Je reste debout dans le vestibule et l'observe marcher. Il finira bien par se retourner. Ce qu'il fait, les yeux interrogateurs devant mon immobilité.

Je commence alors à déboutonner mon manteau, tranquillement. Une fois le dernier bouton libéré, je laisse tomber mon manteau par terre, mettant à découvert mon corps presque nu, toujours immobile, l'observant quelques mètres plus loin. Il paraît étonné. Je m'approche alors de lui, toujours vêtue de mes escarpins et de mon déshabillé couvrant à peine quelques centimètres de peau. Je le laisse venir à moi. Il pose sa main droite sur ma taille, puis, tout doucement, me ramène vers lui pour que nos bouches s'effleurent. Dans un baiser doux, mais sensuel, nous nous apprivoisons pendant quelques secondes. Puis tout s'embrase. Je le pousse et le fais reculer pour le mener tout droit vers le canapé. J'escalade ensuite son corps pour m'y asseoir et lui expliquer au creux de l'oreille ce qui se produira bientôt dans son salon. Il joue habilement le jeu et accepte toutes mes conditions.

La fougue et l'énergie sont au rendez-vous pendant l'heure qui suit. Du salon, nous passons à la table de cuisine, où il me retire le peu de tissu qui couvre ma nudité. Je lui ordonne de se dépêcher à mettre le préservatif en m'agrippant aux rebords de la table. Il me fait languir encore quelques minutes…

Puis l'heure se transforme en nuit. Hugo s'avère très en forme, puisque nous battons le record de neuf baises jusqu'au petit matin. Pour lui, je l'ignore, mais pour moi, il s'agit certainement d'un nouveau niveau à atteindre. Il parle peut-être un peu trop avant, pendant et après, mais le prix à payer est minime pour tout le plaisir qu'il m'a procuré au cours des dernières heures. Et pour oublier Christophe…

Depuis qu'Ophélie sait qu'elle est enceinte, son anxiété atteint huit sur l'échelle de Richter. Évidemment, toutes les techniques sont bonnes, à son avis, pour diminuer son stress et donner un environnement zen à son embryon : yoga prénatal (même si elle n'en est qu'à six semaines de grossesse), chant prénatal, méditation, musique relaxante, etc. Sa dernière lubie : un chalet dans le bois afin d'être au diapason avec la nature. Puisqu'elle a « déjà » une accompagnante à la naissance, cette dernière lui a proposé une retraite champêtre, à la suite de conseils qu'elle lui avait demandés. Bien entendu, Marilou a d'abord refusé de l'accompagner et, au plus grand étonnement des filles, j'ai accepté son invitation.

— Tu n'iras pas dans le bois toute seule, enceinte. Un médecin en ta compagnie, c'est une bonne idée, dis-je pour dissimuler ma sincère envie de fuir la ville, mes émotions et Christophe.

Une fois toutes assises dans la voiture, c'est Marilou la plus excitée des trois. Ophélie a ses nausées matinales, et je ne suis pas encore réveillée. Marilou, de son côté, semble très motivée à passer une fin de semaine dans le bois avec ses meilleures amies. Elle a même fait une provision de jeux de société. Elle a apporté ses raquettes et son plat à fondue pour une soirée confidence. La route est parsemée de côtes abruptes. Chaque fois que nous descendons une pente raide, cela augmente les nausées d'Ophélie, même si c'est elle qui conduit. Heureusement, le paysage est magnifique. Le vent souffle avec force, ce qui laisse croire que nous aurons la deuxième tempête de la saison. La conduite crée une vive tension chez Ophélie, mais nous la rassurons que l'asphalte est bien sec sous les flocons.

— Coudonc, c'est bien loin, ton chalet ! dit Marilou en brisant le silence qui s'est installé depuis les dix derniers kilomètres. Plus c'est loin, plus j'ai l'impression que le chalet sera laid. J'espère qu'il n'y a pas de tapis et que les toilettes sont propres à l'intérieur. Pas question que je fasse caca dehors.

Je n'ai pas envie d'entendre parler de caca, les voyages en voiture me donnant mal au cœur. J'ai toujours eu le mal des transports. Ophélie a insisté ce matin pour conduire et Marilou, pour être assise à l'avant. Me voilà donc sur la banquette arrière, l'estomac retourné.

— Mon accompagnante à la naissance m'a dit que c'était très calme et que le décor était superbe, la rassure Ophélie.

Mon téléphone m'indique trois nouveaux textos... de Diane !

Coucou, ma belle ! Qu'est-ce que tu fais ?

Elle a fait l'achat d'un cellulaire avec le montant d'argent qu'elle a gagné à la télé. Eh oui ! Elle a gagné ! Non seulement elle a cuisiné le meilleur repas, mais le public lui a aussi décerné le prix de la semaine. Depuis son achat, elle pratique l'envoi de textos avec moi, puisque mon père et sa sœur ne sont pas très technos :

C'est Diane !

Comme si je ne l'avais pas reconnue ! C'est parce que je vois le numéro de la personne qui m'écrit, ma grande ! L'afficheur est une fonction qu'elle n'a pas encore comprise.

J'avais envie de jaser entre filles. Tu me répondras par texte, hihihi.

Je ne vois pas ce qu'il y a de drôle. Je range mon téléphone.

Nous croisons une halte routière où des hommes conduisant des motoneiges traversent la route à vive allure.

— Vous voyez bien que ce chalet-là est au fin fond du bois. Est-ce qu'on doit poursuivre à pied ou en motoneige ? demande Marilou, d'un ton de plus en plus désespéré, son enthousiasme du début s'étant évaporé entre Québec et ce trou perdu.

À Pontbriand, nous devons gravir une énorme côte à l'est du village, lequel a conservé son cachet d'antan. Une station-service jouxtant un petit dépanneur, une église rustique et une pancarte annonçant les quatre cent trente-deux habitants nous accueillent chaleureusement.

Ophélie et Marilou paniquent à l'idée que la voiture ait du mal à grimper la côte abrupte.

— Relaxez, les filles! Le pire qui puisse nous arriver, c'est de recevoir l'aide d'un bon et beau Samaritain pour nous tirer de là avec son gros *pick-up*.

Au volant depuis notre départ, Ophélie décide de me céder la conduite. Heureusement que la voiture n'est pas manuelle, car elle l'a immobilisée en plein milieu de la route.

— Je vais monter à pied et vous attendre au haut de la côte. J'ai trop peur pour mon enfant.

Je la somme de revenir sur-le-champ dans l'auto.

Une fois au sommet, nous apercevons un très gros chalet, ce qui rassure Marilou et, du coup, moi aussi. Ophélie reste silencieuse. Nous nous stationnons dans la cour du superbe chalet en bois rond. À peine le moteur coupé, une religieuse vêtue d'une robe grise et de bottes d'hiver s'avance vers nous. Ophélie va à sa rencontre, puisque c'est elle qui s'est occupée de la réservation. Elle revient en gambadant, la clé du chalet à la main.

— Ce n'est pas ici? demandé-je à Ophélie.

— Notre chalet se trouve à un kilomètre de marche. La voiture ne se rend pas jusque-là. On doit la laisser ici et prendre nos bagages avec nous.

— Je le savais ! s'écrie Marilou. Je vais faire pipi dehors, couper du bois et dormir avec la goutte au nez. Qu'est-ce qui m'a pris d'accepter ton invitation…

— Tu me niaises, dis-je à mon tour.

Je lève les yeux au ciel et ignore les commentaires de Marilou, pour ne pas ajouter du crémage sur mon *cupcake*. Ophélie dépose sa valise à mes pieds.

— Si je comprends bien, je dois la transporter jusqu'au chalet ?

— Ce n'est pas bon de forcer quand on est enceinte.

— Ta valise pèse une plume. Sur tes forums de femmes enceintes, tu n'as pas lu que c'est bon de faire de l'exercice ?

Ophélie ignore ma question et ouvre la marche.

Une fois arrivées au bout du chemin, nous entrevoyons entre les arbres un chalet grand comme un cabanon. La fumée qui s'échappe de la cheminée compense le *trash* entre cet endroit et le grand chalet des religieuses. Notre cabanon comprend un tapis, une minuscule table, un petit poêle à bois et un lit double surmonté d'un lit jumeau. Et c'est tout. Pas de toilette, pas de lavabo, pas d'évier.

— Ne me regardez pas comme ça. On s'en vient faire une quête spirituelle. On ne vient pas passer une fin de semaine *glamour* à Mont-Tremblant. Vous allez voir, ce sera relaxant, tente de nous tranquilliser Ophélie.

Elle joint ses mains en signe de foi et nous supplie de conserver notre positivisme.

— C'est seulement deux nuits, ajoute-t-elle en faisant papilloter ses paupières afin de nous amadouer.

— OK ! Je veux bien participer à ta quête spirituelle-naturelle-ésotérique, mais on fait quoi pour se brosser les dents ? s'informe Marilou d'un air angoissé.

— La religieuse m'a dit qu'on peut retourner au couvent pour utiliser la salle de bain commune.

— Au couvent ? lance Marilou, de plus en plus alarmée.

— Je t'entends penser, Marilou. Seulement quatre religieuses y demeurent encore. Ce n'est pas une secte, tout de même ! dit Ophélie pour la calmer.

Découragées, nous pensons à vider nos valises, avant de réaliser que nous n'avons aucun endroit pour ranger nos vêtements.

— Mes produits de beauté risquent de geler cette nuit. Merde, Ophélie, tu aurais pu me prévenir…

— Non ! Tu aurais refusé de m'accompagner, Séléna. Bon, est-ce qu'on va marcher ?

— C'est pas mal la seule activité qu'on puisse faire ici, à part mettre des bûches dans le poêle. Alors allons-y !

Marilou décide de faire de la raquette seule, trop frustrée qu'Ophélie nous ait embarquées dans une situation pareille.

En marchant, Ophélie sort de sa poche des graines de tournesol pour nourrir les oiseaux. En même temps, elle respire à pleines narines pour emplir ses poumons d'air frais.

— Je suis vraiment contente d'être ici. J'ai lu que si on serre un arbre dans ses bras, ça nous donne de l'énergie !

— Tu as lu ça sur un de tes sites de femmes-enceintes-qui-cherchent-la-zénitude ?

— Allez, Séléna ! Fais-le avec moi.

— Pas question que je me ridiculise en pleine nature. C'est dommage que ma pile de téléphone soit faible, parce que je te filmerais. Si tu continues comme ça, ton bébé va sentir le patchouli à sa sortie.

C'est trop pour moi, je la laisse et retourne au chalet. Ophélie aura peur de rester seule dans le bois ; elle viendra me rejoindre sous peu, j'en suis certaine.

— Hey, ne me laisse pas toute seule, Séléna Courtemanche. Je suis enceinte ! Tu n'as pas le droit de faire ça, me crie-t-elle au loin.

— Tu as tes amis les arbres. Et si tu vois un renard, donne-lui ton restant de graines, crié-je à mon tour.

Marilou a ouvert une bouteille de vin et s'est étendue sur le lit. Ophélie entre quelques minutes après moi, la tête et le corps recouverts de neige.

— As-tu fait un bonhomme avant de rentrer ou quoi? demandé-je.

— Ne riez pas. J'ai voulu prendre l'énergie d'un sapin, et la neige qui en recouvrait les branches m'est tombée dessus.

Marilou et moi portons un toast « aux lubies d'Ophélie ».

— Nous sommes en terrain religieux. Faites attention avec l'alcool.

— Penses-tu vraiment, Ophélie, que les sœurs qui habitent ici ne cachent pas quelques bouteilles de gin ici et là ? Il n'y a rien d'autre à faire que boire.

Après qu'on a avalé quelques gorgées de ce liquide long en bouche, l'atmosphère se veut plus détendue. Nous écoutons Ophélie monologuer avec enthousiasme au sujet des prénoms pour son enfant.

— Est-ce normal que j'aie plein de boutons et des SPM intenses depuis que j'ai arrêté la pilule ? la coupe Marilou, couchée sur le dos, sans bouger d'un poil.

Alors que la question s'adressait à moi, Ophélie s'empresse de répondre à Marilou, tout en caressant son ventre légèrement arrondi (à ce stade-ci, on a plus l'impression qu'elle a pris du poids).

— C'est incroyable ce que les hormones peuvent provoquer comme changements, Marilou. Savais-tu que même tes cheveux peuvent être plus gras que d'habitude ? C'est un des effets secondaires les plus fréquents quand on arrête la pilule. Ça peut aussi causer des douleurs mammaires et des nausées.

Je la laisse aller, voyant qu'elle a tout lu et tout vu sur le sujet.

— Tu devrais penser à te faire installer un stérilet. Ils disent que les symptômes sont minimes. Comme tu n'as jamais accouché, l'installation peut être douloureuse, mais ça peut…

Marilou l'interrompt avant d'avoir un cours de sexologie 101.

— J'ai arrêté de prendre la pilule parce que Benjamin et moi voulons concevoir un bébé.

Ophélie saute de joie, et je suis bouche bée.

— Tu vas voir, Marilou, c'est tellement extraordinaire d'être enceinte et de porter la vie. Tu imagines, on pourra faire des promenades ensemble avec nos poussettes et suivre des cours de natation avec nos bébés. Les gars vont garder pendant qu'on pourra souper avec Séléna, comme dans le bon vieux temps.

Je suis offusquée !

— Premièrement, un père ne garde pas son enfant. C'est à lui ! Deuxièmement, Marilou n'a pas encore d'ovule fécondé dans l'utérus et, troisièmement, Ophélie, tu es devenue une encyclopédie sur deux pattes et ça me tape sur les nerfs. Marilou, je pense que tu couches avec Benjamin non pas parce que tu l'aimes, mais seulement pour faire du *make-up sex* (pansement rose qui soigne temporairement une plaie de couple ouverte), c'est-à-dire pour camoufler ton envie de le quitter et ta peur de rester seule.

— Prends pas ça comme ça, rétorque Marilou. On commence à s'y mettre juste le mois prochain.

— Ça va, Séléna ? demande Ophélie en se flattant toujours la bedaine.

Si j'étais une bouilloire, je serais sur le point d'exploser.

— Est-ce que j'ai manqué un épisode, Marilou ? Parce qu'aux dernières nouvelles, je me souviens de t'avoir entendue pleurer en me disant que tu n'aimais plus Benjamin.

— Quoi ? Qu'est-ce qui se passe ? s'inquiète Ophélie.

— Pendant que tu fabriques un bébé et que tu es centrée sur tes symptômes, nos vies se poursuivent, lance Marilou avant de diriger de nouveau son regard vers moi. Je suis d'accord que ça allait mal avec Benjamin, mais on croit que notre couple pourra s'arranger avec la venue d'un bébé.

— Ophélie, dis-moi qu'elle me niaise? m'écrié-je, estomaquée.

— Séléna, il faut que tu les comprennes. La venue d'un enfant change tout. Tes priorités ne sont plus les mêmes. Ton couple nage dans le bonheur à l'idée d'élever ce petit miracle…

Je m'empresse de lui couper la parole:

— Tu peux me rappeler depuis combien de semaines tu es enceinte?

— Six. Pourquoi? Ça va vite, hein?

— Tous les psychologues s'entendent pour dire que la venue d'un bébé n'arrange rien et que le couple doit être fort avant de penser à concevoir. Ne viens pas me faire croire que le tien est assez solide pour supporter les pleurs, la fatigue, les changements hormonaux, les décisions que ta famille n'approuvera pas, les changements de couches, l'odeur de caca, les nuits écourtées, les coliques, les rendez-vous chez le médecin, l'inquiétude…

Ophélie se met à pleurer.

— Arrête, Séléna ! À t'entendre parler, on dirait qu'avoir un enfant, c'est un cauchemar.

— Quand tu t'appelles Marilou, que tu as mis ta langue dans la bouche de plusieurs gars depuis quelques mois et que ton couple bat de l'aile, oui, je crois que la venue d'un bébé peut être un cauchemar, crié-je, emportée par la colère.

Marilou se lève et me parle à deux centimètres du nez. On se croirait dans un épisode d'*Occupation double*.

— Tu es méchante, Séléna Courtemanche. J'essaie seulement de raviver la flamme.

— Marilou, il existe tellement d'autres moyens pour raviver la flamme, comme consulter un psy ou communiquer.

— Depuis quand les mots « psy » et « communiquer » font partie de ton vocabulaire ? As-tu quelque chose à nous dire ?

— Ne change pas de sujet. Je m'excuse si je suis brutale, mais je ne veux pas voir ma meilleure amie mettre un bébé au monde dans des conditions médiocres.

— Arrêtez de vous chicaner, les filles. Je veux de l'harmonie autour de moi. Je suis enceinte, je vous rappelle. Je vais sortir prendre l'air.

Dès que la porte se referme, Marilou et moi nous calmons et buvons en même temps une gorgée de vin. Après quelques minutes, sachant qu'elle boude, je me lève et vais la retrouver.

— Tu vas rester fâchée longtemps ?

— Le temps que ça va me tenter, me répond-elle en refermant brusquement la porte du réfrigérateur.

— Si tu as envie de lancer de la vaisselle, fais-le si ça peut te soulager, mais ne vise pas ma tête. C'est tout ce que je te demande, dis-je en essayant de la faire sourire.

— Ce n'est pas l'envie qui manque.

Inquiète de savoir Ophélie seule à l'extérieur, j'ouvre la porte et l'aperçois, le teint verdâtre et les larmes aux yeux, penchée sous un sapin. Entre deux haut-le-cœur, elle réussit à dire :

— Je suis gênée, ne me regardez pas. J'ai vomi deux fois.

Marilou sort de ses bagages un rouleau de papier essuie-tout et me le tend.

— Tu vois ça plus souvent que moi. Tu es meilleure que quiconque pour ramasser ce genre de dégâts. Puis en direction d'Ophélie : Ne pleure pas pour ça. C'est un signe que tu as un bébé dans ton ventre, lui crie-t-elle.

— Tu veux que je fasse quoi avec ça ? dit Séléna, interloquée. Elle a vomi dans la neige…

— C'est vrai ! répond Ophélie à l'extérieur, soulagée que le rejet de son estomac ne provoque pas une syncope chez ses amies. Êtes-vous encore en chicane ?

— Essuie le bord de ta bouche, Ophélie, avant de nous parler. Et non, nous ne sommes plus en chicane.

Ophélie s'approche de nous et exige un câlin collectif. Ce qui soulage la future mère et, du même coup, ses deux amies.

Notre première nuit dans le cabanon de bûcherons s'est avérée peu confortable. Elle fut même froide et tumultueuse. Nous nous sommes obstinées pour savoir qui se lèverait pour mettre des bûches dans le poêle. Je n'ai jamais autant gelé de toute ma vie. De plus, je dors mal quand je ne prends pas une douche avant de me coucher. Je sais, je suis une poule de luxe, mais je m'assume ! Et le comble, Marilou, qui a bu un verre de trop, ronflait. Et j'oublie Ophélie qui s'est levée cette nuit pour grignoter des biscuits soda. Difficile de trouver le sommeil dans de telles conditions.

— Vous avez faim ? Moi, oui.

— On sait que tu as faim, tu as toujours faim depuis que tu es enceinte.

Ophélie rit, heureuse que nous fassions référence à sa gestation.

Nous marchons le kilomètre qui nous sépare du couvent, vêtues de notre pyjama, un pain à la main et un pot de Nutella dans l'autre. Ophélie paraît déçue des denrées que j'ai apportées pour nos déjeuners. Elle semblait s'attendre à ce que je prépare un *brunch* chaque matin.

Les religieuses nous accueillent tout sourire, très chaleureusement.

— Bienvenue ! Je me présente, je suis sœur Mariette et voici sœur Simone.

Sœur Simone semble plus timide et nous fait un signe de tête en guise de salutations.

— Vous êtes ici chez vous.

— Pas tant que ça, parce que je risque de dévaliser votre garde-manger. Je porte la vie présentement, dit Ophélie en se caressant le ventre pour la centième fois depuis son réveil. Séléna n'est pas très forte en cuisine, alors on va se nourrir de pain et de Nutella ce matin.

— Mais il faut le nourrir, ce petit ange, s'exclame sœur Mariette. J'ai un restant d'omelette et des fèves au lard pour vous, si vous désirez.

Je ne suis pas certaine que la bonne sœur lui offrirait ce repas si elle savait que la future mère n'est pas mariée.

— Il y a de la braise dans le poêle si vous voulez vous faire des rôties.

Le déjeuner est succulent. Du pain rôti sur la braise, c'est tellement meilleur. L'ambiance est conviviale, et Ophélie se régale des restes offerts par sœur Mariette.

Notre après-midi se déroule dans le calme, ce qui me fait du bien. Pendant qu'Ophélie fait la sieste et que Marilou s'occupe en jouant une partie de Solitaire, je m'habille chaudement et pars faire une balade. De légers flocons de neige brouillent le ciel, la température est douce et froide à la fois. Je passe devant l'arbre qu'Ophélie a serré dans ses bras hier et je souris. Je ne peux pas croire qu'elle a réussi à nous amener aussi loin pour nous entraîner dans une quête spirituelle. Cependant, je ne peux pas nier que je me sens bien ici. Je retrouve un peu de paix intérieure, sentiment que je n'ai pas ressenti depuis plusieurs jours.

Mon aventure à Rimouski me revient à l'esprit. La grande blonde, svelte, bien « roulée », du genre *America's Next Top Model*, l'hypocrisie de Christophe… Oui ! C'est ce que j'appelle de l'hypocrisie lorsqu'on dit à une fille qu'on l'aime et qu'on l'attend, alors qu'on couche avec une pétasse blonde d'à peine vingt ans. Il peut bien se le mettre où je pense, son amour pour moi ! Il n'aura plus jamais de mes nouvelles. Je préfère le célibat et les « amis santé ». Ma soirée avec Hugo a confirmé ce que j'ai toujours pensé à propos des relations amoureuses : l'engagement est un mythe. Il s'agit d'une invention de l'homme pour se rassurer, alors que l'amour est tout sauf rassurant et sécurisant. Le sexe est la seule bonne chose qui ne fait pas mal et qu'on peut tirer d'une relation avec un homme.

Le soir venu, Ophélie se met à tourner en rond dans le cabanon, inquiète de la deuxième nuit que nous nous apprêtons à passer dans le froid.

— Vous croyez que les religieuses accepteraient qu'on passe la nuit chez elles ? J'ai peur pour mon bébé. Il fait froid et, en plus, j'ai envie de pipi à chaque heure.

— OK pour l'envie de pipi, mais pour ce qui est de ton bébé, ou plutôt de ton amas de cellules, rassure-toi, il est bien au chaud.

— Heyyyyyyyyyyyy ! crie Ophélie, insultée, en portant sa main à son ventre comme pour le protéger.

Les religieuses nous accueillent aussi chaleureusement que ce matin. La chambre est impeccable et rangée à la perfection, et les lits sont confortables, même si le décor est plutôt minimaliste. Il s'agit d'un ancien dortoir. Sœur Mariette nous offre de faire la prière en sa compagnie avant de nous coucher. Marilou et moi refusons poliment, alors qu'Ophélie, craignant une malédiction quelconque, accepte en joignant ses mains et en inclinant la tête.

Je me retiens pour ne pas pouffer de rire. Elle revient au dortoir une vingtaine de minutes plus tard, apeurée.

— C'était bizarre, les filles. On aurait dit une version *hard* du centre bouddhiste.

Nous éclatons toutes de rire. Jonathan, le moine québécois, nous revient en tête et entraîne un autre délire.

Après ce moment fort agréable, Ophélie s'assoupit. Marilou, juste avant de trouver le sommeil, me lance :

— Tu as raison, Séléna. Je ne peux pas faire de bébé avec Benjamin en croyant que ça va arranger notre couple. Je pense que je devrais consulter.

Heureuse de l'entendre, je me laisse paisiblement aller dans les bras de Morphée.

Dès mon réveil, soit à cinq heures et dix-sept du matin, je file vers le cabanon et emporte les bagages de chacune. Je compte partir le plus tôt possible. Il est six heures lorsque je termine de tout transporter. Comme Ophélie et Marilou ne semblent pas être réveillées, je fais deux allers-retours à la voiture pour y ranger les valises. À leur réveil, les filles sont étonnées de ma rapidité d'exécution. Ma proposition de déjeuner au Cosmos à notre retour à Québec les enchante, particulièrement Ophélie.

Avant notre départ, sœur Simone glisse un sac en papier entre les mains d'Ophélie, contenant un muffin maison et un yogourt.

— Je vais prier pour vous, murmure sœur Simone.

Nous les embrassons chaleureusement et partons.

— Du tourisme religieux ! Si on m'avait dit un jour que je ferais ça, je ne l'aurais jamais cru, s'exclame Marilou. Il faut que je vous aime vraiment pour être restée deux jours.

— Dis plutôt une journée et demie ! Séléna était en feu ce matin et, d'après moi, on n'aurait pas passé une heure de plus dans le bois.

J'éclate de rire en me revoyant en train de tout ramasser aux aurores.

Mon gargantuesque déjeuner est succulent. J'ai toujours dit que les œufs bénédictine ont quelque chose de thérapeutique. Mon téléphone m'indique que j'ai cinq nouveaux messages. Christophe m'a appelée il y a une heure, mais je n'ai pas entendu la sonnerie de *Back to the Future*. J'efface son message sans même l'écouter. Du coup, j'efface son contact. Une amitié de plus de dix ans vient-elle de s'éteindre à l'instant ? Il semblerait que oui…

15
Pâté à la viande et ketchup aux fruits

J'ai pris l'habitude depuis un certain temps d'aller souper au moins une fois par mois chez mon père. J'annule une fois sur deux, mais l'intention est là. Le prochain souper est ce soir. J'ai acheté une bonne bouteille de vin. Si la conversation n'est pas fluide, au moins le vin le sera dans ma bouche.

Une fois arrivée dans la magnifique ville de Val-Bélair, je constate que la voiture de mon père n'est pas garée dans l'entrée. Aussi, j'aurais dû mettre mes lunettes de soleil, parce que même s'il fait noir à seize heures à ce temps-ci de l'année, la tonne de décorations de Noël illumine tellement la cour que je peine à garder mes yeux ouverts. Soit Diane souffre de dépression saisonnière, soit elle est mère Noël. Ce sont les seules options possibles.

Sans étonnement, j'aperçois Brandon qui sort de la maison pour m'accueillir, des bois de cerf en peluche lumineux sur la tête et une cape rouge sur le dos. Le comble du quétaine! C'est surprenant qu'elle ne lui ait pas mis une lumière dans le derrière.

Diane sort à la suite de Brandon, chaussée de ses pantoufles en Phentex, aux couleurs de Noël, bien évidemment. J'assiste à la représentation québécoise et familiale du « Sapin a des boules ». Elle me saute au cou et m'embrasse sur chaque joue. Elle sent la femme au foyer qui s'est activée devant les fourneaux tout l'après-midi.

— Je t'ai cuisiné des pâtés à la viande et j'ai fait du ketchup aux fruits. Un médecin comme toi, ça doit pas avoir le temps de faire l'épicerie et la cuisine. Tu pourras repartir avec tout ce que tu veux.

C'est gentil de sa part, mais ce n'est pas nécessaire. Je souris et lui demande où est mon père, pour changer de sujet.

— Marcel est parti travailler. Il avait une réunion syndicale.

— Un dimanche soir ?

— Les employés devaient se réunir pour parler de la nouvelle convention collective.

Tout de suite, je repense à la fois où j'avais surpris mon père parlant au téléphone, au sous-sol. D'après moi, il n'y a pas de réunion syndicale… C'est plutôt un tout autre style de réunion… Je n'ose pas y penser.

— Donc, si je comprends bien, on soupe en tête à tête ?

— Ouiiiiiiiiiiiiiiii ! s'exclame Diane avec enthousiasme. J'ai préparé des *drinks* de filles et je peux te faire les ongles. J'ai acheté des nouvelles couleurs de vernis.

Mon regard se porte sur les couleurs en question, malheureusement plutôt douteuses…

— Je te remercie, mais j'ai déjà un rendez-vous pour un manucure cette semaine.

Elle place sa main dans mon dos pour me faire entrer la première. L'odeur du pâté à la viande me monte au nez. Un chien lumineux me passe entre les jambes. Tous les éléments sont présents pour ouvrir ma bouteille de vin à l'instant.

— On va manger à la chinoise, comme dans les films. C'est ben à mode !

Je me retourne et aperçois deux coussins sur le sol, de chaque côté de la table basse du salon. Nous n'avons pas la même définition de « à la chinoise ».

Son pâté à la viande est aussi bon que celui de Micheline, je dois l'avouer. Diane me regarde et semble attendre mon commentaire sur son repas.

— C'est bon, Diane, dis-je brièvement.

— Si tu avais à m'attribuer une note sur dix, tu me donnerais combien ?

C'est parce que c'est fini l'émission, ma grande !

— Je ne suis pas experte en pâté…

— Alors goûte à mon ketchup aux fruits et dis-moi ce que tu en penses.

Le goût me ramène plusieurs années en arrière… Avant même que je dise quoi que ce soit, Diane s'empresse de me préciser que c'est la recette de ma mère. Mon cœur fait trois tours sur lui-même.

— C'est Marcel qui a retrouvé la recette entre deux pages d'un livre.

Émue, je ne dis rien et savoure simplement ce réconfortant souvenir.

Une coupe de vin suffit pour rendre Diane pompette. J'en profite pour la questionner sur sa relation avec mon père.

— Papa va bien?

— Tu sais, ton père est un homme facile. Il est toujours joyeux et très gentil avec moi.

Je la sens hésiter quelques secondes et les larmes lui montent aux yeux. Elle reprend, après avoir avalé une grosse gorgée de vin:

— Je suis certaine qu'il me trompe. Je le lui ai demandé directement. Il m'a dit que non, mais je sens bien qu'il a souvent la tête ailleurs, et les réunions se multiplient depuis deux mois. C'est louche! dit-elle avant d'éclater en sanglots.

Toujours aussi mal à l'aise avec les émotions, je ne sais pas comment réagir. Je vais donc à la salle de bain. Je me trouve méchante et je reviens rapidement avec une boîte de mouchoirs.

— Je sais que je ne devrais pas te dire ça parce que c'est ton père, mais il fallait que ça sorte. Je n'ose pas en parler à personne, même pas à ma sœur.

Les larmes me montent aussi aux yeux. Plus je m'efforce de les retenir, plus elles coulent. Il faut que j'arrête de pleurer tout de suite, j'ai l'air d'une folle. Diane va penser que nous sommes des amies intimes. Elle va vouloir qu'on magasine, qu'on soupe avec les filles, qu'on se fasse masser… La panique s'installe. Diane me voit pleurer et tente de me réconforter en me flattant le dos.

— Ma belle, avoir su que mes larmes te feraient penser à Christophe, je les aurais retenues. Ça doit être insoutenable. Les ruptures sont toujours difficiles à vivre.

« Calme-toi, beauté. Respire. *Please*, pas de drame ce soir. C'est juste Diane qui fabule. »

— Tu sais, Séléna, les hommes sont très différents des femmes. J'ai un bon livre pour toi si tu veux. Avant de rencontrer ton père, j'étais en couple avec quelqu'un que je croyais être l'homme de ma vie. Après quelque temps, il est devenu violent. Ça m'a pris un moment avant de comprendre que je méritais mieux. Si je te dis ça, c'est que je veux que tu gardes espoir. Tu vas trouver le bon un jour. Tu vois, après ma relation avec cet homme, j'ai rencontré ton père et je réalise à quel point nous sommes faits l'un pour l'autre. C'est lui, l'homme de ma vie. Le vrai ! lance-t-elle, convaincue malgré ses doutes.

— Diane, je ne veux pas d'amoureux. Je suis très bien seule. Je sais que ça peut être difficile à comprendre pour toi, mais c'est ce qui me rend heureuse.

— Tu ne peux pas passer ta vie dans un condo avec un oiseau comme seul compagnon de vie…

— Pourquoi pas ? Je suis une femme de carrière et je suis bien entourée. Je n'ai pas besoin de plus.

— Que vas-tu faire quand tes deux amies vont avoir des enfants ? Je suis certaine que ça te donnera envie d'être en couple et de fonder une famille toi aussi. La femme est faite pour ça.

— Je mets des bébés au monde presque tous les jours. Si j'en veux, je n'ai pas besoin d'un homme. J'ai plusieurs options en tête, mais pour l'instant, c'est très loin sur ma liste de priorités. Est-ce que tu peux me faire un café ?

— Hors de question que tu partes ce soir avec ton auto. Tu as trop bu.

Elle se dirige vers le placard, d'où elle sort une couverture. Je m'empresse de lui dire que quelqu'un peut venir me chercher.

— Tu peux pas appeler Ophélie à cette heure-là, elle est enceinte !

Je reste stupéfaite, me demandant comment elle a pu apprendre la nouvelle.

— C'est Ophélie qui me l'a dit quand je l'ai appelée.

Depuis quand appelle-t-elle mes amies ?

Heureusement que j'ai pensé envoyer un texto à Hugo il y a une dizaine de minutes. Je me sentais mal de lui demander de venir me chercher. Nous ne nous sommes pas donné de nouvelles depuis notre nuit ensemble. Je n'ai pas envie qu'il croie que je suis accro à lui.

Dès que j'aperçois sa voiture, je m'empresse de quitter l'appartement, avec un pâté et deux pots de ketchup. Je le rejoins avant qu'il ait la mauvaise idée de sortir et de se présenter à Diane. Je ne veux surtout pas de ça ce soir.

Sur le chemin du retour, Hugo me sourit et emprunte la route qui mène chez lui. Sûr de lui, le gars ! Ça me plaît !

— Je passais dans le coin, me lance mon père.

Il habite à Val-Bélair, il travaille à Val-Bélair et il me dit qu'il passait dans le coin ! Il n'est jamais arrivé à l'improviste chez moi et, tout à coup, il aurait envie de le faire ?

— Est-ce que j'ai une poignée dans le dos? Si tu savais le nombre de menteries que j'ai pu raconter à des gars, ce n'est pas à moi que tu vas la faire, celle-là.

Chères lectrices, je n'ai pas dit cette phrase. J'y ai seulement pensé…

Mon père se frotte les mains, il semble nerveux. Il m'invite au restaurant et j'accepte, me disant que c'est probablement aujourd'hui que j'en saurai davantage sur sa double vie…

Une crêpe chocolat et banane, accompagnée d'un cocktail de fruits de chez Cora. Tout ce qu'il faut pour me rassasier et absorber la nouvelle que je m'apprête à entendre.

Mon père est si nerveux qu'il a uniquement commandé un café. Ce n'est pas dans ses habitudes…

— Je ne t'avais pas déjà suggéré de diminuer ta consommation de café?

— Vous devriez être fière de moi, docteure Courtemanche. J'ai commandé un café, mais pas d'aliments remplis de cholestérol. Je fais attention, car je mange souvent au restaurant ces temps-ci…, dit-il en regardant au loin.

Je l'interroge afin de savoir ce qui l'amène à sortir si souvent. La seule information que je réussis à lui soutirer, c'est que la négociation de la convention collective exige beaucoup de rencontres.

— Comment ça va au travail ? As-tu un peu de temps pour toi ? As-tu revu Christophe dernièrement ?

Il me bombarde de questions et ne me laisse pas le temps de répondre. Étonnée par son comportement, j'use de la stratégie du silence et je m'empiffre de chocolat en espérant qu'il passera aux aveux.

Mon assiette est terminée et je suis à court de stratégies, c'est-à-dire de nourriture. Mon père n'a malheureusement pas dévoilé la véritable raison pour laquelle il m'a invitée aujourd'hui…

Je devrai réfléchir à une autre stratégie.

Je déguste un pâté à la viande de Diane. Je n'ai pas eu le temps de cuisiner, ou plutôt je n'aime pas cuisiner. Celui de ma mère était le meilleur, mais je dois marcher sur mon orgueil et avouer que celui de Diane n'est pas si mal. Parlant de pâté à la viande, il y a longtemps que je n'ai pas eu la chance de me régaler des petits plats réconfortants de Micheline, ma voisine et sosie de Janine Sutto.

Ce soir, je dois répondre aux différentes offres que j'ai eues pour Noël. Mon père s'attend à ce que je passe cette soirée en famille. Ophélie souhaite que je l'accompagne chez ses parents. Marilou veut aussi que je l'accompagne, car elle ne veut pas affronter seule sa belle-famille. Hugo m'a offert de passer une semaine dans le Sud en sa compagnie. Aucune offre de la part de Christophe…

Noël, aujourd'hui, ce n'est plus ce que c'était. Chaque année, je vagabonde d'une soirée à l'autre, afin d'éviter ma famille. Mon SPMF se manifeste toujours à cette période de l'année, tel un vieux fantôme.

Il me semble que ce n'était pas compliqué quand j'étais enfant. J'allais où mes parents le décidaient et j'avais toujours du plaisir. Ma mère sortait rarement, à part pour Noël. Lors de cette soirée, elle prenait le temps de se coiffer et de se maquiller. Je vivais ce moment précieux en la regardant. Je la trouvais belle. D'autant plus que j'étais habituée à la voir couchée et en pyjama plutôt qu'avec une belle robe. Nous ne revenions jamais tard, mais je sentais que le fait de se retrouver en famille la rendait heureuse. Elle ne prenait pas beaucoup part à des conversations, mais écoutait sagement les histoires de chacun.

Chaque année, ma mère m'offrait un livre en cadeau. Elle souhaitait que je sois une grande lectrice, tout comme elle. Lors des périodes de sa vie où son moral était haut, elle passait des heures à lire calmement dans la verrière. Elle lisait des romans de l'époque romantique, comme *La dame aux camélias*, d'Alexandre Dumas fils. J'ai d'ailleurs conservé ce livre précieusement, souvenir d'une belle période. Aujourd'hui, je n'ai pas le temps de lire. Pendant mes études, j'ai tellement lu de briques que, maintenant, la seule vue d'un livre me répugne. Ma mère serait déçue que je ne lise pas, mais serait quand même fière de mon métier.

Dans mon coffre à souvenirs, j'ai aussi conservé un livre de contes de Noël. Chaque soir de décembre, jusqu'à la veille de Noël, ma mère me racontait une histoire. Je me blottissais dans ses bras, bien couchée dans mon lit. Elle allumait une bougie en forme de bonhomme de neige et prenait une voix spéciale pour me raconter la légende de saint Nicolas ou la rose de Noël. Elle y ajoutait beaucoup de détails et d'intonations, plus que ce qui était présenté dans le livre. Je pouvais presque sentir les odeurs quand elle décrivait les forêts ou les repas de Noël. Ma préférée était celle du 12 décembre.

Le Noël des lutins

Une gentille petite fille est dans sa chambre et s'ennuie. Elle ouvre son coffre à jouets. Perdue dans ses pensées, elle prend une toupie qu'elle fait tourner. Des images défilent dans sa tête. Tout à coup, elle se retrouve plongée dans une de ces images, la maison des lutins. Joyeuse, elle prend part à leur fête. Les lutins sont impressionnés de la voir et lui offrent un cadeau spécial en guise de bienvenue. Elle a toujours rêvé de faire du patinage artistique et les lutins ont entendu son souhait. Une jolie paire de patins roses accompagnés d'une robe brodée de paillettes…

Tout était si léger à cette époque…

Puisque je suis indécise, à savoir dans quelle famille je fêterai Noël, je prends plaisir à dénicher la robe parfaite pour cette soirée. J'ai fait l'achat de jolies boucles d'oreilles et je dois trouver LA robe pour les mettre en valeur. Une styliste dirait que c'est le processus inverse que je dois faire, c'est-à-dire la robe avant les accessoires, mais quand j'ai un coup de cœur pour quelque chose, il me le faut. Je dépose mon assiette vide dans l'évier et sors mon ordinateur. Ma nouvelle découverte de magasinage en ligne : la boutique 1861. Tous les articles sont *vintages*. On se croirait à une autre époque. En quelques minutes, je déniche la robe parfaite : longue, ajustée à la taille, recouverte de dentelle noire et d'une touche de rose pastel au buste. À bien y penser, ce n'est pas dans le salon de mon père ou dans celui des parents d'Ophélie que je me visualise à Noël. Ma robe ne s'agence pas très bien avec des pantoufles en Phentex. Soleil, plage et bikini… me voilà !

16

Poulet braisé aux figues

On cogne à ma porte. J'ouvre et découvre sur le seuil un Raymond plutôt mal en point.

— Je te dérange, ma petite ?

— Non, au contraire, je suis contente de vous voir. Ça fait longtemps que je n'ai pas eu de nouvelles de vous et de Micheline. J'ai été très occupée ces derniers temps…

Raymond m'interrompt :

— Micheline est à l'hôpital. Sa grippe a dégénéré en pneumonie.

Stupéfaite, je lui demande pourquoi il ne m'en avait rien dit.

— Micheline ne veut pas alarmer personne. Tu sais comment elle est… Et je suis rarement chez moi, je passe mes journées en sa compagnie.

— J'aurais pu aller vous voir à l'hôpital, voyons…, dis-je, déconcertée.

— Nous savons que tu es débordée…

Terriblement troublée, je lui offre mon soutien. Et lui propose de faire le trajet avec moi tous les jours pour aller à l'hôpital et de visiter Micheline dès ce soir pour en connaître davantage sur son état.

Je referme la porte, bouleversée. J'aime profondément ce couple, qui a toujours été là pour moi dès mon arrivée. Depuis les quatre dernières années, ils me gâtent et prennent soin de moi. Ce sont même eux qui m'ont sauvé la vie lorsque j'ai été attaquée par la femme d'Alexis (un ex-« ami santé » dont j'ignorais tout de sa situation conjugale). Plus tard, j'aimerais vieillir aussi bien qu'eux et être une personne aussi gentille et bonne que ce couple.

Je m'empresse de revêtir mon manteau pour aller effectuer quelques achats. Raymond doit être fatigué de manger des plats congelés et de la soupe en conserve. Je me rends à la pâtisserie du coin et achète quelques produits frais. L'odeur du pain chaud et des chocolatines embaume l'endroit. Je choisis quelques confiseries pour Raymond et arrête en chemin au dépanneur pour ajouter un journal et un livre de mots croisés à mon paquet-cadeau.

Plus tard dans la journée, je reçois un message d'un numéro inconnu : « Salut, Séléna, je n'ai pas la meilleure nouvelle à t'annoncer. Marilou et moi, c'est fini… C'est ma décision. Je suis triste, je sais qu'elle a de la peine, beaucoup de peine même. Elle aura besoin de ses amies. La situation était devenue pénible depuis quelques semaines. J'ai vraiment essayé, j'ai vraiment voulu que ça fonctionne, mais ça ne me convenait plus. Si tu pouvais prendre de ses nouvelles, je serais rassuré, car elle ne me répond pas. Merci ! » La voix de Benjamin semblait triste et remplie d'inquiétude. Sans hésiter, je me rends chez Marilou. Il me reste une heure avant mon rendez-vous avec ma psy. J'ai un double de la clé que j'utilise uniquement en cas d'urgence ; aujourd'hui, il me sera utile. Je me gare derrière sa voiture et constate l'absence de lumière dans l'appartement. Je m'y rends d'un pas décidé. Je colle mon oreille contre la porte et entends de la musique. Je sonne à deux reprises et je patiente quelques secondes, puis je finis par tourner la clé dans la serrure. Je découvre alors une Marilou couchée en boule sur le tapis du salon, avec une montagne de mouchoirs à ses côtés. Elle se trouve dans un état catatonique. La chanson de Cindy Daniel, *Sous une pluie d'étoiles*, joue en boucle :

> 𝄞♫ « *Quand la mer s'évanouit / Là où le ciel s'achève / Je cherche sur tes lèvres / Le chemin de mes nuits / Quand il ne reste plus / Que quelques rêves perdus / Tous les mots qu'on se dit / Ces pensées qui nous lient / Sont comme des larmes aux yeux / Des instants si précieux / Qu'on voudrait les garder / Au fond de nous cachés* »

Frustrée de voir mon amie dans cet état, j'éteins la musique et lui crie un paquet de bêtises :

— Dois-je te rappeler que, depuis des mois, tu nous casses les oreilles avec ta relation qui bat de l'aile ? Tu as convoqué je ne sais combien de rencontres au sommet pour te plaindre. Tu as trompé Benjamin à plusieurs reprises. Tu as voulu le quitter une bonne dizaine de fois…

Marilou me coupe la parole pour me préciser que c'est quatre fois et non une dizaine de fois.

— On s'en fout, Marilou ! Tu ne me feras pas croire que t'es en peine d'amour. Tu peux avoir de la peine, mais je pense que c'est ton orgueil qui est touché. Tu considérais Benjamin comme un pantin depuis des mois et tu croyais avoir le contrôle sur ta relation, alors que c'est lui qui a pris la décision. Tu t'attendais à quoi, sinon à ça ?

Elle éclate en sanglots et me rappelle qu'ils essayaient d'avoir un enfant.

— Cette décision était réfléchie et on a cru que ça pourrait raviver la flamme. Benjamin était enthousiaste et me parlait de fabriquer lui-même un berceau pour notre petit poulet.

— Lâche-moi le poulet ! Tu sais très bien que ce n'est pas un bébé qui aurait sauvé ton couple, on en a déjà discuté. Benjamin a seulement été plus réaliste et a vu ce que tu t'entêtes à ne pas voir. C'est un bon gars, il ne méritait pas d'être manipulé comme ça. Vu tes dernières frasques, ce n'était assurément pas une relation qui te convenait.

Elle se met à pleurer de plus belle. Découragée, je retire la couverture qui la tient au chaud et la force à sortir.

— On va où ?

— S'oxygéner, déclaré-je d'un ton ferme.

Je ne lui en dis pas plus, mais mes intentions sont claires.

— Tu aurais dû me le dire qu'on allait marcher si longtemps, j'ai froid aux oreilles. J'aurais mis une tuque.

— Tu as juste à remonter ton capuchon, et de quoi te plains-tu ? Ça change le mal de place, sifflé-je sèchement.

Elle baisse les yeux comme une enfant gâtée qu'on dispute et continue à me suivre, tout en rabattant sa capuche à visière.

Une fois devant l'édifice du bureau de Murielle Nadeau, Marilou, la tête enfouie sous son vêtement, ne peut voir qu'il s'agit d'un cabinet de psychologues. Je la fais passer devant moi, lui dis de monter les escaliers jusqu'au troisième étage et lui ordonne de s'asseoir dans la salle d'attente.

— Qu'est-ce qu'on fait ici, Séléna ?

— Chut ! Tais-toi et fais-moi confiance.

Marilou ne regimbe pas, ce qui est inhabituel.

Murielle Nadeau ouvre la porte et sort de son bureau. Elle me salue en se dirigeant vers nous. Je me lève et demande à lui parler en privé, en lui signifiant des yeux que Marilou est au centre de cette situation. Je ferme la porte derrière nous.

— Est-ce possible que je vous recommande une nouvelle patiente à l'instant ? Mon amie Marilou a vraiment besoin d'aide. Je lui céderais ma place aujourd'hui.

— C'est une requête spéciale. Est-ce une façon de fuir ton rendez-vous ou tu es vraiment inquiète pour ton amie ?

J'ouvre la porte du bureau.

— Regardez-la ! Ce n'est pas une comédienne. Je l'ai déjà vue faire du théâtre et elle est vraiment mauvaise.

Murielle s'approche de Marilou et lui explique ma demande. Sans attendre, ma copine se lève.

— Ça me convient. Je m'étends où ?

Se lever à trois heures du matin pour se rendre à l'aéroport est toujours difficile, malgré mon habitude à travailler de nuit. Hugo doit passer me prendre dans quelques minutes, nous partons en direction de Montréal. Trois heures de route. La conversation n'est jamais une priorité pour nous, alors j'ignore comment se déroulera le long trajet. Je souhaite que tout soit aussi fluide qu'à notre premier « rendez-vous », sinon la semaine risque d'être pénible. À son arrivée, je m'étonne de la quantité de valises déjà entassées dans sa voiture. Pour la première fois de ma vie, je voyage avec quelqu'un qui a autant de bagages que moi. Il a pensé à tout, un café pour lui, un croissant et un chocolat chaud avec de la crème fouettée pour moi. En route, il me raconte ses péripéties de voyage pour le travail, les réactions des médecins lorsqu'il se déplace dans les cliniques pour vendre ses produits, et je ris de bon cœur chaque fois que je me reconnais dans l'une de ses descriptions. Le trajet se déroule rapidement, je m'en faisais pour rien. Si ce n'était du trafic et des travaux près de l'aéroport, nous aurions fait le parcours avec près d'une heure de moins. Une fois à destination, je sens l'anxiété monter. *Sti* que je déteste prendre l'avion, surtout le décollage, parce que j'ai toujours peur qu'on s'écrase. Je n'en parle pas à Hugo. Pas question que je perde la face. J'ai apporté tout ce qu'il me faut en médicaments pour m'assommer. J'espère qu'il ne comptait pas bavarder durant le vol ou faire des mots croisés en équipe – quoiqu'il y ait peu de chances que ce soit son genre – car moi, je vais dormir. C'est une question de survie ! Eh merde ! Comment dormir de façon élégante dans un avion, surtout quand tu connais peu la personne assise à côté de toi. Et si je bavais ? Et si je dormais la bouche ouverte ? Et si je ronflais ? Il perdra l'image *sexy* qu'il a de moi jusqu'à ce jour. Non pas que je me préoccupe de ce qu'il pense, mais il y a des limites à partager son intimité.

Une fois les douanes passées, je pars seule faire quelques achats : *peanuts*, parfum, champagne et crème solaire. Hugo reste assis confortablement, à composer des numéros de téléphone. Je me demande s'il est en train d'envoyer des messages à ses autres maîtresses pour les avertir, comme il le fait avec moi, de son absence pour les sept prochains jours. Après avoir fait mes emplettes, non seulement ma théorie se confirme, mais elle s'avère plus que réaliste, puisqu'une très jolie jeune femme converse avec lui, la main dans les cheveux. Il semble lui raconter les mêmes histoires que celles dont il m'a abreuvée ce matin sur la route. Plutôt que de le déranger, je m'assois au bar et me commande un *drink*. Après tout, il est dix-sept heures quelque part dans le monde et je suis debout depuis trois heures ce matin. Comme si Ophélie avait senti mon urgent besoin de discuter, elle me téléphone. Une bonne raison d'avoir l'air occupé pendant que monsieur flirte.

— Coucou, ma chérie, je sais qu'il est tôt, mais j'ai pensé à toi toute la nuit. Tu sais que je ne dors plus depuis que je suis enceinte, et j'ai complètement oublié de te demander les informations de ton hôtel. D'un coup que j'aie besoin de te parler ou que tu aies un problème.

— Oui, maman…, dis-je, touchée par ce geste affectueux.

Depuis que je la connais, Ophélie joue à la mère avec moi. Ça me plaît autant que ça m'irrite.

— Et comment ça va avec l'homme au V-Neck?

Surprise qu'elle porte ainsi un jugement sur Hugo, elle qui est toujours si douce et si objective, j'en déduis qu'elle ne l'apprécie pas beaucoup. Probablement qu'elle s'inquiète que je fasse un voyage avec un homme qu'elle n'a pas eu le temps d'interroger afin de connaître ses intentions à mon endroit.

— Ne t'en fais pas, Ophélie. Je ne vais pas atterrir sur une île déserte. Je sais ce que je fais…

— Vérifie toujours ton verre au cas où il mettrait quelque chose dedans.

— *Primeramente*, il n'a pas besoin de me droguer pour profiter de mon corps. *En segundo lugar*, j'ai plus de chances d'avoir la diarrhée que de me faire violer par Hugo.

Je suis certaine qu'Ophélie a tenu le téléphone loin de ses prudes oreilles.

— Bon, tu as fini ? Parce que je ne veux pas savoir ce que tu fais avec lui au lit.

Et voilà, je le savais, je la connais par cœur !

— Tu prends ça à cœur, ton voyage à Cuba ! Madame sort son espagnol…, lance Marilou, qui semble fâchée. On sait bien, elle préfère aller se pavaner en bikini sur la plage plutôt que de fêter Noël avec ses amies…

— Désolée, Séléna, j'ai oublié de te dire que le haut-parleur est activé et que je suis en compagnie de Marilou, l'interrompt Ophélie.

— C'est beau, j'ai compris. Qu'est-ce qu'elle fait chez toi si tôt ?

— Tu peux me parler directement, je t'entends, tu sauras. Je ne voulais pas dormir seule. L'appartement est vide sans Benjamin, se lamente-t-elle.

— Avant de terminer cet appel, pour prévenir une éventuelle dispute entre vous deux, j'ai une question pour toi concernant ma grossesse. Pendant les fêtes, si jamais par inadvertance je mangeais de la viande froide, du tartare ou toute autre substance proscrite aux femmes enceintes, est-ce qu'il existe des vitamines ou des médicaments pour en annuler l'effet ?

C'est à mon tour de tenir le téléphone loin de mon oreille et de lever les yeux au ciel. Au même moment, Hugo me caresse le dos et prend place à ma droite au bar.

— Ophélie, c'est évident que c'est préférable que tu ne manges rien de tout ça, mais ce n'est pas dramatique si tu y goûtes. Je sais que tu es raisonnable, fais-toi confiance !

Je mets fin à la conversation et me retourne vers l'homme vêtu d'un chandail à capuchon, et non d'un V-Neck.

— Tu n'es pas venue me rejoindre ?

Je lui souris en guise de réponse, m'approche de lui tranquillement et dépose un baiser mi-gêné mi-langoureux sur sa bouche, pour me garder une petite gêne en public et le faire taire.

Quelques heures plus tard, en descendant de l'avion, je sens l'air cuisant de Cuba emplir mes poumons. Heureuse d'être arrivée, je ressens déjà l'effet bénéfique des vacances.

Le vol a été catastrophique. J'ai dormi tout le long, et Hugo a été très gentil. Mais il a eu le culot de me filmer pendant que je dormais la bouche ouverte, face tournée vers lui, bien évidemment. Il m'a même montré la vidéo et a refusé de l'effacer. Pendant qu'on attend nos bagages dans le petit aéroport coloré et suffocant du Sud, il montre la vidéo à quelques Québécois qui était à bord de notre avion. Je concentre mon attention sur le petit ruban rose accroché à ma valise pour mieux la reconnaître. Rien de ce signe distinctif ne se présente à l'horizon. Entre-temps, Hugo continue son manège. Il me fait suer ! Je simule l'indifférence, le laissant faire son spectacle.

— *Una cerveza por favor*, crie Hugo pour la dixième fois, pour amuser les autres passagers qui se font un plaisir de répéter après lui.

Il nous reste deux heures et demie d'autobus avant d'arriver au *resort.* Je devrai marcher sur mon orgueil, puisque la semaine n'est pas encore commencée. La première fois, c'était sympa, mais là, il me tape royalement sur les nerfs. Il se met à chanter des chansons en espagnol avec son accent du Québec, entraînant les autres voyageurs dans son délire égocentrique.

Une fois à destination, je m'empresse de déposer mes valises dans notre chambre avant d'aller goûter au buffet sur la plage. J'ai l'estomac vide, alors je suis doublement irritée par le comportement d'Hugo. J'enfile mon bikini jaune canari, mes lunettes de soleil Prada ainsi que mon chapeau de plage blanc très *vintage.* Satisfaite de mon premier *look* du Sud, je profite du long passage d'Hugo à la salle de bain pour fuir en douce. J'ignore s'il est en train de se pomponner ou de trôner sur les toilettes, mais ça semble long !

Deux heures plus tard, il me retrouve et me rejoint sur la plage alors que je bénéficie déjà pleinement des bienfaits de la chaleur et de l'air salin.

— J'ai aperçu une belle grande rousse au loin. Vous êtes la plus belle de toutes les femmes sur cette plage, docteure Courtemanche, lance Hugo d'un ton enjôleur.

— Tu arrives juste à temps pour me crémer le dos. Ma peau est sensible et je ne veux ni coups de soleil ni d'autres taches de rousseur.

— Moi non plus, parce que je ne pourrais pas te caresser, me chuchote-t-il à l'oreille.

Le frisson qui me parcourt me fait oublier son comportement dans l'autobus. Ses mains d'homme massent mon corps. J'ai toujours été très attirée par les belles mains d'homme massives… et *please* aux ongles non rongés ! C'est même un de mes critères. Pour ce qui est des mains d'Hugo, je suis servie.

Alors que la première journée de notre voyage était magnifiquement ensoleillée, la seconde s'avère pluvieuse. Nous sommes sortis déjeuner ce matin, en fait ce midi, et nous avons décidé de rester au lit toute la journée à faire l'amour, jusqu'à l'heure du cinq à sept. Hugo se débrouille plutôt bien en la matière, et commencer mes vacances de cette façon me plaît.

À part les décorations qui ornent le hall de l'hôtel, rien ne me fait penser à Noël. Je savoure ces moments de détente et j'anticipe déjà le moment d'exhiber ma superbe trouvaille de la boutique 1861.

Être toujours belle et bien vêtue ne signifie pas être une princesse ou une poule de luxe. Hugo vient de l'apprendre. Il me tarde de raconter aux filles son visage étonné et soulagé devant mes prouesses mécaniques.

Plus tôt ce matin, nous avons loué un scooter pour nous rendre à une section plus isolée de la plage. Histoire de s'y étendre… nus! Tant qu'à être dans le Sud avec un « ami santé », aussi bien en profiter. Après cinq kilomètres, une puissante averse s'est abattue sur nous. Le scooter a cessé de fonctionner subitement. Comme j'en ai eu un, jeune, j'ai su vite détecter le problème et, du même coup, diminuer l'état de panique d'Hugo, qui croyait devoir bâtir un abri dans la jungle pour la nuit. Le problème était simple. Je n'ai eu qu'à dévisser le plot, le faire sécher et le remettre en place. L'humidité empêchait la connexion. Le scooter a redémarré comme si de rien n'était, sous le regard ébahi de mon partenaire de voyage.

La magnifique plage où sable blanc et eau bleue cristalline volaient la vedette était déserte. Nous y avons passé quelques heures à grignoter un sandwich et des croustilles ainsi qu'à lire et à se baigner. Les vagues étaient si puissantes que j'en ai perdu mon haut de bikini. J'ai pris quelques photos de mes pieds au manucure parfait, que j'ai envoyées aux filles en fin de journée, sachant très bien qu'une vague de froid traverse actuellement le Québec.

Il est dix-neuf heures, enfin je suppose, selon la hauteur du soleil. La température nous permet ENFIN de coller nos corps sentant la noix de coco à plein nez et goûtant l'eau salée. Alors que nous sommes en plein ébats passionnés, deux agents portant l'uniforme du *resort* arrivent près de nous et nous demandent de quitter les lieux sur-le-champ. Je n'ai jamais été aussi gênée et honteuse de toute ma vie. Je m'efforce de me couvrir avec ma serviette de plage pendant qu'Hugo essaie, en anglais, de gagner quelques minutes supplémentaires pour qu'on ait le temps de se rhabiller. Il tente même de glisser quelques mots d'espagnol dans ses explications. Rien à faire, les deux agents restent plantés devant nous, les bras croisés, à nous regarder passer nos vêtements à la hâte et ramasser nos effets personnels.

Les filles se tordront de rire lorsque je vais leur raconter cette mésaventure. En ce qui me concerne, je ne la trouve pas drôle du tout. Hugo, lui, en rit déjà.

De retour à l'hôtel, nous nous préparons pour le souper. Ça me fait drôle qu'un homme passe autant de temps que moi devant la glace. Son sac à cosmétiques ressemble au mien : crème de jour, crème de nuit, parfum, pince à sourcils, etc. Seul le *gloss* les distingue. C'est une *guidoune*, mais une *sexy guidoune*. Je revêts ma magnifique robe, que j'agence avec des souliers à talons hauts à paillettes noires et mes boucles d'oreilles en camée. Hugo remonte la fermeture éclair dans mon dos. Il se place ensuite devant moi et me tend une superbe petite boîte. Mon visage doit exprimer surprise et stupeur, car il s'empresse de me préciser que ce n'est pas une demande en mariage et que notre relation de type « ami santé » lui convient à la perfection. Rassurée, j'ouvre la boîte soigneusement enveloppée (ce n'est clairement pas lui qui a choisi le papier…, ou peut-être que si). La boîte contient un magnifique bracelet féminin et de très bon goût.

— Merci beaucoup, Hugo. Je suis désolée, je n'ai rien acheté…, dis-je mal à l'aise.

— Tu as juste à me remercier en nature, conclut-il en me faisant un clin d'œil.

Macho man!

Avant de nous rendre au restaurant italien, je m'arrête à la réception de l'hôtel pour y lire mes courriels sur le vieil ordinateur disponible en ce moment. Quatre messages m'attendent: un d'Ophélie, un autre de Marilou, un de mon père et Diane, et le dernier de Christophe. Mon cœur défaille en voyant son nom. Je commence par lire le message des filles, mais je reste obsédée par celui de Christophe. Ophélie me brosse le portrait de ce qu'elle s'apprête à manger pendant le réveillon, me dit qu'elle s'ennuie, habituée à ma présence dans sa famille durant les fêtes, et me souhaite beaucoup de soleil. Quant à Marilou, elle me dresse la liste complète de ses états d'âme depuis mon départ, me rassure en me disant qu'elle se porte mieux et qu'elle compte fêter le 31 décembre chez le gars que nous avons rencontré au karaoké. Je soupire d'exaspération. Diane et mon père m'ont fait une vidéo pour me souhaiter un joyeux Noël. Tout un exploit, compte tenu de leurs aptitudes technologiques. Ils sont tous les deux vêtus de rouge et de vert (sûrement une idée de

Diane) et me disent au revoir plusieurs fois avant de mettre fin à l'enregistrement en cherchant le bouton d'arrêt. Ça me fait sourire. C'est agréable de passer les fêtes en voyage, et surtout très dépaysant, mais qu'on se le tienne pour dit : Noël sans neige, ce n'est pas vraiment Noël...

De : Christophe

À : Séléna

Objet : Une pensée pour toi

Salut, beauté ! En cette journée de Noël, j'ai eu une pensée pour toi. Plusieurs en fait. J'ignore si tu liras ce message puisque tu ne donnes aucun signe de vie depuis mon départ, ce qui m'attriste énormément. La vie à Rimouski me plaît, je prends goût à mon milieu de travail, à la vie et à la beauté des lieux.

Ouais, c'est ça, je sais de quelle beauté tu parles. Une grande blonde frôlant la perfection !

Donne-moi des nouvelles, tu sais que tu peux venir me voir quand tu veux. Je sais que les réunions de famille ne sont pas ce que tu préfères. En attendant, je te souhaite de belles fêtes... Love

P.-S. – Qu'est-ce que tu choisis entre une balade en ski-doo avec moi à Rimouski et un souper aux sushis (je sais que t'adores) devant *Back to the Future* ?

Je ne sais pas quoi penser. J'aurais bien voulu manger des sushis à Rimouski avec toi un 25 décembre, mais merde, il a fallu que tu mêles tout. Je ferme l'ordinateur, me colle un sourire en plein visage et m'en vais retrouver Hugo.

♥♥♥

Après presque dix jours sans avoir vu mes deux meilleures amies, j'organise une rencontre au sommet.

— Wow, bronzée comme tu es, Hugo devait avoir de la compétition.

Je leur raconte mon voyage en détail : du comportement d'adolescent d'Hugo, de la vidéo sur laquelle je dors la bouche ouverte, de la chaleur intense, des bons soupers en tête à tête, des nuits torrides, jusqu'à l'épisode plus que gênant de la plage oh-mon-Dieu-que-je-ne-referai-plus-jamais-ça-de-ma-vie-à-moins-d'être-certaine-de-ne-pas-me-faire-prendre. Après avoir rigolé un bon coup, Marilou s'empresse de me partager sa jalousie, elle qui aurait bien aimé passer les fêtes sous les couvertures avec le chanteur de karaoké, plutôt que de devoir jouer à des jeux vidéo en compagnie de ses amis à peine sortis de la puberté.

— C'est Murielle Nadeau qui sera fière de moi, je n'ai même pas mis ma langue dans la bouche de mon ami. Elle m'avait demandé de travailler ma dépendance affective. Je ne devais pas butiner d'un gars à l'autre et devais me concentrer pour ne pas aller au lit trop rapidement avec M. Karaoké, histoire d'apprendre à le connaître. Malheureusement, la seule chose que j'ai apprise sur lui, c'est qu'il bat tous ses chums au jeu de course automobile.

— Après ta grande introspection en thérapie, est-ce qu'on va toujours pouvoir t'appeler « Miel » ou on va devoir changer ton surnom ?

— J'ai dit que je travaillais ma dépendance affective, pas mon côté séducteur. Laissez-moi au moins ce vice. Ce n'est pas attirant, la perfection chez une personne, ajoute Marilou en riant.

C'est ensuite au tour d'Ophélie de nous relater sa soirée du 25 décembre. Dans sa famille, ou plutôt dans sa belle-famille, la fête est très traditionnelle. Pas seulement dans le sens pâté, dinde, patates pilées, sauce brune, mais aussi pour tout ce qui a trait aux jeux quétaines, aux chants de Noël et aux échanges de cadeaux.

— On devait déballer un cadeau avec des mitaines. Vous auriez dû voir l'oncle Jean essayer d'enlever le papier qui recouvrait ma planche à pain.

— Hiiiiiiiiii ! J'aurais préféré manquer une semaine à Cuba pour voir ça ! plaisanté-je.

Ophélie ne rit pas et boude. Ah ! Les hormones d'une femme enceinte. La délicatesse est de mise. Je m'excuse et insiste pour qu'elle poursuive son histoire.

— Je suis très contente du cadeau de Xavier. Pendant la construction de la maison, vous vous souvenez que notre couple a été quelque peu ébranlé. Il m'avait promis que nous partirions dans une auberge en pleine nature. Mais l'argent destiné au voyage avait été investi dans les armoires de cuisine. Sauf que là, on part dans deux semaines ! crie Ophélie en sautant sur place. Il a mis de l'argent de côté pendant tout ce temps sans m'en parler. J'ai le meilleur amoureux du monde.

Nous sommes heureuses pour Ophélie, et j'admire Xavier qui a pu garder son secret, lui qui habituellement ne sait pas tenir sa langue.

— Parlant de cadeau, savez-vous ce qu'Hugo m'a offert ?

Les filles tentent de deviner en lançant des idées toutes aussi farfelues les unes que les autres, dont une gamme de produits érotiques. Ce soir, je vais même me coucher moins niaiseuse puisque je viens d'apprendre ce qu'est une pompe vibrante pour mamelons (définition : une machine avec des ventouses qui exerce une forte succion sur les mamelons afin de procurer du plaisir).

— Calmez-vous, c'est un bracelet !

Pour Ophélie, cadeau = engagement. C'est pourquoi elle y voit déjà un potentiel amoureux, un dossier, un prospect en Hugo (chères lectrices, peu importe le mot que vous utilisez pour décrire un gars sur qui vous avez une option, sachez que c'est du pareil au même). La bonne maman qui se cache en mon amie depuis toutes ces années est aux anges. Elle qui désire si ardemment que je me «case» enfin est finalement déçue d'apprendre qu'Hugo est seulement un «ami santé», parce que c'est mon désir ainsi que le sien. Un «ami santé» sert tout d'abord au sexe et ensuite à combler nos besoins d'attention et de séduction. Il est permis de s'amuser, de sortir au cinéma, au restaurant, bref tout ce qui se fait entre amis, mais avec une touche de volupté supplémentaire (très bon pour la santé d'ailleurs). En fait, c'est quelqu'un qui nous permet d'exploiter au maximum notre côté égocentrique, en se souciant de nos propres besoins et non de ceux de l'autre.

Ophélie poursuit la description de sa soirée du 25 décembre.

— Au souper, j'ai eu droit à un discours complètement surréaliste concernant les prénoms que je ne devrais pas donner à mon bébé. Évidemment, tous mes coups de cœur étaient insensés selon ma belle-mère, dit-elle, les larmes aux yeux.

C'est bon, ça fait quand même une demi-heure qu'elle n'a pas fait de crise de larmes.

— Ma belle-mère me regardait avec des yeux ronds, l'air ébahi, répétant à voix haute, en roulant ses «r»: «Dimitrrrrrrrri!» Ce qu'elle ne fait jamais pour aucun autre prénom ni aucun autre mot de la langue française: «Ben voyons, ma petite! Dimitri? Minou, les jeunes veulent appeler leur fils Dimitri! » Heureusement que mon chum lui a coupé le sifflet en lui disant qu'on ne connaissait pas encore le sexe du bébé. J'étais bleue, jaune, rouge... J'avais l'air d'un arc-en-ciel. Je riais, mais je vous jure, les filles, que j'étais à un cheveu de péter ma coche.

— Ophélie, je ne t'ai jamais vue sauter un plomb et surtout pas avec ta belle-famille adorée, lance Marilou, amusée par ses propos. De toute façon, c'est quoi, ça, comme prénom, Dimitri? C'est pas un prénom de l'ancien temps? Et si c'est une fille, ce sera quoi? Rolande?

Ophélie a de nouveau les larmes aux yeux. Marilou, de toute évidence, manque encore une fois de tact.

— Non! Ça serait Roseline, finit-elle par répondre.

Devant l'air tout aussi perplexe de « Miel », Ophélie tente de se justifier:

— Vous saurez que choisir un prénom pour un enfant, c'est pas si facile. C'est une grande responsabilité, un prénom nous suit toute notre vie et nous définit. Les fameuses listes de prénoms qu'on écrit à quatorze ans, en croyant décider de notre avenir, seule un soir dans notre chambre en rêvassant, ne font pas consensus auprès de notre conjoint quand on devient enceinte.

— De toute façon, les filles, les goûts, ça ne se discute pas, dis-je pour mettre fin au malaise palpable. Christophe dit toujours que le prénom porte une histoire et une culture collective. Par exemple, si le prénom de fille qu'on cherche peut s'agencer avec la phrase suivante : « dansera pour vous ce soir... » eh bien, oubliez ça ! Par exemple : « Sabrina dansera pour vous ce soir », ça ne fonctionne pas ! Je me souviens un jour d'avoir dit à Christophe que j'aimais beaucoup le prénom Anna pour une petite fille. Selon lui, ce n'était pas approprié, puisqu'il avait tout un répertoire de jeux de mots qui allaient de pair avec « Anna des gros... ».

Ophélie sèche ses larmes et les remplace par un léger sourire. Elle sourit de moins en moins au fur et à mesure que sa grossesse avance... Ses hormones affectent de plus en plus son humeur. J'aimerais bien l'aider en lui mettant de gros pansements roses « psychologiques » ornés de dessins, mais le sujet s'avère délicat, puisque, pour Ophélie et la société en général, une femme enceinte, ça rayonne ! Je vois passer plusieurs femmes à la clinique qui ne sont pas du tout d'accord avec cette croyance populaire. C'est écrit dans tous les livres de grossesse, sur tous les visages des gens à qui on fait la grande annonce, et surtout sur les *covers* de magazines où les vedettes féminines se caressent le bedon en clamant haut et fort : « J'ai une grossesse merveilleuse », « Je n'ai jamais été aussi comblée » et « J'ai hâte d'accoucher dans mon bain ». Je lui en reparlerai certainement lorsque nous serons seules.

— Parlant de Christophe, as-tu eu de ses nouvelles ? demande Marilou.

Je ne sais pas si j'ai envie de leur confier les événements de mon passage à Rimouski… Elles ne sont pas au courant de la surprise que j'ai voulu lui faire. Toutefois, si je ne leur dis rien ou si j'évite le sujet, elles soupçonneront quelque chose. Christophe et moi avons toujours été si proches que la distance à elle seule ne peut nous éloigner…

— Êtes-vous bien assises ? leur demandé-je avant de leur dévoiler toute cette histoire.

17

Pattes d'ours à la mélasse

Je me laisse rarement prendre au piège par qui que ce soit. Habituellement, lorsqu'il y a anguille sous roche, j'ai une bonne intuition qui m'évite quelques malencontreuses situations. Étonnamment, Diane m'a mise dans ce genre de situation…

En début de journée, elle m'a appelée à la clinique pour me demander si j'étais libre ce soir. Inquiète de ne pas comprendre les termes médicaux et de ne pas poser les bonnes questions, elle m'a suppliée de l'accompagner à son rendez-vous chez le médecin. Sur le coup, j'ai été étonnée qu'un médecin donne rendez-vous à une patiente à cette heure, sachant que la clinique en question est fermée le soir. Diane m'a expliqué que c'était un rendez-vous d'urgence pour cause de douleurs abdominales. Ni mon père ni sa sœur n'étaient libres. J'ai donc accepté de l'accompagner pour faire plaisir à mon père, je sais à quel point il souhaite que j'apprécie sa *chéroune.* Elle a insisté pour venir me chercher et, bizarrement, elle a refusé de répondre à mes questions sur la clinique, sur son médecin et ses maux de ventre. J'ai attribué ça à son état, puisque normalement elle est un véritable moulin à paroles. C'est une fois l'auto garée devant un restaurant que j'ai compris que nous n'allions pas à un rendez-vous chez le médecin. J'ai tout d'abord pensé à une soirée de filles organisée à mon insu pour encore une fois me présenter l'homme de ma vie, comme les filles s'étaient amusées à le faire à mes dépens l'année dernière. S'il y a une chose que je déteste dans la vie, c'est bien qu'on me prenne par surprise. J'étais prête à exploser, mais je me suis retenue pour cause de rupture familiale éventuelle.

— Choque-toi pas, ma belle… J'ai quelque chose à te dire ou plutôt à te demander. Tu sais que je m'inquiète de ma relation avec ton père depuis quelque temps…

Elle a tourné autour du pot pendant de longues minutes qui m'ont semblé interminables.

— Marcel compte beaucoup pour moi. Je ne me vois avec personne d'autre que lui. J'ai été avec d'autres hommes dans ma vie, mais jamais je n'ai été aussi comblée qu'avec lui, même après toutes ces années.

— Diane, je suis dans le stationnement d'un buffet chinois, alors que je devais me retrouver à la clinique avec toi. Accouche qu'on baptise !

— D'accord, je vais être claire, ma belle… Ce soir, on va découvrir ensemble qui est la maîtresse de ton père.

J'ai été abasourdie d'entendre ses paroles. Pendant quelques secondes, je me suis même imaginée en train de lui asséner un coup de pelle ronde sur la figure. Je n'ai aucun talent pour être en couple, c'est bien connu, alors je n'ai surtout pas envie de me retrouver au sein d'une situation conflictuelle entre mon père et ma belle-mère. Depuis très longtemps, Diane tente de devenir mon amie, mais là, elle n'a vraiment pas choisi le bon moyen pour se rapprocher de moi.

— J'ai noté toutes les allées et venues de Marcel sur une feuille depuis des semaines : les réunions, les soirées où il est rentré tard, les fois où il a été vague sur ce qu'il a fait, etc. J'ai même commencé à renifler ses cols de chemises et ça fait deux fois que je sens une odeur qui n'est pas la sienne. Je mettrais ma main au feu que c'est un parfum de femme. En plus, j'ai appris que la convention collective à son travail a été signée il y a belle lurette. Alors son excuse favorite est tombée à plat. Ce sont tous des signes qui cachent une infidélité. J'ai lu un article dans un magazine de femmes sur le sujet.

J'ai immédiatement pensé à la présenter, elle aussi, à Murielle Nadeau. Mais comme j'ai aussi été témoin d'une conversation téléphonique que j'aurais aimé mieux ne pas avoir entendue, j'ai dû me rendre à l'évidence que, cette fois-ci, Diane avait probablement raison.

C'est pourquoi je me retrouve assise dans une voiture, au froid, à devoir espionner mon père entre le plat de crevettes et celui des cuisses de grenouilles. L'auto de mon père est garée dans le stationnement, je reconnais son numéro de plaque d'immatriculation. Diane a pensé à tout : lunettes de soleil et chapeaux pour ne pas se faire reconnaître, et collations au cas où nous passerions la nuit ici. Ce que je ne souhaite VRAIMENT pas.

— Je déteste les pattes d'ours à la mélasse, Diane. Range ça. Pis je n'ai pas l'intention de dormir ici.

— Mets au moins le chapeau. Avec ta chevelure de feu, tout le monde te remarque. Marcel a peut-être même montré une photo de toi à sa maîtresse. Quand tu vas entrer, tu te diriges directement aux toilettes. Si l'hôtesse te demande si tu es une cliente, tu dis que tu es assise à la table au fond à droite…

Je l'interromps.

— C'est beau, Diane, j'ai déjà fait ça. Pas espionner quelqu'un. Entrer dans un restaurant pour faire pipi.

Lorsque je sors du restaurant, une dizaine de minutes plus tard, la voiture est vide. On appelle soudain mon nom de l'autre côté de la haie de cèdres jouxtant la porte d'entrée.

— Sélénaaaaaa. Psssittt. Psssittt.

Je me retourne et aperçois Diane, avec un foulard sur la tête et un *kit* de camouflage, entre deux cèdres. Elle peine à s'extirper de là pour venir me rejoindre.

— *Sti!* Diane ! On n'est pas dans un film de James Bond, on est au buffet chez Margot Lee. En plus, tu es super facile à repérer, tu as laissé des traces dans la neige.

Elle réussit à sortir de sa « cachette », recouverte de neige.

« Quelqu'un peut m'expliquer dans quoi je viens de m'embarquer ? *Please !* Faites que mon calvaire s'achève bientôt. »

Je ne pensais pas que Micheline était si mal en point. Elle est branchée sur un respirateur. L'année commence vraiment mal. Après avoir vu mon père avec une autre femme au restaurant et Diane pleurer sa vie sur le chemin du retour, voilà que je me retrouve au chevet de ma voisine que j'apprécie énormément. Je ne peux pas croire qu'elle sera transférée aux soins palliatifs aujourd'hui. Que deviendra Raymond ? Décidément, tout ça ajoute du crémage amer – dont je me passerais bien – sur le *cupcake* de ma vie.

Depuis que j'habite dans cet immeuble, je me suis attachée aux discussions de palier et aux petites attentions de Micheline et Raymond. Cinquante ans de mariage, c'est admirable, surtout avec la lueur qui brille encore dans leur regard.

Vu mon affection pour eux, j'ai toujours eu le souci de prendre de leurs nouvelles régulièrement. Lorsque deux jours passaient sans que je les croise, tout de suite je m'inquiétais de les retrouver mal en point. Ces dernières semaines, j'ai été tellement absorbée par Daniel, Hugo, Christophe et mon père que je n'ai pas eu beaucoup de temps à leur consacrer et je m'en veux.

Quand je pense à Micheline, j'ai de la peine. Je sais qu'elle va cesser de souffrir bientôt. Aux soins palliatifs, les patients reçoivent tout ce qu'il faut en médicaments pour soulager leur douleur avant de mourir. Quand je pense à Raymond, mon cœur fait trois tours sur lui-même. Il a toujours vécu avec elle et il se retrouvera seul du jour au lendemain. Cette histoire est doublement triste parce que le couple n'a pas eu d'enfant et n'a pas de famille proche.

J'entre dans la chambre d'hôpital et aperçois Micheline étendue sur le lit, les yeux fermés. Raymond, assis à ses côtés, lui tient la main. Lorsqu'il me voit, il se met à pleurer et se lève. Je ne suis pas à l'aise avec les émotions et les démonstrations d'affection, mais mon cœur ne peut pas se fermer à cet homme qui a tant besoin de réconfort. Je le serre très fort dans mes bras et lui caresse le dos. Je l'aide à se rasseoir et prends place sur une chaise de l'autre côté du lit. La respiration de Micheline semble difficile. La pneumonie a eu des conséquences dévastatrices sur ses poumons. Je flatte le dessus de sa main. La docteure en moi n'est pas présente en ce moment…

— Vous pouvez venir dormir chez moi, Raymond, si vous le désirez. Mon divan est très confortable et Roméo se ferait un plaisir de vous réveiller demain matin.

— Tu es bien gentille, ma petite. Je pense bien dormir ici, auprès de ma femme. L'infirmière va m'installer un lit. Micheline a ouvert les yeux ce matin et j'ai senti qu'elle ne veut pas que je la laisse seule, dit Raymond avec des trémolos dans la voix.

Je ferais la même chose si j'étais à sa place. J'aurais toujours peur que la personne que j'aime décède en mon absence. Les gens sont parfois portés à comparer la façon dont une personne meurt. Est-ce plus douloureux si elle est emportée de façon subite ou des suites d'une longue maladie ? Ce que je constate, c'est que Raymond a la chance de lui parler, de lui dire qu'il l'aime… Ma mère est partie sans que je puisse lui dire tout l'amour que j'avais pour elle…

18

Repas congelés

— Et puis, tes vacances des fêtes ?

Je retiens mes émotions depuis plusieurs jours. Je me sens comme une marmite sur le point d'exploser.

— Je perçois beaucoup d'émotions en lisant ton non verbal, poursuit Murielle.

C'est à ce moment-là que ça s'est passé... Je me suis mise à avoir chaud, à me mordre la lèvre pour me retenir, à chercher mon souffle. Le regard compatissant de Murielle a été le déclencheur... Je me suis mise à sangloter.

Elle me tend une boîte de mouchoirs.

— Ça ne doit pas être évident de gérer toutes ces émotions en même temps, toi qui es si habituée à les fuir. Ici, tu ne peux plus t'éclipser. Tente de mettre des mots sur ce qui te touche présentement.

J'essaie de parler, mais les mots ne veulent pas sortir parce que je hoquète trop. Je ne sais plus si je suis triste ou fâchée. La seule chose que je sais, c'est qu'un énorme sentiment de malaise m'envahit. Murielle n'insiste pas et me laisser pleurer.

Je dois avoir l'air d'un zombie avec mon mascara qui coule et mes yeux bouffis (heureusement que j'ai une crème spécialement pour ça à la maison). Soudain, les larmes cessent et je me sens d'un ridicule absolu. Est-ce que je viens vraiment de pleurer devant une inconnue ? Comme si elle lisait dans mes pensées, Murielle intervient pour me rassurer :

— Tu n'es pas la seule à verser des pleurs dans ce bureau. C'est un excellent endroit pour le faire et c'est sain que tu exprimes tes émotions.

Je tente du mieux que je peux d'éponger mon visage.

— Séléna, la dernière fois que nous nous sommes vues, j'avais proposé l'idée d'une réflexion sur la définition de l'infidélité. Est-ce ce qui a provoqué ce déferlement à ton arrivée ?

Un point de plus pour Murielle, qui vient de taper dans le mille. Prise d'un élan subit de colère, je me lance dans une description détaillée de ma soirée d'espionnage en compagnie de Diane.

— Quand je suis entrée dans le restaurant pour faire semblant d'aller aux toilettes, j'ai aperçu mon père au buffet. Je suis restée près de la porte et j'ai attendu de voir à quel endroit il allait s'asseoir. C'est là que j'ai vu une femme grande et rousse, approchant la quarantaine, vêtue d'un tailleur bleu marine, qui souriait en regardant mon père. J'ai dû me retenir pour ne pas courir vers leur table, arracher la tête de la fille et engueuler mon père comme du poisson pourri (d'où vient cette expression qui pue autant à l'oral qu'à l'écrit ?). J'ai aussitôt quitté le restaurant et j'ai dû décrire à Diane ce que je venais de voir. On était bouleversées. Elle pleurait à chaudes larmes, et je l'ai ramenée chez moi. Je ne l'ai pas consolée parce que ce n'est pas mon genre, mais aussi parce que j'étais moi-même sous le choc. J'avais espéré avoir fait une erreur la fois où j'ai surpris mon père au téléphone. Malheureusement, ce n'est pas le cas.

Les dernières minutes de la rencontre sont centrées sur ma colère envers cette situation. Murielle m'écoute attentivement en prenant quelques notes.

Elle ferme son cahier et croise ses jambes en inspirant profondément.

— Comment pars-tu d'ici, Séléna, aujourd'hui ?

— Ben, en Fiat !

Elle me regarde, l'air réprobateur mais toujours aussi calme, et m'explique l'idée sous-jacente à sa question. Ma réponse reste pourtant la même. Appelez ça du déni ou autrement. En fait, je ne me sens aucunement soulagée de mon passage dans le bureau de la psychologue.

— C'est à combien de semaines de grossesse qu'on a la peau de velours et les cheveux de satin ? Parce que ça fait deux mois que j'attends de rayonner. Je suis dans une phase pitoyable depuis huit semaines.

En demandant à Ophélie comment elle se sentait depuis le début de sa grossesse, je ne m'attendais pas à ouvrir une boîte de Pandore. Je voyais bien depuis quelque temps que l'anxiété la dominait, plutôt que le sentiment de bonheur tant espéré.

— Quand tu es enceinte, tu n'as pas le droit de dire ce que tu ressens si ça ne contient pas les mots «joie», «bonheur» et «je porte la vie». J'ai juste envie de manger du chocolat à longueur de journée en regardant la télé ou de me coucher sur le sol pour pleurer jusqu'à ce que mes glandes lacrymales soient vides.

Ophélie a raison. En règle générale, l'entourage d'une femme enceinte ne comprend pas la détresse qui peut l'habiter, surtout quand elle vit beaucoup d'anxiété.

— Et tu sais ce que Xavier m'a répondu? «Tu n'as aucune raison d'aller mal. C'est merveilleux, ce que tu vis, tu fabriques un bébé!» Est-ce que j'ai l'air d'une fille épanouie? Penses-tu vraiment que j'ai envie de me plaindre alors que la société tout entière me crie que je n'en ai pas le droit? Penses-tu que j'aimerais pas ça, rayonner, moi aussi? s'exclame une Ophélie que j'ai rarement vue dans cet état.

— Ophélie, la première et plus grande leçon jusqu'à ce jour sur la maternité est la suivante : fille, tu n'as aucun, mais là, aucun contrôle sur ce qui se passe dans ton corps. Donc, si tes hormones décident de faire la grève du bonheur, ben c'est de même. Et plus tôt tu l'acceptes, mieux c'est.

Elle commence à pleurer.

— Je n'ai pas choisi d'être déprimée, poursuit-elle en s'enroulant une mèche de cheveux autour de l'index, comme elle le fait toujours lorsqu'elle est anxieuse. Ma belle-mère a osé me dire : « C'est dans ta tête que ça se passe. Sors un peu, ça va passer. » Non, ça ne passera pas, mais merci d'essayer de me réconforter. Eh oui, en effet, c'est dans ma tête que le problème se trouve, plus précisément dans une partie du cerveau qui s'appelle le système cérébral ; la transmission de sérotonine ne se fait pas, à cause d'un déséquilibre chimique. Je n'ai pas dit « émotionnel », même si c'est la conséquence, j'ai dit « chimique » ! Alors je ne vois pas comment l'air frais de l'hiver pourrait agir sur mes neurotransmetteurs.

— En as-tu parlé à ta gynécologue ?

— J'ai un rendez-vous la semaine prochaine, répond-elle, entre deux reniflements. Je ne veux pas entendre parler d'antidépresseurs. Je ne prends pas d'Advil quand j'ai mal à la tête, alors c'est pas vrai que je vais consommer des médicaments enceinte.

— C'est sans danger pour le bébé. Tu n'as pas d'énergie et tu es fatiguée. Tu dois garder à l'esprit qu'à la naissance du bébé tu devras en prendre soin. Et pour ça, il faut que tu sois en forme.

Elle se met à pleurer de plus belle. Elle panique à l'idée de s'occuper d'un enfant alors qu'elle n'a pas la force pour prendre soin d'elle actuellement.

— Penses-tu que tu es la première femme à passer par là ? dit Marilou, un peu irritée.

Je lui donne une *bine* sur l'épaule. Bravo pour le tact !

— Je me fous de ne pas être la première, je vais mal LÀ ! Vous avez beau me dire que c'est juste les trois premiers mois, qu'après je vais aller mieux… Présentement, je vais mal ! J'ai juste le goût de me rouler en boule et de m'enfermer dans la maison.

— Tu as une maison neuve, tu es en couple avec un gars génial, tu as un bon emploi et tu es en santé. Arrête de te plaindre ! renchérit Marilou.

Ses paroles ne font qu'augmenter le niveau de stress d'Ophélie, qui possède déjà le gène de la culpabilité.

— Ça veut dire que je vais mettre au monde un enfant avec un trouble anxieux ou dépressif comme j'en vois à l'école ?

Ou pire encore, renfermé sur lui-même parce que sa mère n'a pas su gérer ses émotions enceinte ?

Je l'aide à s'asseoir, pressentant que la crise de panique est imminente.

— Je pensais que ça te ferait du bien, notre séjour chez les nonnes.

Je fais de gros yeux à Marilou. Ça suffit, le manque d'empathie.

— Quelle est la date de ta première échographie ? demandé-je. Tu te sentiras mieux une fois que tu auras vu ce petit être.

Elle ne répond pas à ma question et tente de reprendre le contrôle d'elle-même.

— Est-ce que vous avez faim ? J'ai cuisiné toute la fin de semaine pour me calmer, dit-elle pour changer le mal de place.

J'ouvre le réfrigérateur et y découvre assez de nourriture pour alimenter une armée. Une vingtaine de plats y sont rangés, en plus de ceux qu'elle doit congeler. Pauvre Ophélie ! Une mère est inquiète vingt-quatre heures sur vingt-quatre, sept jours sur sept toute sa vie. Il faudra qu'elle apprenne à mieux gérer son stress. Ça sera bon pour elle, pour le futur bébé et pour Xavier.

Depuis la séance d'espionnage, je suis sans nouvelles de mon père. Je sais qu'il est normalement au travail à cette heure-ci, alors j'en profite pour appeler Diane.

Lorsqu'elle répond, je suis surprise d'entendre sa voix aussi enjouée que d'habitude. Je dirais même trop enjouée, pour une femme qui vient de découvrir que son mari la trompe. Elle est en train de cuisiner, pour faire changement. Elle me décrit, en menu détail, ses activités des derniers jours :

— J'ai eu mon premier cours de couture. J'ai fait l'épicerie. J'ai rendu visite à une amie malade. Je vais aller chez ma sœur demain pour mon *brushing*. Et tu sais quoi ? Je me suis fait reconnaître dans la rue grâce à mon émission !

Diane, la star de Val-Bélair ! On aura tout vu !

— Une chance qu'on se parle juste au téléphone parce que je voudrais pas que tu me voies avec la tête que j'ai.

Décidément, je ne comprends rien à son attitude détachée face aux événements de l'autre soir.

— Comment a été ton retour à la maison après notre soirée d'espionnage ?

— Mon retour ? demande Diane, feignant l'incompréhension.

— Coudonc, as-tu reçu un coup sur la tête ?

— Non, ma belle. C'est juste que je suis certaine que ça ne se peut pas. Ce n'est pas le genre de Marcel de me tromper. J'ai pensé à ça cette nuit et il est peut-être en train de me préparer une surprise pour mon anniversaire.

Le déni total !

— Diane, réalises-tu que je l'ai vu de mes propres yeux en compagnie d'une femme et que ce n'était pas toi parce que tu étais cachée dans les buissons ?

— Est-ce que tu l'as vu embrasser cette femme ? Non ! Alors rien ne prouve que ton père est en relation avec elle. C'est peut-être une femme qui agit comme médiatrice en ce qui concerne la convention collective.

— Tu ne m'as pas dit qu'elle avait été signée, la convention ?

— Tu sais que ton père est très impliqué dans le milieu syndical et qu'il est perfectionniste. Ma belle, je ne veux pas que tu t'en fasses avec ça. Laisse les adultes s'en occuper.

Je me tais plutôt que de dire quelque chose que je pourrais regretter, tentant de voir son déni comme un symbole de souffrance et non comme de l'entêtement. J'essaie de ne pas m'en mêler, mais c'est difficile. Ça ne fait pas longtemps que j'ai renoué avec mon père, et je commence à apprécier Diane. Eh oui, j'ai bien dit ça ! Ça me ferait de la peine que cette relation se termine. Je ne vois pas mon père finir sa vie avec une autre femme. Il a de la difficulté à se faire deux rôties le matin et à repasser ses chemises. Même si je les trouve quétaines tous les deux, ils vont bien ensemble. Selon les règles de mon jeu « Assorti ou pas assorti » (jeu que j'aime faire dans les endroits publics pour juger les couples qui défilent), ils sont assortis. Mon père rêve de faire le tour du Québec en Winnebago avec elle à sa retraite. Je les imagine très bien vêtus d'un chandail identique des années 1980, du genre face de loup avec une pleine lune en arrière-plan.

— Je vais faire la lumière sur cette situation. Diane, tu peux compter sur moi ! dis-je d'un ton assuré, avant de raccrocher.

19
Burger méditerranéen

Étendue dans mon grand lit, je fais l'ange (comme nous faisions, enfants, l'hiver dans la neige en bougeant nos bras) tout en regardant les minutes défiler sur mon réveille-matin. Par la fenêtre, je vois des flocons voltiger. C'est magique, cette température, même si je déteste le froid. Pour trouver le sommeil, plutôt que de compter les moutons, je fais des agencements de vêtements. C'est moins onéreux que de faire des achats en ligne, et je n'ai aucune réparation à effectuer dans mon appartement pour le moment.

Je me réveille subitement quand Roméo me picore le nez. Je le remets dans sa cage et m'habille en vitesse parce que je constate que je suis en retard au travail. J'appuie sur le bouton de ma télécommande pour faire démarrer Anabelle. Quel beau luxe d'avoir un démarreur à distance !

En route, alors que j'attends à un feu rouge, je regarde à ma droite et aperçois mon père par la fenêtre d'un restaurant. Le problème, c'est que ce n'est pas une grande rousse qui lui tient compagnie, mais plutôt une petite blonde grassouillette. Je sors de ma voiture, la laissant au beau milieu de la rue. Au diable les klaxons et les conducteurs mécontents ! Je cours à vive allure vers le restaurant. Je cogne dans la fenêtre pour attirer son attention. Il est le seul à ne pas me regarder, alors que la trentaine de clients me dévisagent en se disant probablement que je suis cinglée. Ma colère monte de plus en plus. J'entre dans le commerce et constate que la blonde en question est la nouvelle flamme de Christophe. Je la frappe au visage et mon père continue de m'ignorer.

Mon réveil est brutal. Je suis soulagée que cette histoire ne soit qu'un cauchemar. Même si je sais que ce n'est pas la réalité, un goût amer me reste dans la bouche. C'est avec une émotion négative que je commence ma journée. Heureusement, Roméo m'accueille chaleureusement: «Allô! Allô!» Il suffit que je bouge mon index quelques fois pour qu'il se mette à chanter. Lui, au moins, il est toujours ravi de me voir. C'est un baume sur mon cœur chaque fois.

Pour une deuxième fois, je me retrouve dans une situation loufoque à cause de mon père…

L'autre soir, lors du souper familial traditionnel, j'ai prétexté une pause pipi pendant le dessert pour aller fouiller dans son téléphone. J'étais à la recherche d'indices sur la mystérieuse femme rousse. Facile! Sa liste de contacts contient trois personnes: *Diane Maison*, *Séléna* et *Chloé*. Ce nom me donne des frissons… Au moment même où je détenais l'arme du crime, elle envoyait un texto:

Coucou. Ça marche toujours pour jeudi soir ? Je suis si heureuse de t'avoir trouvé, notre relation est vraiment spéciale... J'espère que tu pourras venir me rejoindre comme prévu. J'ai réservé chez Victor à 18h. Bisous Chloé.

J'ai donc convaincu Marilou et Ophélie de souper en ma compagnie chez Victor en ce jeudi soir. Pour ce faire, j'ai dû leur expliquer le comportement de mon père depuis quelques semaines et tout ce qui en découle : le coup de fil dans le sous-sol, la filature, le déni de Diane et le texto. Les filles n'en reviennent pas et, tout comme moi, elles sont sous le choc.

J'ai réservé une table pour trois près des toilettes afin que mon père ne nous repère pas. Ophélie a même proposé de nous y rendre d'avance pour y installer des caméras. J'ai refusé catégoriquement. Ça me rappelle trop l'épisode avec le sensuel et torride Louis, lorsque les filles m'avaient enfermée dans l'appartement de Marilou pendant qu'elles visionnaient tout ce qui se passait au premier étage.

— Tentons d'être le plus discrètes possible, dis-je à mes amies avant d'entrer dans le restaurant.

Nous prenons le temps de regarder le menu avant de commander. Ce n'est pas parce que nous sommes en mission que nous n'avons pas l'estomac dans les talons. En voyant une serveuse apporter des burgers à des clients, nous salivons. J'opte pour le burger méditerranéen comprenant feta, fromage de chèvre, tomates séchées, tapenade d'olives noires, oignons sautés et moutarde forte. Marilou choisit le sanglier au Migneron et aux portobellos sautés au Brandy, tandis qu'Ophélie commande un Perrier.

— J'ai mal au cœur, je ne serai pas capable d'avaler quoi que ce soit, sinon je risque de vomir sur la table.

Nous avons le temps de déguster la moitié de notre repas avant que la grande rousse fasse son entrée dans le restaurant, suivie de mon père qui place sa main dans le bas de son dos. Il est vêtu d'une chemise et d'une cravate. C'est la première fois que je le vois vêtu ainsi.

Ophélie porte la main à sa bouche, scandalisée.

Je l'encourage à se calmer alors que Marilou, elle, se sent comme une *Charlie's Angel* prête à combattre les méchants.

— Avoir su que tu disais vrai, j'aurais enfilé mon *kit* Super Class d'espionne. Je suis *game* d'aller m'asseoir à côté d'eux. Dis-moi juste quand et je m'exécute ! lance Marilou, déçue de ne pas avoir sa perruque blonde à la Cameron Diaz.

Elle fouille dans son immense sac à main et en sort une longue-vue.

— Marilou ! On n'est pas au Centre Bell ici. Laisse ça caché sinon on va se faire remarquer, lui dis-je, irritée.

— Le gérant va appeler la police. Tu vas avoir un dossier criminel. Tu seras accusée de voyeurisme et tu devras dormir en prison, dramatise Ophélie.

Je tente de la rassurer, ce qui visiblement fonctionne assez bien, puisque sa prochaine question nous étonne :

— Est-ce que vous allez finir vos assiettes, les filles ? J'ai faim finalement.

Elle s'empiffre de nos restes, levant à peine les yeux de nos assiettes.

Marilou s'approche subtilement du couple fautif pour prendre quelques clichés sous tous les angles. Mon père et la rousse flottent tellement dans leur bulle qu'ils ne se rendent compte de rien.

Lorsque Chloé se lève et se dirige vers la salle de bain, j'y vais à mon tour pour l'observer. Je n'ai pas envie de pipi, mais j'entre dans la cabine à côté de la sienne. Je me penche pour regarder les souliers qu'elle porte. Elle ne doit sûrement pas accorder une grande importance à la mode parce que ses chaussures sont plus du genre Yellow que Louis Vuitton. Je déroule du papier hygiénique, pour faire comme si j'avais terminé. J'appuie sur la chasse d'eau. Pendant qu'elle se lave les mains, j'en profite pour la décortiquer de la tête aux pieds. Ses cheveux sont longs et droits. Elle devrait utiliser un traitement contre les pointes cassées. Elle porte une jupe et un chemisier classiques, rien à redire. La maille dans ses bas de nylon va bientôt s'agrandir (j'ai des yeux de lynx pour déceler ces choses-là). Je lui donne environ quarante ans… Mon père éprouve des envies de chair fraîche.

— Pis ? s'enquit Ophélie encore la bouche pleine.

— Bof ! Ordinaire, me contenté-je de répondre.

Sur le chemin du retour, je me sens mal d'avoir joué dans le dos de mon père. J'ai impliqué les filles dans cette aventure, je me suis mise en tête de montrer les photos à Diane, mais plus j'y réfléchis, plus je me questionne à savoir si c'est raisonnable. Qui suis-je pour me mêler de leur histoire ? Séléna Courtemanche, la championne en matière de relations amoureuses. Je ne mérite pas de médaille d'or, mais uniquement un ruban de participation. Peut-être devrais-je plutôt placer mon père devant le fait accompli…

20
Pâté au poulet

Hugo est revenu de la Belgique hier soir ; il y a passé une semaine pour le travail. En fait, je devrais plutôt dire qu'il est revenu au petit matin, et c'est son appel qui m'a réveillée. Pour un gars qui ne veut pas s'engager, je le trouve pressé de me téléphoner, à peine sorti de l'avion. Évidemment, c'était pour me faire part de ses « envies », ce qui habituellement n'est pas sans me déplaire. Sauf que j'étais dans un rêve plutôt plaisant… Il voulait venir me rejoindre au lit, déjeuner compris. Proposition intéressante et indécente, mais que je refuse pour cause de je-ne-me-sens-pas-bien-du-tout. Je couvre quelque chose, c'est certain : maux de ventre intenses, fatigue extrême et diarrhée. Je pense immédiatement à la tourista, qui se développe généralement cinq à six jours après le retour d'un pays tropical. Mais il y a déjà plus de deux semaines que je suis revenue de Cuba. Je dois alors avoir contracté un virus à l'hôpital. À cette période de l'année, ça n'a rien de surprenant. L'urgence déborde de gens malades.

J'ai donc promis à Hugo de lui envoyer un texto plus tard dans la journée. En raccrochant avec mon *douchebag*, qui n'en est finalement pas un, je vais directement à la salle de bain pour vomir. Eh merde !

Quelques minutes plus tard, j'appelle à la clinique pour annoncer mon absence. Je demande à mon adjointe de reporter tous mes rendez-vous de la journée ou de les déplacer sur la feuille de rendez-vous de mon collègue. Cette journée s'avère moche : cheveux ébouriffés, haleine infecte, mal-être général et estomac à l'envers. Au cours de l'après-midi, je reçois un appel de Xavier, qui désire passer me voir pour discuter de sa douce. Je décèle de l'inquiétude dans son ton. Je lui explique, en lui épargnant les détails, que, pour des raisons d'hygiène, je ne peux le recevoir, mais qu'on peut discuter au téléphone. Il me dit qu'il se rend immédiatement dans un café pour ne pas qu'Ophélie entende notre conversation.

Une vingtaine de minutes plus tard, mon téléphone sonne à nouveau, c'est encore Xavier. Je me mets en mode Murielle Nadeau, la zénitude en moins, prête à écouter le futur papa (j'espère ne pas avoir à l'interrompre pour me rendre à la salle de bain entre deux confidences importantes). Il ne reconnaît plus son amoureuse, si tendre habituellement. Il marche sur des œufs chaque fois qu'il se trouve en sa compagnie ; ses propos, faisant d'ordinaire sourire Ophélie, constituent maintenant des obscénités qui provoquent de la colère ou des pleurs.

— Je ne sais plus quoi faire Séléna, conclut-il, désespéré.

— C'est les hormones, Xavier.

Xavier reprend, ajoutant à son histoire le déluge de larmes qu'il doit essuyer chaque matin sur le visage de mon amie, affolée devant la journée qu'elle doit affronter.

— Chaque matin, c'est la même chose. Elle croit qu'elle n'aura pas la force de passer à travers sa journée. Je me sens impuissant.

— C'est les hormones, Xavier.

C'est la seule phrase qui sort de ma bouche de zombie en ce moment. Et de toute évidence, c'est la vérité. Ophélie, déjà anxieuse de nature, est une candidate potentielle pour vivre deux fois plus d'inquiétude lors d'une grossesse. La maternité vient souvent accentuer les faiblesses des femmes. Tout est à la puissance dix pendant la grossesse, et les troubles liés à l'anxiété n'y échappent pas. J'ai plusieurs patientes qui présentent le profil d'Ophélie : elles vivent une grossesse très pénible, mais une fois le bébé au monde elles redeviennent elles-mêmes comme par magie.

Xavier s'excuse avant de quitter le téléphone quelques secondes pour parler à quelqu'un. J'en profite pour fermer les yeux, mon rôle de psychologue passive m'ayant épuisée, ou plutôt mon méchant virus de merde, duquel je me serais bien passée, car il m'empêche d'aller chez Hugo.

— Séléna, tu es toujours là ?

— Oui, oui… donc tu disais?

— Devine qui je viens de croiser au café? Ton Christophe!

Mon cœur fait trois tours sur lui-même. L'instant d'une seconde, le virus disparaît pour laisser place à la colère, à la peur, à la tristesse et… au vomi. Je laisse tomber le téléphone pour me précipiter à la salle de bain.

Lorsque je reviens au salon, Xavier est encore au téléphone, inquiet. Je me lance dans un interrogatoire intensif.

— Il était seul? De quoi il avait l'air? Il t'a dit ce qu'il faisait en ville? De quoi vous avez parlé? Combien de temps il reste à Québec? Il t'a parlé de moi?

— Calme-toi, Séléna. Il est en route vers chez toi.

Je raccroche et cours à la salle de bain me doucher en vitesse. Je me brosse les dents, ce qui me donne la nausée, mais pas suffisamment pour me faire régurgiter. J'enfile un pyjama plus beau que celui que je portais ce matin et retourne au salon parfumer l'air ambiant d'une brise tropicale. L'odeur de fille malade qui embaume la pièce est loin d'être charmante. On cogne à la porte. Déjà? Je me replace les cheveux, me regarde dans le miroir de l'entrée… C'est ce que je peux faire de mieux aujourd'hui! J'ouvre la porte calmement, mon regard tombe sur un Raymond en déconfiture. Son visage est triste et ses traits sont tirés par la fatigue. Je m'excuse de ne pas pouvoir le faire entrer, parce que je suis malade et que je ne veux surtout pas lui transmettre mon virus. Je prends de ses nouvelles et de celles de Micheline, à distance.

— Ça fait trois nuits que je dors à l'hôpital. Je suis passé chez moi pour changer mes vêtements et me doucher. Je fais ça le plus rapidement possible.

— Cher Raymond, prenez soin de vous. Il ne faut pas que vous tombiez malade aussi.

— J'aimerais mieux partir avec elle, ma petite…

La tristesse m'envahit en ressentant toute la souffrance que Raymond porte sur ses épaules. Je me sens impuissante à mon tour. La seule chose que je peux faire, c'est l'écouter, le rassurer en lui disant qu'il fait bien de prendre soin de lui et lui demander clairement ce que je peux faire pour l'aider.

— Si tu pouvais passer au chevet de ma femme, ça lui ferait sûrement plaisir. Elle est inconsciente, mais elle sent notre présence, j'en suis certain.

— C'est promis, Raymond. Dès que j'irai mieux, je vais lui rendre visite. D'ici là, n'hésitez pas à m'appeler, jour et nuit.

Je referme la porte.

— Bon matin, docteur, dit Raymond dans le corridor.

La voix de Christophe vibre dans le couloir. Je suis appuyée contre le mur, de l'autre côté de la porte, et les entends parler de Micheline. Christophe est réputé pour être un médecin à l'écoute de ses patients. Je souris en constatant qu'il est toujours aussi attentionné avec tout le monde. Raymond lui mentionne qu'il ne le croise plus souvent. Christophe lui répond :

— Je suis déménagé à l'extérieur, j'avais besoin de changement.

Roméo se met à crier – et non à chanter – lorsqu'il entend la voix de Christophe. C'est un oiseau à femmes. Le seul homme qui a réussi à le charmer, c'est Daniel.

Je m'affaire à déposer une couverture sur la cage de Roméo lorsque trois petits coups sont frappés à ma porte. Christophe entre chez moi, tout doucement, ses yeux bruns paraissant soucieux au travers de ses lunettes.

— Tu vas bien, beauté ? demande-t-il en voyant mon visage blême.

— Je couve probablement un microbe attrapé dans le Sud.

Il ne se soucie pas d'être contaminé, me rejoint et me prend dans ses bras. Je réponds à son étreinte. Il dépose un baiser sur ma tête, me dit qu'il s'est ennuyé et me soulève. La nausée me reprend.

— Je suis désolé, dit-il en me déposant.

J'ai le sentiment de retrouver mon ancien colocataire, mon meilleur ami et collègue de travail. Ça me fait oublier la grande pétasse blonde à moitié nue dans son appartement.

J'apprends qu'il reste en ville pendant deux jours. Depuis son arrivée à Rimouski, il a travaillé sans cesse et n'a jamais eu le temps de revenir à Québec.

— J'ai prévu faire du ski. Je voulais t'inviter, mais dans l'état où tu es, je crois que ça ne sera pas possible.

— Tu dors chez qui? Tu es venu seul?

— Bien sûr que je suis venu seul. Tu sais bien que François ne peut pas quitter ses multiples maîtresses, et je n'ai pas eu le temps de découvrir la ville et de rencontrer des gens. Si tu me l'offres, j'accepte une invitation sur ton divan.

Pourquoi me ment-il? Peut-être que je ne le connais pas aussi bien que je le crois. Est-ce que j'ose?

— Ta blonde dira quoi que tu dormes ici ce soir?

Il ne semble pas du tout comprendre ma question. Il attend la suite de mes explications. Mal à l'aise, je ne veux surtout pas lui avouer que j'ai voulu lui faire une visite-surprise en me rendant chez lui, alors j'invente une histoire.

— C'est François qui m'a raconté que tu avais quelqu'un…

Il me regarde encore avec un point d'interrogation dans les yeux.

— Depuis quand parles-tu avec lui ? Il te tapait sur les nerfs à l'époque.

— Ben euuuuh, bafouillé-je.

— Docteure Courtemanche, vous me cachez quelque chose. Je vous connais comme le fond de ma poche, alors dites-moi tout ou je vous chatouille jusqu'à la mort.

— J'ai envoyé un espion de la CIA à Rimouski pour qu'il me rapporte tes moindres faits et gestes, plaisanté-je.

Il me montre ses mains, prêtes à me chatouiller, en signe de menace.

À la vitesse de l'éclair, je lui dévoile la vérité :

— Je suis allée chez toi en surprise et c'est une grande blonde qui m'a ouvert la porte.

Il rit de bon cœur et me saute dessus pour me chatouiller. Je sens son parfum, la chaleur de son corps et même l'odeur de sa gomme à la menthe. Un serrement à l'estomac me prend à l'improviste. J'ai toujours pensé qu'il ne pouvait y avoir de tension sexuelle entre nous, étant donné notre grande amitié. Mais en ce moment je me rends compte que ce n'est visiblement pas le cas. Heureusement, il ne me pose pas davantage de questions à propos de ma visite-surprise, et c'est mieux ainsi.

Tout à coup, j'ai des vertiges. Christophe me rattrape vite avant que je m'écroule sur le sol.

— Je suis maintenant certain que tu ne peux pas faire de ski avec moi, et encore plus certain que je ne te quitte pas. À moins qu'un autre homme ait prévu venir prendre soin de toi…, dit-il en me faisant un clin d'œil.

Je lui souris et lui rappelle que je prône le célibat.

Il connaît bien mon appartement et trouve rapidement une couverture, un oreiller et un verre d'eau. Je m'installe confortablement et m'endors sans tarder.

À mon réveil, Christophe est assis à mes côtés.

— Je suis sorti faire quelques courses et j'ai loué deux films qui te rappelleront de bons souvenirs.

Il me tend deux boîtes : *Le journal de Bridget Jones* et *Breakfast Club*. Souvenirs du bon temps.

— Qu'est-ce que tu choisis entre un pâté au poulet et de la poutine ? me demande-t-il.

— Arrête avec tes devinettes, je vais te vomir dessus.

— C'est une blague, désolé ! J'ai acheté du bouillon de poulet, des biscuits soda et de la compote de pommes.

Heureuse de ne pas être seule, et surtout que ce soit Christophe qui prenne soin de moi et non Hugo, je profite de chaque seconde sans me poser de questions.

Après une journée de repos, je me sens déjà mieux malgré la nausée qui a repris ce matin. Passer du temps avec Christophe, c'est thérapeutique. Il est tellement gamin qu'il me fait oublier mon virus. Il se prend pour Superman en traversant le salon et s'amuse à apprendre de gros mots à Roméo.

Tout à coup, on sonne à la porte. On dirait que tout le monde s'est donné le mot pour venir chez moi au mauvais moment. Soudain, je pense à Hugo… Et si c'était lui ? Merde ! Christophe se lève pour aller ouvrir, mais je le pousse sur le divan et prétexte que ses soins ont eu raison de mon virus. Je regarde dans l'œil magique et j'aperçois Ophélie et Xavier.

Avait-on prévu une rencontre ? Je suis obstétricienne, pas thérapeute conjugale. À voir la mine d'Ophélie et de Xavier, je comprends que l'heure n'est pas aux blagues.

Ils font leur entrée avant même que j'aie pu les avertir que l'air ambiant est chargé de microbes. Ophélie sort du Purell de son sac à main et s'assoit le plus loin possible de moi.

— On arrive de faire l'échographie. On est passés à ton département, mais tu étais absente. Ophélie a appelé à la clinique et on lui a dit que tu étais absente aussi. On est donc venus directement ici, dit Xavier d'un ton préoccupé.

Ophélie nous raconte avec anxiété leur rendez-vous à l'hôpital. Xavier lui coupe fréquemment la parole pour ajouter des détails. Tout d'abord, l'attente était interminable. Des gens sur des civières passaient sans cesse devant eux. La gynécologue était froide, elle ne les a pas salués à leur arrivée et le bébé n'a pas voulu se montrer. Rien pour rendre cette visite agréable. Il se cachait, se repliait sur lui-même si bien que le test de dépistage de la trisomie 21, la clarté nucale, raison de la première échographie, n'a pu être effectué. Ils devront retourner à l'hôpital dans deux jours afin de recommencer l'examen. Je comprends leur inquiétude. À l'époque de nos parents, ce test était méconnu alors qu'aujourd'hui on en parle beaucoup. De plus, lorsqu'un médecin dit à une patiente comme Ophélie qu'à son âge elle a une possibilité sur près de sept cents que son enfant en soit atteint, ça fait augmenter l'anxiété en flèche. Xavier semble paniqué à l'idée de passer les quarante-huit prochaines heures à rassurer son amoureuse. Je leur offre un thé, et Christophe et moi enfilons nos blouses blanches, symboliquement parlant, afin de leur raconter des histoires de patientes et de parents pour qui tout s'est bien terminé.

Rien, il n'y a vraiment rien d'intéressant. Je suis actuellement en ligne pour trouver des idées originales pour le *shower* de bébé d'Ophélie, puisque j'ai été nommée organisatrice en chef. Nous avons devancé la fête pour tenter de remonter le moral de notre amie. C'est la première fois de ma vie que j'organise ce genre d'événement et que j'y assiste. Quand je pense qu'Ophélie est enceinte, je me dis que c'est juste le point de départ d'un bébé-boom autour de moi. Après ce sera le tour de Marilou, lorsqu'elle aura terminé son *trip* d'adolescente et guéri ses problèmes de dépendance affective. Je me demande si j'aurai des enfants un jour. Chaque fois que je mets un bébé au monde, un immense bonheur m'envahit. C'est extraordinaire d'être une femme et d'avoir le pouvoir de donner la vie, et c'est difficile de penser que je ne serai peut-être jamais mère. À ce sujet, j'ai justement fait naître un joli garçon de sept livres et quatre onces hier. Je suivais le couple depuis plusieurs années déjà. L'homme souffre de problèmes de santé qui affectent sa fertilité, ce qui les empêchait d'avoir des enfants. Ils ont tellement désiré être parents et vécu de la tristesse, car ma patiente faisait des fausses couches à répétition. De les voir accueillir Antoine nous a tous émus. Ce qui est spécial dans mon domaine, c'est que je peux le même jour accoucher une femme qui ne désirait pas être enceinte et en accoucher une autre qui le désirait depuis longtemps. Rien n'est équitable, tout est une question de hasard. Les femmes ont des enfants de plus en plus vieilles, et la technologie nous permet maintenant de sauver des bébés prématurés, exploit irréalisable il y a à peine dix ans. Je vois des parents mettre au monde des enfants sans avoir ce qu'il faut pour en prendre soin, alors que d'autres ont tout pour choyer un bébé, mais sont incapables d'en concevoir.

Pour ce qui est du *shower*, à bien y réfléchir, je vais devoir revenir aux idées traditionnelles, faute de temps pour inventer un concept novateur: deviner le nombre de jujubes que contient un biberon, faire goûter différentes saveurs de purées de bébé aux nouveaux parents qui ont les yeux fermés, mettre une couche à une poupée, peindre le ventre de la future maman, confectionner un gâteau de couches, deviner qui figure sur les photos de bébés des invités, estimer la grosseur du ventre avec un ruban à mesurer, etc. Ce n'est pas mon genre, mais sachant qu'Ophélie adorera l'idée, j'irai magasiner les trucs nécessaires à la réussite de cet événement. Alors que je dresse la liste des invités qui ne cesse de s'allonger (problématique de lieu à venir...), je reçois un texto d'Hugo:

> Qu'est-ce que tu fais ce soir, ma princesse? Je n'ai pas eu de tes nouvelles depuis longtemps.

Eh merde! Je n'ai pas encore réglé son cas. Hugo est gentil, je passe du bon temps en sa compagnie, mais Christophe occupe maintenant toutes mes pensées. Quand je pense que j'ai pleuré à cause d'une grande blonde que fréquente François et non Christophe! Avoir su, je n'aurais jamais alimenté ma «relation santé» avec Hugo. Mais bon, je m'en veux plus d'avoir détesté Christophe que d'avoir couché avec Hugo. Je dois avouer que le voyage dans le Sud était très exotique... Je reçois un second texto:

Salut, beauté! As-tu un week-end libre très bientôt?

S'il me restait encore un doute sur ma «relation» avec Hugo, cette fois-ci, c'est clair. Je n'ai jamais été très habile dans les ruptures... Daniel me revient en tête. Loin de moi l'idée de comparer ces deux hommes, puisqu'ils ne sont pas du tout sur le même pied d'égalité. Avec Daniel, j'ai pour la première fois de ma vie envisagé d'être en couple. Tandis qu'avec Hugo, j'ai uniquement pensé à mon plaisir.

Je décide d'appeler Hugo sur-le-champ. Je ne sais pas ce qu'il adviendra de mon histoire avec Christophe, mais une chose est certaine: ce ne sera pas Hugo le père de mes enfants, si enfants j'ai un jour. Je lui explique calmement que je ne désire plus poursuivre notre relation. Je mets des gants blancs et essaie d'être polie et douce... Il me coupe la parole:

— De quelle relation parles-tu, Séléna? On ne se doit rien. Tu n'as pas besoin de m'en relater davantage, princesse, on a eu du bon temps. Et si ce n'est pas toi, c'en sera une autre, dit-il en riant.

Sans rancune, je clos la discussion et réponds au texto de Christophe :

> **Séléna :** Qu'est-ce que tu proposes ?
>
> **Christophe :** Qu'est-ce que tu choisis entre ne rien faire de la fin de semaine, excepté manger, boire et bavarder, et faire de la raquette ?

De la raquette ? Je me remémore le chalet des religieuses, et l'image d'Ophélie serrant un arbre dans ses bras me donne des frissons dans le dos.

> **Séléna :** Je ne suis pas très raquette.
>
> **Christophe :** Je sais, j'avais envie que tu choisisses la première option… A+ beauté

Quand Ophélie m'a appelée hier, elle était littéralement en crise de panique. Sa respiration était saccadée, elle me disait qu'elle avait chaud, qu'elle manquait d'air et qu'elle ne pouvait arrêter de pleurer depuis une quinzaine de minutes. Elle était à son bureau à l'école et avait fermé la porte pour ne pas être vue dans cet état. Une chance qu'elle n'était pas en train d'enseigner. J'étais à l'hôpital, mais j'ai pu lui répondre, heureusement. Je lui ai parlé pour la réconforter et l'aider à reprendre son souffle. Cette situation peut être angoissante, car elle entraîne un sentiment de panique et crée une sensation semblable à celle de mourir, rien de très agréable. Depuis le début de sa grossesse, Ophélie rejetait l'idée de toute médication pour l'aider à soulager son anxiété. Les futures mamans écartent souvent cette option, par peur de faire du mal à leur enfant, mais c'est sans risque. Il est même conseillé de suivre un traitement puisque les trois premiers mois, ainsi que les trois derniers, sont épuisants. S'ensuit alors une augmentation des épisodes de pleurs, de fatigue et d'anxiété. Depuis plusieurs semaines, je suggère subtilement à Ophélie la prise de médicaments, en lui garantissant qu'elle pourra allaiter si elle le désire. *Niet!* Ce qui m'inquiète, c'est que si une femme n'apprend pas à gérer ses symptômes anxieux pendant la grossesse, ils peuvent s'aggraver après l'accouchement et être associés à des symptômes dépressifs. De plus, il existe d'autres risques liés à l'anxiété: accouchement prématuré, bébé de petit poids, malformations congénitales, problèmes émotionnels et comportementaux chez l'enfant.

Une fois ma journée de travail terminée, j'appelle Ophélie afin de prendre de ses nouvelles et d'en savoir davantage à propos de son rendez-vous chez le médecin. C'est Xavier qui me répond.

— Elle dort déjà. Ce n'était pas une bonne journée, encore. Elle est très fatiguée. Je ne comprends pas, on nous avait dit qu'après le premier trimestre elle se sentirait mieux.

— Malheureusement, ce n'est pas toujours le cas. Il faut s'armer de patience, je sais que ça ne doit pas être facile... Tu peux lui faire le message qu'elle m'appelle demain matin ? J'aimerais lui parler.

J'appelle ensuite Christophe, comme c'est devenu une habitude depuis quelques semaines. Nous passons une heure à discuter de tout et de rien, de sa journée, de la mienne, nous faisons des projets de voyage, ignorant s'ils se concrétiseront un jour, mais c'est si bon d'en parler, de retrouver cette partie de moi, car c'est bel et bien ce que représente Christophe à mes yeux, une partie de moi. J'imagine les propos de Murielle Nadeau : « Séléna, je ne comprends pas du tout ce que tu veux. Le célibat ou l'amour ? » Eh merde, je ne sais plus ! Tout ce que je sais, c'est que la vie est tellement plus facile et amusante quand Christophe en fait partie, en personne ou au bout du fil. Il me dit qu'il a hâte au printemps pour sortir sa moto et m'amener faire un tour sur l'île d'Orléans, comme l'été dernier. Cette journée avait été si douce, si paisible. À ce moment-là, il était encore avec Julie. Il s'interrogeait sur leur pause. Peu de temps après, ce couple que j'avais aidé à se former il y a dix ans était chose du passé. Le vent peut changer de direction si rapidement dans la vie. C'est aussi l'été dernier que j'ai appris la véritable histoire de mes parents, du suicide de ma mère, de sa lettre d'adieu. Tout ça est encore frais et difficile à accepter, même si une quinzaine d'années me séparent des événements. Il faut dire que le fait d'avoir entretenu de fausses perceptions pendant tout ce temps est long à digérer. Ophélie a été la première à qui je me suis confiée et ensuite Christophe. Il a toujours su quoi dire et quoi faire pour que je me sente bien.

J'interromps ma conversation avec Christophe, car Ophélie tente de me joindre sur l'autre ligne. Je lui dis que je serai en mesure de le rappeler seulement dans deux jours, car je travaille de nuit jusqu'à vendredi.

— Salut, Ophélie, comment vas-tu ?

Elle semble endormie, mais reposée.

— Je n'ai juste plus d'énergie.

Elle se met à pleurer. Je l'entends à peine, mais je la connais. Ça me fait très étrange de devoir la consoler alors qu'habituellement c'est toujours elle qui joue à la mère avec moi. Ophélie l'enjouée, la maman, la patiente, l'affectueuse semble avoir laissé place à une autre personne qui m'est totalement inconnue, tout comme pour Xavier.

— J'ai quitté le bureau du médecin avec une prescription d'antidépresseurs. Je ne sais pas si je vais les prendre. Je sais ce que tu en penses, mais c'est impensable pour moi d'être rendue si bas.

Je sais très bien que ce sont les hormones qui causent la « nouvelle personnalité » de mon amie, mais ça m'attriste quand même. Et surtout, ça me fait penser à ma mère. Pas surprenant que je sois une fervente défenderesse de la médication. Je connais les ravages de la dépression. Voir le bébé d'Ophélie vivre l'enfance que j'ai vécue serait pour moi insupportable. J'ai des outils aujourd'hui afin de venir en aide aux femmes, mais je crois que je me sentirais tout aussi impuissante. Je passe les minutes qui suivent à l'écouter pleurer, parler de sa déception et surtout de sa crainte de ne pas être une bonne maman. Ses propos ébranlent la petite fille et l'amie en moi, mais le médecin sait comment reprendre le dessus et la réconforter, enfin j'espère.

En terminant ma discussion avec Ophélie, je m'empresse d'écrire à Marilou pour qu'elle me rassure sur le *shower* :

— Penses-tu que c'est une bonne idée de faire le *shower* tout de suite ? On devrait peut-être attendre, vu l'état d'Ophélie ?

— Ben oui, tu vas voir, ça va lui changer les idées, me répond-elle, ne tenant pas compte de la détresse de notre amie.

Être organisatrice d'événements, ce n'est vraiment pas dans mes cordes. C'est le *shower* d'Ophélie et il se trouve que je cours partout comme une poule pas de tête, ou une dinde, afin de tout préparer avant son retour.

Sa belle-mère a prétexté des courses pour libérer les lieux, ce qui nous laisse trois bonnes heures pour tout installer.

À peine Ophélie a-t-elle quitté sa maison que j'y suis entrée. J'attendais dans ma voiture, incognito, au bout de la rue. J'avais hâte qu'elle et sa belle-mère partent enfin, car je commençais à avoir les orteils gelés. Mes bottes en cuirette noire sont peut-être à la mode, mais elles ne sont pas très chaudes.

Marilou, qui devait arriver en même temps que moi, n'est toujours pas là. Xavier m'aide donc à entrer tous les sacs dans la maison : décorations, jeux, cadeaux et petites bouchées du traiteur qui tient son commerce au coin de ma rue. Que ferais-je sans mon traiteur ? Aujourd'hui, c'est le jour de l'hiver où il fait le plus froid : moins quarante-cinq degrés, j'exagère à peine. C'est celui que j'ai choisi pour faire des allers-retours entre la maison et ma voiture. Avant de commencer à tout mettre en place, je m'assois devant le foyer du salon pour me réchauffer, tout en dictant des ordres à Xavier.

— En fait, c'est tout simple. Tu obéis à ce que je te dis, tu mets les choses où je te le dis et tu t'exécutes quand je te le dis. Ça te va ? Et si ça ne te convient pas, va au diable, c'est moi le boss.

— Oui, chef ! répond-il en portant sa main à son front comme un soldat en signe d'obéissance.

Marilou n'est toujours pas arrivée. Elle me tape royalement sur les nerfs depuis quelque temps. Elle a découché hier, alors qu'elle devait m'aider à terminer les préparatifs ce matin. Au lieu de ça, c'est Raymond qui m'a offert un coup de main. Je me sentais tellement mal. Au moins, je lui ai laissé les sacs les plus légers… histoire de réduire ma culpabilité. La face que je vais lui faire lorsqu'elle arrivera… Marilou a intérêt à être efficace !

En une heure, Xavier et moi avons soufflé les ballons roses et bleus avec la machine à hélium et perdu quelques minutes à nous raconter des niaiseries avec des voix de canards. Nous avons tellement ri. La table est mise, les jeux sont prêts. Il ne reste plus qu'à placer les bouchées et les desserts dans de jolies assiettes, que Marilou devait apporter. C'est à ce moment-là que madame décide de nous honorer de sa présence. Je ne la salue même pas, elle qui arrive tout enjouée.

— J'espère que tu n'as pas oublié les assiettes. Je t'attends depuis presque deux heures, et les invités arrivent bientôt.

— Bonjour, Marilou, tu vas bien ? Oh oui, Séléna, merci de t'en informer, dit-elle ironiquement en déposant les sacs sur la table. Je sais que je suis en retard, mais j'ai une bonne excuse.

— Tu aurais au moins pu m'avertir que tu ne rentrais pas hier soir. Je me suis inventé des scénarios pas possibles. Depuis l'incursion de la folle qui voulait me tuer, tu le sais que je suis à cheval sur certains principes.

— Vraiment désolée… je n'ai pas repensé à cette histoire. Et la dernière fois qu'on s'est parlé, tu avais plus l'air de dire qu'on vivait ensemble, mais pas ensemble. Alors je ne croyais pas que j'avais des comptes à te rendre. Ça semble t'arranger que je fasse la vaisselle et le ménage, mais la colocation sympathique, on repassera.

Xavier vient nous interrompre en nous offrant un mimosa, que nous acceptons et buvons en silence.

— C'est quoi, ta bonne excuse, demandé-je froidement.

— J'ai passé la nuit chez Marcooo ! Un bel, que dis-je, un sublime Mexicain à l'accent aussi sensuel qu'une fraise à la crème fouettée.

— Je vois… Bon, il faut préparer la table avant que les invités ne prennent d'assaut la maison, tu me raconteras les détails plus tard, madame-je-m'envoie-en-l'air-pendant-que-mes-amis-se-tapent-tout-le-travail !

Les invités se pointent avec des sacs-cadeaux multicolores. Je fouille discrètement pour voir ce qu'ils vont offrir et, tout à coup, je ne suis plus certaine de ma carte-cadeau achetée dans une boutique de vêtements pour bébés. Ça donne toujours l'impression qu'on n'avait pas envie de magasiner et qu'on ne s'est pas forcé pour trouver quelque chose de génial. Au moins, je me rattrape avec le montant ! Elle pourra en faire une carte de mode, ce bébé-là. Difficile d'acheter des vêtements lorsqu'on ne connaît pas le sexe. Parce que nous avons devancé le *shower*, la deuxième échographie n'a pas encore eu lieu. J'espère qu'Ophélie ne sera pas déçue de mon présent.

Lorsque Ophélie entre enfin, elle fond en larmes dans le cadre de la porte, laissant entrer l'air froid. Je me précipite pour l'aider à rentrer, fermant la porte derrière elle et sa belle-mère, même si j'ai envie de laisser cette dernière dehors en raison de ses répliques assassines envers ma meilleure amie. Ophélie pleure derrière ses deux mains.

— Les hormones, crie Marilou en se moquant gentiment d'elle.

Je l'aide à enlever son manteau pendant que Xavier l'embrasse tout en la serrant dans ses bras.

Ophélie réussit à reprendre ses esprits et s'amuse avec les jeux que nous avons préparés : des classiques ! Rien de très original, mais elle est heureuse, ça se voit sur son visage. Elle se flatte le ventre de façon maternelle et semble apprécier le moment. Je la connais tellement. Elle doit en ce moment se mordre les lèvres de n'avoir rien vu venir.

Je profite d'un moment de folie pour m'éclipser dans la chambre d'invités afin de m'étendre quelques minutes. Je suis épuisée : entre les heures à l'hôpital, celles à la clinique, la préparation du *shower* et mon questionnement personnel, j'ai besoin de repos. À peine couchée sur le lit, j'entends Xavier crier mon nom à tue-tête dans la maison. Je me précipite vers la cuisine pour qu'il ne voie pas que je m'étais retirée dans la chambre.

— Ophélie te cherche, va la rejoindre s'il te plaît.

Ophélie me fait signe de m'asseoir devant elle.

— Avant d'ouvrir les cadeaux, je voudrais t'en offrir un. Parce que je sais que tu t'es démenée pour organiser l'événement, réussi cela dit…

Tout le monde se met à applaudir et elle poursuit :

— Et parce que ça fait plusieurs jours que ce sac est caché dans ma garde-robe, je te le donne aujourd'hui, dit-elle en me tendant un sac rose pastel avec des rubans jaune canari.

Gênée, je ne comprends pas pourquoi c'est moi qui déballe un cadeau alors que c'est sa journée. Mal à l'aise, je sors les papiers de soie qui recouvrent une petite boîte, pas plus grosse que celle pouvant contenir une bague de mariage.

— Tu veux me fiancer ?

— Presque…

Intriguée, je l'ouvre et y trouve un petit mot, accroché à une suce rose :

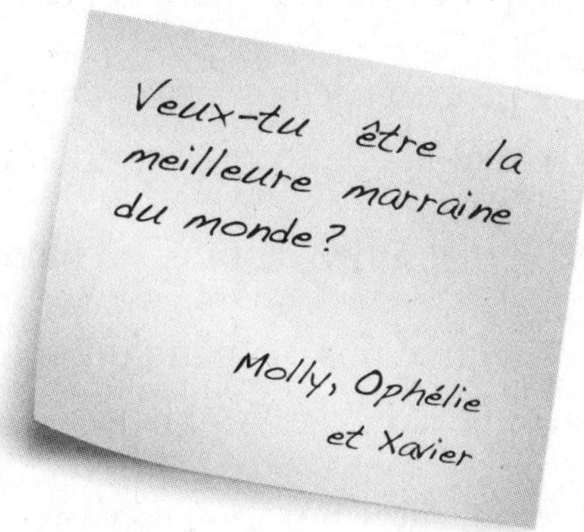

— C'est une fille?

— Ouiiiiiiiiii! J'avais si hâte de te l'annoncer, ça fait quatre jours qu'on le sait…

Je lui saute au cou et accepte sans hésiter. Les larmes me montent aux yeux. Manifestement, je contrôle de moins en moins mes glandes lacrymales et, surtout, mes émotions. J'embrasse ensuite Xavier et me lance dans un discours, prenant tout le groupe pour témoin.

— Je promets d'être la meilleure marraine du monde, d'être là pour la petite Molly, c'est tellement joli Molly en passant, de répondre aux caprices que ses parents lui refuseront, après tout, ça sert à ça, une marraine, d'aller la voir à tous ses spectacles de danse ou à ses parties de soccer. Je ne jugerai jamais ses choix, excepté ses goûts vestimentaires. Je serai là pour tout lui apprendre…

Soudain, je repense au cadeau que j'ai acheté.

— Et surtout, je promets de faire un cadeau de *shower* digne d'une marraine. Celui-là, c'est juste un préambule…

Tout le monde se met à rire de moi, ou plutôt avec moi.

Même les gars sont émus ; cependant, plutôt que de le montrer, ils se lancent dans des taquineries envers Xavier :

— Ouin ouin ouin, mon homme, tu vas devoir en surveiller, des petits gars.

— Pis accepter de te faire coiffer et maquiller. J'ai toujours su que notre Xavier avait un petit côté féminin.

21
Soupe aux légumes réconfortante

Je traîne ce virus de Cuba depuis des semaines. Je vais mieux, mais quelques symptômes persistent. J'ai contacté mon collègue de l'hôpital hier pour le prévenir que je désirais une consultation. Mes absences des dernières semaines doivent faire jaser. Je risque ce matin de devoir répondre à des questions et endurer des conversations de la part des infirmières. En début de journée, elles sont de vraies pies. C'est là qu'elles font leur «social» et le plein de potins. Parlent-elles de moi ? Assurément. Et ce qu'elles disent, si c'est le cas ? Je suis devenue une professionnelle de l'espionnage. Peut-être pourrais-je m'infiltrer et écouter à la porte de la salle des employés ou carrément donner le mandat à Marilou, qui se ferait un plaisir de se déguiser et de tout me rapporter. J'embarque dans ma Fiat 500, après une dizaine de minutes de déneigement, tempête oblige. Le soleil m'aveugle et mon pare-brise endommagé m'oblige à rouler plus lentement. Eh merde ! La bricoleuse en moi n'est pas fière. Mon manque de temps m'interdit de m'occuper d'Anabelle. Je me promets de téléphoner à un garagiste tout à l'heure pour remplacer le pare-brise.

Après une matinée mouvementée et plusieurs visites sans rendez-vous pour répondre à de futures mamans angoissées, je suis épuisée. Je m'habille en vitesse. Je suis attendue. Je vais enfin connaître le virus qui m'a frappée. Au moment où je franchis les portes de mon département, la secrétaire me rejoint à la course pour m'aviser qu'une de mes patientes s'apprête à accoucher. On repassera pour le rendez-vous médical.

En arrivant à l'appartement, je trouve un message écrit de la main de Raymond collé sur ma porte.

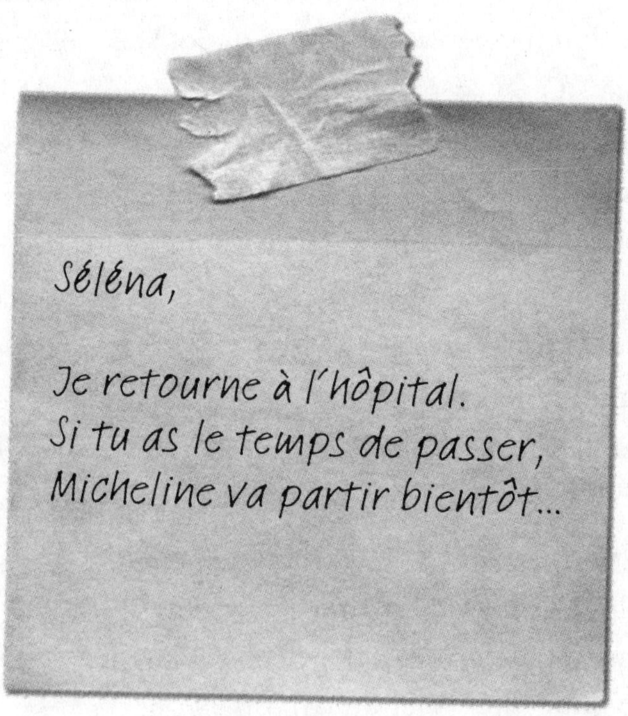

Je prends une douche en vitesse, je me change et je ne pense à rien d'autre que de me rendre au chevet de Micheline. En route vers l'hôpital, j'ai les émotions à fleur de peau, et les pleurs qui mouillent mes yeux effacent le médecin cérébral que je suis.

En arrivant au quatrième étage, je croise une bénévole des soins palliatifs. Elle me sourit. Lorsque je lui demande où est Micheline, elle me prend par le bras et me dirige doucement vers la chambre. J'aperçois Raymond, assis sur une chaise à côté de sa femme inconsciente. Il lui tient la main et, lorsqu'il me voit, des larmes coulent sur ses joues. Je lui fais signe de ne pas se déplacer, faisant le tour du lit pour le rejoindre. Malgré l'absence de contacts intimes entre lui et moi depuis qu'on se connaît, on se serre dans nos bras. Lorsqu'on dit que la souffrance rapproche les gens, c'est vrai. Je cherche une boîte de mouchoirs et m'installe de l'autre côté du lit pour tenir l'autre main de Micheline. Je reconnais tous les signes d'une mort imminente : la couleur de la peau, la respiration difficile et bronchique, la bouche relâchée et les lobes d'oreilles qui tendent vers le bas. Heureusement que la morphine et bien d'autres médicaments lui procurent des soins de confort, ça lui permettra de mourir sans trop souffrir.

Tout à coup, Raymond plisse les yeux, comme s'il ressentait une douleur, et porte la main à son cœur. Je me lève subitement et m'approche de lui, percevant des signes de détresse. Je lui ordonne de s'asseoir sur le divan-lit. N'étant pas de service en ce moment, je sonne l'infirmière et lui demande si c'est possible de prendre les signes vitaux de Raymond. Ce dernier essaie de chasser l'infirmière de sa main, en lui disant que tout va bien.

— J'ai juste besoin de me reposer quelques minutes.

L'infirmière et moi quittons la chambre pour le laisser seul. Je me rends à la cuisine, située à l'étage des soins palliatifs, et y déniche une bouteille d'eau pour Raymond. J'en profite pour me préparer un café. Trois femmes et un homme sont assis au salon, et sont, tout comme moi je suppose, au chevet d'une personne qu'ils aiment.

De retour à la chambre, je m'attarde sur quelques photos exposées sur un meuble, à côté du lit de Micheline. Son époux a choisi des clichés de leur ancienne maison, de leurs voyages et de leur jardin. Je me remets à pleurer de plus belle. Je suis bouleversée. Lorsque je regarde ces photos, c'est une Micheline rayonnante que j'ai sous les yeux, et lorsque je pose mes yeux sur elle, je ne la reconnais plus. Je mets ma main sur l'épaule de Raymond.

— Je suis tellement fatigué, ma petite. C'est trop difficile de la voir dans cet état, dit-il tout bas.

Je ne réponds pas et appuie davantage ma main sur son épaule pour lui montrer que je suis là. Devant moi est accroché un cadre où un ange est peint, tourné vers une lumière…

De telles situations chamboulent nos croyances ou les renforcent. Peu importe la religion qu'on pratique, nous avons besoin de croire qu'il existe quelque chose après la mort. La plupart du temps, je fuis ce sujet qui fait remonter à la surface trop de souvenirs liés au décès de ma mère.

Lorsqu'elle est morte, j'étais si fâchée contre la vie que j'avais juste envie de crier à l'injustice. Je croyais que les gens la jugeaient à cause de son *overdose* de médicaments. Un suicide, ce n'est pas comme une mort accidentelle, ça laisse les proches dans un mélange de culpabilité, de tristesse et de colère, mais surtout d'incompréhension. Je savais qu'elle était souffrante, puisqu'elle a été dépressive toute sa vie, mais je ne pensais pas qu'elle en arriverait à nous quitter. Son départ a été comme un coup de couteau au cœur. Je n'ai versé aucune larme, ni à l'église ni au cimetière. Mon père, lui, s'est effondré de douleur lorsqu'il l'a vue étendue dans le cercueil. Les souvenirs du repas familial qui a suivi l'enterrement sont très vagues dans ma tête. J'ai l'impression que j'étais là de corps, mais pas d'esprit. Je répondais aux questions des gens de façon machinale et je me déplaçais d'une table à l'autre comme un robot. Je me revois encore avec mon père dans la voiture à notre retour à la maison, le silence était lourd et je me demandais comment j'allais reprendre le cours de ma vie, comment j'allais réussir à retourner à l'école, à parler à mes amies, à étudier… Par la suite, Cédric, mon premier amoureux, a été ma bouée de sauvetage. Le premier et le seul garçon à m'avoir brisé le cœur jusqu'à ce jour.

Mes pensées reviennent vers Micheline, dont la pause respiratoire se prolonge de plus en plus. Chaque fois qu'elle arrive au bout d'une respiration, on se demande si ce sera la dernière. Tout à coup, la pause respiratoire semble s'éterniser et Micheline meurt paisiblement. Le médecin vient inscrire l'heure officielle du décès. Il replace les mains de Micheline pour les joindre sur son ventre et nous dit de prendre tout le temps nécessaire avant de quitter la pièce. Nous restons dans la chambre une bonne heure. Raymond pleure et se met à relater les bons souvenirs de sa femme, comme ses succulents petits plats et son talent pour le jardinage. Je lui offre mon aide pour régler toutes les choses reliées aux funérailles et je l'invite à souper ce soir.

— Vous devez bien avoir de la famille éloignée ou des amis qui voudraient assister aux funérailles ?

— Oui, mais ça fait des années que je ne les ai pas vus.

— Selon moi, c'est une excellente occasion de reprendre contact avec eux. Vous savez à quel point on a besoin d'être bien entouré dans ces moments-là.

Dès que nous arrivons à l'appartement, je l'informe que nous allons au restaurant. Mais avant, Raymond s'empresse de retourner chez lui en prétextant un oubli. À son retour, il me demande de lui tendre les mains :

— Tiens, ma petite. Tu te souviens que Micheline t'avait promis de te tricoter un foulard ? Eh bien le voilà. Il manque encore quelques mailles, mais…

De grosses larmes coulent sur mes joues. Émue, je serre très fort Raymond dans mes bras.

Je tente de le faire sourire en lui disant que je suis nulle en cuisine et que je n'arrive pas à la cheville de Micheline. Il comprend alors pourquoi je l'amène au restaurant. Il sourit et me dit :

— Tu sais, elle t'aimait comme sa propre fille.

22
Magret de canard à l'orange

Ça fait quarante-cinq minutes qu'il tourne autour du pot. Rares sont les occasions où mon père me rend visite et m'offre des fleurs et une bouteille de vin. Mon attitude reste plutôt froide, compte tenu des informations que je possède sur sa relation avec la grande rousse. Évidemment, il cherche à se faire pardonner quelque chose. Par contre, je ne comprends pas pourquoi c'est à moi qu'il offre des fleurs plutôt qu'à Diane. Exaspérée de l'entendre parler de la météo, de golf et de hockey, je l'accote au pied du mur (façon de parler).

— Bon, quand est-ce que tu te décides à tout m'avouer ?

Son regard s'agrandit, en signe d'étonnement.

— Depuis quand tu le sais ?

— Depuis plusieurs semaines déjà.

Il tente de se justifier :

— Il ne faut pas que tu penses que je t'ai joué dans le dos ou que j'ai voulu mentir à Diane. J'ai fait ça pour vous protéger.

Je me lève et fais les cent pas dans le salon pour me calmer, mais le bouchon saute, après m'être retenue pendant une trop longue période.

— Ça ne t'arrive pas de penser que jouer avec les sentiments de ceux que tu aimes, ça peut leur faire du mal ? Tu te crois seul au monde ? crié-je.

Même en pleine crise d'adolescence, je ne me souviens pas d'avoir parlé ainsi à mon père. Il me dévisage d'un air triste.

— J'avais besoin que les choses soient claires dans ma tête avant de vous l'annoncer.

— Donc, si je comprends bien, tu as pris ta décision.

— Oui, je suis incapable de faire autrement. Je ne peux pas renoncer à cette relation.

Son égoïsme me donne envie de lui arracher la tête. Mon père, ressentant ma colère presque noire, se lève et m'agrippe le bras pour m'amener jusqu'au divan.

— Assis-toi, Séléna, et écoute-moi. J'ai envie de te la présenter, quand tu le voudras bien.

Je bondis sur mes pieds et lui pointe la porte.

— J'aimerais que tu quittes, papa.

— Séléna…

Il saisit son manteau et se dirige vers la sortie. Avant qu'il quitte les lieux, je lui redonne ses fleurs, mais je garde la bouteille de vin. Je l'observe partir par la fenêtre, l'air triste et débité. Il s'attendait à quoi ? Que j'accepte sans broncher sa nouvelle femme après avoir tenté pendant des années de me rapprocher de Diane ? J'ai des principes, pas beaucoup, mais quand même. Je sens mon SPMF refaire surface en puissance. Je fais ma valise en vitesse et pars pour Rimouski sur un coup de tête pour la fin de semaine. En route, comme Raymond est éprouvé par la mort de Micheline, j'appelle Marilou pour lui demander de nourrir Roméo pendant mon absence. Elle m'accompagne au bout du fil pendant une bonne cinquantaine de kilomètres.

— Pas de problème… C'est moi qui vais mal ou tu boudes ?

— Ce n'est pas toi… Une rencontre au sommet s'impose dès mon retour.

— Et tu pars où et pour combien de temps ?

— Deux nuits seulement, pour le travail, dis-je, sans lui donner plus de détails. Assez parlé de moi. Quoi de neuf ?

Marilou se lance dans une longue confession portant sur ses réflexions suscitées par les rencontres avec Murielle Nadeau.

— La psy m'a expliqué que je dois comprendre la raison pour laquelle je noue des relations insatisfaisantes. Bien sûr,

Benjamin était un bon gars, et même le seul bon gars que j'ai connu ces dernières années.

Je ne l'interromps pas, mais elle avait intérêt à avouer que Benjamin était très bien, pour une fois qu'elle n'était pas avec un crétin. Elle poursuit :

— J'ai pris conscience que je m'accroche à des gars immatures et hostiles envers moi. On dirait que le genre d'hommes qui me convient ne m'attire pas. Il n'y a pas de réaction chimique. Je les trouve beiges et c'est pour ça que j'ai besoin d'aller butiner. Avec Benjamin, c'était le désert.

— En tout cas, il ne devait pas y avoir grand sable au lit parce que je me souviens de vous avoir surpris plusieurs fois.

Beau jeu de mots !

— Sur ce plan, c'était intense, mais pour le reste, on repassera. La psy m'a suggéré un livre pour que, comme elle le dit si bien, j'explore les raisons pour lesquelles je me prive d'une chose que je désire ardemment.

— Et présentement, c'est qui le méchant loup dans ton lit chaque soir ?

— Mon vibromasseur, Julio.

— Julio ? demandé-je, étonnée.

— Ben quoi, ça fait exotique.

— Tu vas me faire croire que Julio est le seul qui te fait vivre de l'intensité ces temps-ci? Tu n'as pas revu le gars du karaoké?

— OK... J'avoue que je me retiens à deux mains après le cadre de la porte et le pied de mon lit pour ne pas flirter, mais mon calendrier de renforcement positif m'aide beaucoup.

— C'est quoi? Tu fais un petit bonhomme sourire chaque fois que tu ne fais pas pipi au lit, comme dans *Passe-Partout*? plaisanté-je.

— Très drôle! Je fais un «X» chaque fois que je réussis à passer une soirée en tête à tête avec moi-même. D'ailleurs, à ce sujet, ces soirées se font de plus en plus onéreuses. Je vais devoir sous-louer mon appartement, seule ça coûte beaucoup trop cher.

— Si tu veux que je te prête de l'argent, oublie ça tout de suite. J'ai encore une fois rempli ma Visa avec une tonne de vêtements achetés en ligne.

— Non... En fait, je pensais plus *squatter* ton divan...

Marilou + moi + la même pièce + de façon prolongée = deux lionnes en cage. Je m'imagine ramasser ses vêtements dans toutes les pièces, marcher sur son rasoir dans le fond du bain et laver sa vaisselle sale...

— Je sais que ça ne serait pas évident. Surtout pour moi qui déteste rapailler les choses des autres…, commente Marilou.

Je dois garder mon calme devant cette affirmation aberrante, puisque c'est elle, la traîneuse, pas moi !

— Mais ce serait seulement pour quelques jours, le temps que je me trouve une place abordable, poursuit-elle.

— Et si j'accepte, quand est-ce que tu prévois emménager ?

— En fait, mon appartement est sous-loué depuis ce matin…

— Donc, si je comprends bien, je n'ai pas le choix et tes valises sont déjà sur le bord de ta porte ? dis-je, un peu irritée.

— C'est presque ça…

Pourquoi n'a-t-elle pas demandé à Ophélie ? Notre amie a une grande maison neuve qui doit contenir au moins trois pièces non utilisées. Je n'ai pas besoin de lui poser la question, car elle me devance en me disant qu'Ophélie va avoir un bébé bientôt et qu'elle se voyait mal lui faire cette demande.

— J'ai pensé lui offrir de jouer à la nounou, mais j'ai bien assez de m'occuper de moi-même.

J'acquiesce en silence.

En route vers Rimouski, je passe devant le motel où j'ai dormi habillée, il y a à peine quelques semaines. Quel mauvais souvenir ! Je n'en reviens toujours pas d'être partie sur un coup de tête pour faire une déclaration à un homme. On voit bien où ça mène, consulter une psy !

Après trois heures de conduite dans la neige, j'arrive enfin à destination. La même *pitoune* blonde au corps de déesse m'ouvre la porte et j'aperçois François qui se présente derrière elle en lui claquant les fesses.

— Salut, Séléna ! *Long time no see*, lance-t-il en m'embrassant.

La blonde renchérit :

— On s'est déjà vues, hein ?

Un sourire timide s'affiche sur mon visage.

Christophe ne tarde pas à se pointer le nez ; il me soulève et me fait tournoyer dans les airs.

— Ouin ben… On va vous laisser. Nous aussi on a des choses à faire ce soir. Hein, ma cocotte ? Ça va sentir le sexe à plein nez *icitte* en fin de semaine, ajoute François, toujours aussi cru.

Sa blague déplacée me fait tout de même rougir et je crois que ça n'échappe à personne.

Christophe porte un tablier rouge sur lequel est inscrit: «C'est moi l'chef» avec deux pouces pointant vers lui. Comme s'il avait lu dans mes pensées, encore une fois, il se justifie.

— C'est le cadeau de bienvenue de François, je cuisine pour deux tous les jours, ou presque…

— C'est ben la moindre des choses vu que je t'héberge *gratos*, le grand!

Je ne sais pas comment Christophe fait pour endurer ce gars plus de deux minutes. S'il est vrai que ceux qui se ressemblent s'assemblent, l'inverse est également vrai aussi: les contraires s'attirent, et c'est le cas de Christophe et François, car ils n'ont rien en commun.

— Tu dois en faire, des heures de travail, pour l'éviter le plus possible, dis-je à Christophe dès que nous sommes seuls.

— Séléna, il est vraiment gentil, ne sois pas méchante. Je m'amuse avec lui.

C'est bien ça qui me fait peur! Je dépose mes valises dans un coin du salon et rejoins Christophe qui s'affaire à nous concocter un repas de rois.

— Magret de canard à l'orange et légumes au sirop d'érable pour madame ce soir. Pour dessert, biscuits moelleux à la crème d'érable.

— Je me suis occupée du vin, gracieuseté de mon père, dis-je en mettant une bouteille de rouge sur la table.

Le souper se déroule dans la bonne humeur avec autant de complicité qu'autrefois. C'est toujours intéressant de discuter médecine en dehors du travail, et en particulier de nous raconter les aventures insolites de nos patients. Ça nous décharge du stress qu'on doit subir tous les jours – c'est du moins le sentiment que ça nous procure.

— Tu prévois faire ta vie à Rimouski ?

— Pourquoi ? Tu as envie que je revienne à Québec ? demande-t-il avec le sourire.

Je réponds par une grimace, mal à l'aise de lui exprimer le fond de ma pensée. Bien sûr que j'ai envie qu'il revienne travailler au CHUL. Christophe me connaît bien et me laisse mariner dans mon malaise. Je suis certaine qu'il en retire même un certain plaisir.

Le souper est délicieux. Il y a longtemps que je ne me suis pas régalée autant. C'est tellement *sexy*, un homme qui cuisine. J'ai une pensée pour Daniel…

Après le repas, nous invitons François et sa *blondasse*, prénommée Heidi, à se joindre à nous pour jouer à Clue. L'heure que dure la partie, François la passe à jouer et à lancer des blagues salaces.

— Je prendrais bien une corde pour t'attacher dans la bibliothèque. Toi, Séléna, tu te joindrais à nous ? lance-t-il en riant tout en m'adressant un clin d'œil.

— Je prendrais la cuisine parce qu'il y a un passage secret. Ça fait une pièce de plus à baptiser, dit Heidi, fière de sa réplique.

Pour cesser ce dialogue, je leur demande depuis combien de temps ils sont ensemble, sachant très bien que François sera mal à l'aise puisqu'il change de blonde comme il change de bobettes. À bien y penser, vu l'obsession qu'il accorde à son corps, je suis prête à parier qu'il a une collection de sous-vêtements et qu'il s'amuse à se pavaner devant son miroir. J'obtiens une réponse de la part de Heidi : « Deux mois. C'est long, hein ? Mon record. »

Le couple au bronzage bien assorti quitte la table pour aller se pomponner avant de sortir. Ce qui leur prend une bonne heure… Le jeu de société leur a sûrement donné des idées à mettre à exécution dans la chambre. François est assurément le seul gars à être ainsi inspiré par un tuyau de plomb. Enfin prêts, ils nous demandent si nous les accompagnons au bar.

— À moins que Séléna insiste, je préfère passer une soirée tranquille, répond Christophe, ce que j'appuie.

— Bon ben bonne soirée, les amoureux. Si vous manquez de condoms, j'en ai en masse dans mon tiroir. Gênez-vous pas, lance-t-il avant que Heidi lui donne un coup de poing sur l'épaule.

En écoutant trois épisodes d'une série policière à la télé, bien emmitouflée dans une couverture et collée contre Christophe, je m'endors. Chères lectrices, ne vous faites pas d'idées, pas encore du moins, puisque Christophe et moi avons l'habitude de regarder la télé ainsi.

À mon réveil, je constate qu'il m'a transportée jusque dans son lit, alors qu'il a opté pour le divan du salon, où il dort encore. Dans un confort inégalé, je retombe aussitôt dans les bras de Morphée.

Au petit matin, Christophe saute dans le lit pour me réveiller. Brutal, mais agréable !

— L'arrivée bruyante du couple épanoui sexuellement a eu raison de mon sommeil. J'étais couché dans le salon, ils ont ouvert la lumière à quatre heures du matin, ont débouché une autre bière et jasaient comme si je n'étais pas là. C'est une fois Heidi étendue sur la table de la cuisine et François entre ses jambes que je suis intervenu. Ils ne m'avaient effectivement pas remarqué, puisqu'ils ont sursauté et que François a tenté de cacher son érection.

Je suis tordue de rire, avec ma forte haleine matinale que j'essaie de dissimuler en portant les couvertures devant ma bouche.

— As-tu envie de sortir pour déjeuner, beauté ?

23
Chocolat chaud

Après un copieux repas composé de gras de bacon et de patates rôties, nous partons au parc national du Bic. Heureusement, c'est une belle journée ensoleillée, sinon je crois que même mon habit super *fashion* ne me motiverait pas assez pour aller faire de la raquette. Nous choisissons un sentier de quatre kilomètres qualifié de « facile ». Christophe a préparé deux thermos de chocolat chaud. Toutes les dix minutes, je lui demande si nous sommes bientôt arrivés. Je ne suis pas une princesse, mais les sports d'hiver, ce n'est pas mon fort. Par chance, Christophe est patient. Alors que nous sommes assis dans un banc de neige sur le bord du sentier à déguster notre boisson chaude, il me lance une devinette :

— Que choisis-tu entre devoir faire encore dix kilomètres de raquette, mais avoir une belle récompense à ton arrivée, du genre un massage de pieds, eeeeet retourner immédiatement chez moi, mais devoir me dévoiler quelque chose que tu ne m'as jamais dit.

Je le défie du regard. Il doit vouloir en savoir davantage sur ma visite-surprise au début de l'hiver… S'attend-il à ce que je lui livre mes sentiments ?

— Je choisis les dix kilomètres…

Étonné, il se lève sur-le-champ et se remet en marche. Je le suis environ dix secondes avant de lui crier :

— T'en voulais, une confidence ? Je déteste faire de la raquette, pis je le fais pour te faire plaisir et être en ta compagnie.

Il s'immobilise, se retourne et me regarde en souriant :

— Quelque chose que je ne sais pas, Séléna, dit-il avant de continuer de plus belle à fouler le sentier.

— Marilou ne sort plus avec Benjamin.

Il continue à marcher sans rien dire.

Le soir, après avoir pratiqué mon sport « préféré », je suis complètement inerte. Mes muscles sont si endoloris que j'ai de la difficulté à m'asseoir sur la toilette. Christophe est aux petits soins avec moi et me réprimande parce que je ne lui ai pas dit que j'avais les orteils gelés. J'ai de l'orgueil, c'est mon plus grand défaut, mais ça fait aussi mon charme.

— Je suis prête à te faire une confidence…

— Oh, Séléna Courtemanche qui s'apprête à partager des informations personnelles. Attends, je reviens.

Il se rend à la cuisine, se prend une bière, remplit un bol de croustilles nature et revient s'installer devant moi, étendu comme s'il allait assister à un spectacle.

— Mon père a une maîtresse et je suis certaine qu'il va laisser Diane pour elle.

Il dépose sa croustille et sa bière pour venir s'asseoir à mes côtés.

— Il te l'a dit ?

— Oui… non, pas exactement, mais je l'ai surpris avec elle à quelques reprises.

— Tu les as vus s'embrasser ?

— Non. Pas besoin, c'était clair.

— Alors qu'est-ce qui te fait dire que c'est sa maîtresse ?

— Il est venu chez moi pour m'en parler et m'amadouer. Il est arrivé avec des cadeaux. Tu connais mon père, ce n'est pas son genre.

— Te connaissant, tu l'as sûrement mis dehors ?

J'acquiesce. Je suis vraiment née dans une famille dysfonctionnelle, quand est-ce que ça va arrêter, tout ça ? Ce sont des histoires comme celles-là qui me confirment que c'est préférable de rester seule plutôt que d'être en couple. À quoi bon aimer quelqu'un s'il finit par nous jouer dans le dos ?

— Hey, beauté, si je comprends bien, tu n'as aucune preuve que ton père fréquente une autre femme. Et je te rappelle que tu as cru pendant des années que Marcel avait trompé ta mère avec Diane, et ce n'était pas le cas. Ton père est loin d'être un homme infidèle.

— T'es pas supposé être de mon bord ? demandé-je, irritée.

— Je suis du bord de personne. J'essaie simplement d'éclaircir les choses.

Je change de sujet en lui demandant si un bon film passe à la télé ce soir.

— Docteure Courtemanche, vous êtes toujours maître dans l'art de fuir les sujets compromettants, lance-t-il en riant.

— J'ai un choix pour toi, Christophe. Que préfères-tu entre moi frustrée et moi de bonne humeur ?

— Toi tout court…

Je rougis à nouveau. En voulant me sauver à la salle de bain, mon corps me rappelle que je n'ai plus le contrôle de mes membres en raison des tonnes de kilomètres de raquette que j'ai faits.

À mon retour de Rimouski, je sens l'odeur du produit nettoyant qui flotte dans le corridor menant à mon appartement. Plus je m'approche de ma porte, plus l'odeur empeste. Marilou m'entend introduire la clé dans la serrure et s'empresse d'ouvrir. J'entre, suspicieuse, mes valises dans les mains.

— Je t'ai fait un SUPER ménage ! Tu vas capoter ! Je sais que tu as peu de temps pour en faire. Tu vois tous les bienfaits d'avoir une colocataire ?

L'odeur des produits ménagers me serre la gorge.

— Je te signale que le ménage représente pour moi une décharge émotive. Ne me retire pas ce plaisir. Tu as fait le grand ménage du printemps ou tu as juste vaporisé une quantité industrielle de produits chimiques dans l'air ?

— Mon Dieu ! Ophélie va s'énerver quand elle va arriver à cause de l'odeur. Je vais ouvrir les fenêtres tout de suite, s'exclame Marilou.

C'est alors que je me rappelle avoir convoqué une rencontre au sommet à mon retour. Décidément, Marilou est efficace. Tout est à l'ordre : mon lit est fait, la salle de bain a perdu sa moisissure, les coussins du divan sont disposés côte à côte, la cage de Roméo brille de mille feux et la vaisselle… Quelle vaisselle ? À croire que personne n'habite ici.

Je m'approche de Roméo :

— *Matante* Marilou est un peu folle, n'est-ce pas ? Ça va durer un court laps de temps, car ELLE NE VA PAS RESTER LONGTEMPS, dis-je bien fort.

Marilou fait semblant de ne pas m'entendre et poursuit sa chasse aux odeurs en ajoutant du parfum d'ambiance dans toutes les pièces. C'est parce que ce type de parfum est aussi chimique que celui des produits nettoyants ! Je n'émets aucun commentaire, mais compte sur Ophélie pour réagir fortement à son arrivée, en pleurant ou en faisant une crise de colère. Ça prend quelques semaines avant que les bienfaits de la médication soient ressentis. Eh oui, Ophélie a décidé de prendre les médicaments prescrits par son médecin. Elle a atteint son seuil maximal de tolérance et, surtout, elle a envie d'être en forme pour prendre soin de son petit ange.

On sonne à la porte. Je m'y rends pour accueillir ma copine. Devant moi, une femme à la coupe ménopause, trop enjouée (le déni faisant toujours son œuvre, à ce que je vois), vêtue d'un long manteau brun qui lui tombe aux chevilles avec un col de fausse fourrure… Diane ! Elle ne me laisse pas placer un mot.

— Je sais que tu n'as probablement pas envie de me voir. C'est pourquoi je t'ai fait des sushis dessert, dit-elle nerveusement en déposant un plat Tupperware dans mes mains. Ton amie m'a dit que tu serais de retour aujourd'hui.

Elle me pousse délicatement pour se frayer un passage et s'en va directement à la cuisine. Estomaquée, je lance un regard maléfique à Marilou : tu habites chez moi temporairement alors tu n'es pas supposée organiser ma vie, je te signale. Germaine, sors de ce corps !

Avant même que j'aie le temps de fermer la porte, une Ophélie pas maquillée, cernée, habillée probablement en mou sous son manteau d'hiver et sans soutien-gorge, fait son entrée. Elle se défait de son manteau, mais garde son foulard pour se couvrir le nez. Marilou me tire par le bras pour m'amener au salon et m'offre une coupe de vin blanc dès la seconde où je m'assois.

— Je suis assez excitée de faire partie de votre rencontre au sommet. C'est la première fois ! lance Diane, enflammée.

— Et crois-moi que c'est la dernière ! soufflé-je d'un ton bête.

Ophélie semble mal à l'aise, mais pas Marilou.

— J'ai appelé tes amies parce que j'ai quelque chose à t'annoncer, ou plutôt ton père a quelque chose à t'annoncer, mais tu ne veux pas l'écouter.

Je me sens coincée et me lève subitement (réaction similaire lors de la visite de mon père), mais Marilou me rassoit avec force en appuyant ses mains sur mes épaules. Diane poursuit :

— J'ai une confession à vous faire. Ces dernières semaines ont été éprouvantes. En fait, je ne suis pas fière de moi. J'ai douté de l'homme de ma vie pour la première fois.

Je hausse les yeux vers le ciel, découragée par son déni total. Je respire profondément et dirige de nouveau mon regard sur elle.

— J'ai entraîné dans ma folie ma belle-fille adorée, dit-elle les deux mains sur le cœur et le visage exprimant une émotion «sincère». Je te dois des excuses, ma belle Séléna. Premièrement, je n'aurais pas dû te faire participer à mon délire et à ma soirée d'espionnage. Deuxièmement, c'est ma faute s'il y a un froid entre ton père et toi en ce moment. Je t'ai mis de fausses idées dans la tête. Aujourd'hui, mon chéri est bien triste de la situation et j'en suis l'entière responsable. Il m'a raconté que tu l'avais jeté dehors quand il a voulu tout t'avouer.

Je me demande où toute cette histoire va nous mener…

Soudain, elle prononce LES mots:

— Marcel a bel et bien une autre femme dans sa vie. Elle s'appelle Chloé et c'est ta grande sœur.

Je ravale mon début de crise d'apoplexie congénitale, j'éclate de rire et tout le monde me regarde.

— Tu me fais marcher ? Tu es en train de me dire que ma mère et mon père auraient eu un autre enfant ? crié-je.

— En fait, ma belle, je pense que ça serait plus à ton père de t'expliquer tout ça…

— Vous étiez au courant ? demandé-je aux filles.

— Oui, mais juste depuis hier, tente de me rassurer maman Ophélie.

Je prends conscience que la situation semble bien réelle, et la crise refait surface. Soudain, je repense à la chevelure rousse de la femme et à sa grande taille. Deux points que nous avons en commun. Un millier de questions défilent dans ma tête. J'entends la porte de l'appartement s'ouvrir et aperçois le visage de mon père.

— J'ai reçu un texto. Je n'arrive pas à le lire. J'imagine que c'est le temps que j'entre ? demande-t-il, mal à l'aise, en regardant Marilou.

Diane est émue aux larmes, et Ophélie est rapidement contaminée par cette émotion puisque ses yeux s'embuent aussitôt.

— On va vous laisser seuls, mentionne Diane, heureuse de son complot.

Les trois filles revêtent leur manteau et, complices, sortent s'oxygéner.

Je ressens une envie pressante de réparer le troisième tiroir de ma commode dans ma chambre : il grince depuis quelques semaines. Marilou, me voyant sortir mon coffre à outils, me l'arrache des mains et me fait la morale :

— Tu n'échapperas pas à cette discussion, Séléna, dit-elle en me poussant en direction du salon où mon père est assis confortablement.

24
Cocktail de fruits

— Lors de notre dernière rencontre, tu étais triste du décès de Micheline. Comment vas-tu ? demande Murielle Nadeau, la psy la plus zen que je connaisse.

— Difficile à dire. J'ai vécu tellement de choses ces derniers jours que j'ai l'impression d'être sortie de mon corps.

— Intéressant… Qu'est-ce que tu veux dire par « être sortie de mon corps » ?

Si elle pense que je vais lui parler de voyage astral, je ne suis pas la bonne fille. Je suis scientifique, pas adepte d'ésotérisme.

— En fait, j'ai décompensé, façon de parler. J'ai magasiné en ligne, réparé un tiroir et ma voiture.

— Si je comprends bien, tu fuis la réalité par toutes sortes de moyens. Tu évites de prendre contact avec tes émotions.

— Non, je me sens vide. C'est comme si ma vie ne m'appartenait plus. Je n'ai plus de contrôle sur rien.

— Est-ce que tu aimerais me faire part de tes grands bouleversements ?

Je n'ai pas envie d'en parler, mais à soixante-quinze dollars l'heure, ça peut sans doute m'aider de me confier !

— J'ai une famille de fous, dis-je froidement.

— Tu n'es pas un peu dure avec ceux que tu aimes ?

— Ce sont eux qui sont durs avec moi. J'ai grandi avec une mère dépressive qui a eu un enfant avant moi, qui ne me l'a jamais dit, qui a gardé mon père dans le plus grand secret et qui s'est suicidée. Maintenant, à trente-deux ans, je viens d'apprendre par mon père que j'ai une sœur parce que cette dernière a décidé de retrouver ses racines. Est-ce qu'il y a quelqu'un qui a pensé à moi dans tout ça ? lancé-je avec rage.

Je me tais avant de dire des mots qui dépasseraient ma pensée.

— Je ressens beaucoup de colère, Séléna. Tu sembles vouloir la retenir, mais tu as l'espace pour l'exprimer. La colère est une émotion saine.

Je reste silencieuse près d'une minute.

— Ce silence est lourd, Séléna, et porteur d'émotions, ajoute-t-elle en me tendant une balle antistress.

— De quelle façon dois-je réagir ? Je l'appelle et on va souper ensemble ? Lui proposer une soirée pyjama ? Rattraper le temps perdu ? Mon père s'attend à ce qu'on magasine ensemble ! *Please !* Il m'arrive tellement de choses que j'ai peur de connaître la prochaine nouvelle : je suis native de l'Afrique, j'ai été adoptée à l'âge de deux ans, ma vraie mère est Diane… Et puis quoi encore ?

— Je sens de l'ironie et du découragement dans ta voix.

— Hum ! Perspicace ! dis-je sèchement.

— Tu déplaces ta colère sur moi, continue Murielle. Je te la retourne, dit-elle en faisant un mouvement avec ses mains. Si je comprends bien, tu ne désires pas la rencontrer.

— En effet, il n'est pas question que je la rencontre. Je ne sais pas… Pas tout de suite…

— Ton devoir cette semaine sera d'exprimer par écrit ce que tu ressens. Je veux que tu écrives tout ce qui te passe par la tête, sans retenue.

J'ai enfin combattu le virus. Les nausées ont disparu et je me sens de moins en moins fatiguée. C'est donc avec énergie que je fais mon entrée à l'hôpital à cinq heures et demie. J'ai été appelée cette nuit par l'infirmière de garde pour me dire qu'une maman s'apprêtait à accoucher. En entrant dans la chambre, je constate que cette dernière vient de recevoir une péridurale. L'anesthésiste quitte la pièce à l'instant. La maman semble déjà ressentir les bienfaits de cette injection, et le papa aussi. C'est toujours difficile pour le conjoint de voir souffrir son amoureuse, il se sent si impuissant. Épuisée par les contractions ressenties pendant près de trois heures, la maman s'apaise et somnole rapidement. Je sors de la chambre, mais reste alerte puisque le col de l'utérus continue à se dilater et, dès que le moment sera venu de pousser, je retournerai auprès d'elle.

Je bois un café et consulte les dossiers de mes autres patientes. Durant certaines périodes de l'année, les naissances sont nombreuses, mais cette semaine, c'est l'inverse. J'ai passé plus de temps à la clinique qu'ici.

Je reçois un texto de Christophe :

Christophe : Un cocktail de fruits frais, ça te dit ?

Séléna : Je ne dirais pas non. Nos déjeuners me manquent.

Il ne répond pas à mon message.

Pour un premier bébé, l'accouchement se déroule plus rapidement que prévu. Les poussées sont efficaces et une jolie fille de six livres et deux onces, en santé, voit le jour. Les parents sont radieux. Ce moment rempli d'émotions leur redonne de l'énergie malgré l'épuisement.

Je retire mon sarrau et me lave les mains. À ma sortie de la chambre, j'aperçois Christophe, un cocktail de fruits à la main. Mon cœur se gonfle.

— Tiens ! Comme dans le bon vieux temps, lance-t-il.

Je souris.

— Qu'est-ce que tu fais ici ? Il faisait trop froid à Rimouski ? Ton colocataire a fait une orgie ? Quand je t'ai parlé hier, il n'était pas question de ta venue à Québec.

— Je m'ennuyais de toi, mais maintenant que je te vois, ça va.

Surprise et émue à la fois, je lui dis de me suivre à la salle de pause. En chemin, plusieurs infirmières le reconnaissent et l'arrêtent pour avoir de ses nouvelles. Il a toujours eu un *fan club* ici.

— Quelle idée de partir si loin, docteur ! Vous devriez revenir travailler ici. Vous étiez très apprécié.

Christophe m'explique la raison de sa présence :

— Je suis venu aider un collègue. Il avait besoin d'un avis médical et j'en ai profité pour revenir voir ceux que j'aime…

— Tu as prévu manger avec ton collègue ce midi ou tu préfères un club sandwich au poulet froid de la cafétéria en ma compagnie ?

— J'aime bien vos choix, docteure Courtemanche. J'opte pour le poulet froid si je réussis à me libérer à temps.

— J'arrive à l'épicerie, as-tu besoin de quelque chose ? Si je fais du spaghetti pour souper, ça te convient ?

Ce genre de questions n'est pas habituel pour moi. À part quelques semaines « en couple » avec Daniel, j'habite seule depuis l'âge de seize ans.

— Mange ce que tu veux, Marilou. Ne m'attends pas. J'ai invité Raymond à souper ce soir.

Enthousiaste, elle me répond que c'est une excellente idée.

« Respire, beauté ! Assume ! Tu savais très bien que Marilou resterait plus longtemps que prévu. »

J'ai plus l'impression de travailler en relation d'aide ces temps-ci. Tout d'abord avec Raymond, ce qui est toutefois très compréhensible. Ensuite avec Marilou, qui se pose de multiples questions grâce à la thérapie dont je suis l'instigatrice. Puis avec Diane, qui était convaincue que mon père la trompait, et enfin avec Ophélie.

Le souper se termine sur une note triste, puisque Raymond a de la difficulté à dissimuler ses larmes. Je le rassure une fois de plus sur ma disponibilité, en tout temps, avant de partir avec Marilou.

Ophélie a cessé de prendre sa médication après sept jours. La culpabilité la ronge toujours, elle n'a pas accepté d'avoir besoin d'une aide extérieure. Elle essaie encore d'être une *superwoman.* Elle me demande d'aller la rejoindre chez elle. Visiblement, elle est en pleine crise d'anxiété. Or je sais que Christophe s'en retourne à Rimouski à la fin de la journée, le seul moment que j'ai pour lui dire au revoir. Eh merde ! J'aurais aimé le voir avant son départ, d'autant plus que j'ignore quand il reviendra à Québec. Je lui envoie donc un message pour le prévenir qu'on se reparlera au téléphone cette semaine, puisque je dois me rendre de toute urgence chez Ophélie.

En rentrant chez elle, j'enlève mon manteau et mes bottes et l'aperçois en pyjama, assise sur le divan, enveloppée sous une couverture de flanelle. La montagne de mouchoirs à ses côtés et sur le sol détonne avec le plancher en bois de noyer. Elle joue à Spider Solitaire sur son téléphone.

— Je ne suis même pas bonne aux cartes. Comment veux-tu que je sois une bonne mère ?

Je la rejoins sur le divan et elle s'effondre sur moi en continuant de pleurer.

— Pourquoi as-tu arrêté le Cipralex ?

— Je n'aime pas ça. J'ai passé trois nuits couchée sur le plancher de la salle de bain à avoir mal au cœur.

— Ton médecin ne t'a pas mentionné que tu pouvais couper tes doses de moitié la première semaine, question d'habituer ton corps ?

— Je ne le sais pas, murmure-t-elle en reniflant de plus belle.

— Bon, allez, va t'habiller. Je t'amène magasiner des vêtements de maternité, manger du chocolat et acheter au moins dix nouvelles couleurs de vernis à ongles.

Elle sourit, puis me dit qu'elle est déjà habillée.

— Je veux dire, pas en pyjama. Et mets un soutien-gorge au moins.

Une fois à la boutique, j'apporte à la cabine d'Ophélie une quantité incroyable de vêtements à essayer. Une fausse bedaine mise à la disposition des clientes lui permet d'essayer des vêtements pour plus tard, histoire de simuler un plus gros ventre. Plus elle essaie de morceaux, plus elle pleure la perte de sa silhouette de jeune femme.

— Voyons, Ophélie, Xavier te trouve super belle enceinte. Il n'arrête pas de te le dire. Tu es son petit béluga.

Elle repousse le rideau de la cabine :

— Est-ce vrai, les études au sujet des émotions qui se transmettraient de la mère à l'embryon pendant la grossesse ?

— Ophélie, regarde-moi dans les yeux et écoute-moi : ça suffit !

En tant qu'amie, je mets toutes les chances de mon côté pour la consoler. Vaut mieux avoir une maman en forme qu'une maman anxieuse.

Je dépose Ophélie chez elle, lui rappelle de cesser de lire les forums sur Internet, mais de m'appeler plutôt si une crise d'angoisse surgissait. Elle a l'air d'aller mieux depuis que je l'ai sortie de sa maison.

Avant de repartir, j'envoie un texto à Christophe afin de lui demander s'il a quitté Québec. Il me répond qu'il est déjà en route. Déçue, mais avec le sentiment du devoir accompli, je retourne à mon appartement pour me coucher à mon tour. Lorsque je tourne la clé dans la porte de l'immeuble, quelqu'un me prend par l'arrière et m'entoure de ses bras. Si à la première seconde je suis saisie par la panique, je comprends cependant rapidement qu'il s'agit de Christophe. Je me retourne et nos bouches s'effleurent sous la neige qui tombe délicatement. Le baiser qui s'ensuit est bon et chaud.

C'est la troisième fois que nous nous embrassons, la première fois ayant été l'été dernier, alors que sa séparation d'avec Julie n'était pas encore définitive. Ça m'avait bouleversée, je crois même que ce fut le point de départ de toute cette confusion. Le jour un de mon questionnement.

— J'étais en route, mais vers chez toi, dit-il, avant de déposer un baiser sur mon front.

Il n'entre pas, mais part plutôt pour Rimouski, puisqu'il travaille tôt demain matin. Quant à moi, je rentre, le cœur paisible, ne sachant pas ce que l'avenir nous réserve. Toutefois, je ne veux pas me poser de questions. Le moment était magique, et je veux savourer cet instant. Au diable le questionnement sur l'engagement et tout.

25
Terrine de gibier et confit de canard

Chaque année se tient un grand congrès des médecins au Québec. Cette fois-ci, c'est Mont-Tremblant qui accueille des médecins de partout dans le monde. Trois jours à écouter des conférences, à discuter, à manger et à changer d'air. Christophe a déjà la ferme intention d'aller skier. Je trouverai bien une excuse pour éviter de l'accompagner. Pas question de répéter l'épisode de la raquette version ski.

Contrairement à Hugo, Christophe voyage léger : habit du jour, habit du soir, habit de neige, bas propres, bobettes propres et brosse à dents. Pas de pyjama… Christophe est parti tôt de Rimouski ce matin et nous remplissons en ce moment la voiture, qui est garée devant chez moi. Lorsqu'il est arrivé, mille questions se sont bousculées dans ma tête. Comment dois-je l'accueillir ? L'embrasser quand je le vois ? Le serrer dans mes bras ? Si nous ne formons pas un couple, que sommes-nous ? Est-ce que je lui donne une *bine* sur l'épaule parce qu'il est avant tout mon ami ? Je suis toute mêlée et je déteste ça !

— Je ne comprendrai jamais les femmes. Tu peux m'expliquer ce que tu dois apporter de si vital pour remplir autant de valises ?

— Tu sauras, mon cher, que chaque vêtement doit avoir sa paire de chaussures et ses accessoires agencés, dis-je avec un air hautain.

Encore habitée par mon malaise, je fais semblant d'être occupée pour ne pas avoir l'air de la fille-qui-ne-sait-pas-quoi-faire-et-qui-attend-quelque-chose.

— Tu es certaine que tu n'oublies rien, Séléna ?

Je regarde autour de moi et repense à ma liste de vêtements. Le compte est bon.

— Non, j'ai tout.

— Je ne parlais pas de tes valises…, dit Christophe en s'approchant de moi.

Il dépose un baiser sur mes lèvres, aussi doucement qu'un papillon se pose sur une fleur. Chères lectrices, je crois que je deviens « fleur bleue »…

Pour agrémenter notre voyage, Christophe a préparé une liste de chansons en souvenir de nos années de colocation. Pendant la première écoute, je ris aux éclats en revoyant dans ma tête Christophe faire du *lip-sync* sur *Sex Bomb*, de Tom Jones.

♫ *« Sex bomb sex bomb you're my sex bomb / You can give it to me when I need to come along. »*

Je prends une bouteille d'eau en guise de micro et me laisse aller sur un air de Madonna, de Yannick et d'Éric Lapointe. Christophe m'accompagne lorsque je lui passe le « micro ».

Première escale : Trois-Rivières. Ma vessie et mon estomac s'en réjouissent. Un thé vert et un jus d'orange pour moi. Un allongé et un sandwich matin au bacon pour monsieur.

— Tu te rappelles la fois où François s'était embarré nu, dehors, en plein hiver ? La seule chose qui le tracassait, c'était son joint qui continuait de brûler en dedans. Il ne voulait pas en gaspiller une bouffée, alors qu'il aurait pu y laisser des parties de son corps à cause des engelures.

— Il aurait pu perdre son pénis, quoique ça n'aurait pas été si grave, ça l'aurait sûrement calmé.

Nous éclatons de rire.

— J'ai toujours cru que tu aurais une aventure avec François.

— T'es malade !

— En tout cas, ce n'est pas ce qu'il m'avait raconté…

Je l'interromps en lui faisant les plus gros yeux que je suis capable de faire.

— Dis-moi vite ce qu'il t'a raconté, sinon je te castre.

— Supposément que tu étais très chaude au lit…

— Ça, tout le monde le sait, rétorqué-je d'un ton moqueur. Je me fous qu'il t'ait dit ça, je connais la vérité et laisse-moi te dire que je n'ai jamais eu d'attirance pour lui. J'aurais préféré baiser un sapin plutôt que de coucher avec lui. Tu te souviens de la fois où Julie était fâchée parce que j'avais dormi chez toi après avoir étudié toute la nuit ?

Julie avait toujours vécu dans la crainte que Christophe et moi ayons des rapprochements. À l'époque, jamais je n'avais envisagé d'être avec lui. Je le considérais comme mon frère. C'est seulement l'année dernière qu'il m'a avoué avoir eu le béguin pour moi pendant l'université.

— Mets-toi à sa place. Elle est arrivée avec des croissants et du café pour me faire plaisir et elle est tombée sur nous deux, côte à côte, endormis dans mon lit.

— Nous étions habillés, Christophe, et pas sous les mêmes couvertures ! Tu ne trouves pas qu'elle avait un peu exagéré ?

— Tu arrives chez ton chum un matin et tu vis une situation semblable. Viens pas me dire que tu vas saluer l'autre fille gentiment et lui offrir un croissant ! Je ne te crois pas, Séléna.

Je souris en le regardant du coin de l'œil. Je ne suis pas une spécialiste du couple, mais probablement que j'aurais eu quelques réticences. Christophe semble songeur…

— Tu réalises que Julie avait raison ? Ses doutes étaient fondés…

— Tu veux dire quoi par là ? demandé-je, faisant mine de ne pas comprendre.

— Je ne sais pas. Tu en penses quoi ?

— Je ne sais pas. Et toi ? lui dis-je, en lui relançant la balle.

L'art de tourner autour du pot.

— Je suis classé dans quelle catégorie, Séléna Courtemanche ? « Ami santé » ? Ami tout court ? Amoureux ?

Le malaise que j'ai ressenti ce matin vient de nouveau m'habiter. Depuis ce baiser échangé chez moi, nous nous sommes, comme d'habitude, parlé au téléphone, sans toutefois revenir sur l'événement. Il est vrai que ce matin j'ai mis davantage de temps et d'énergie pour paraître à mon avantage. C'est peut-être un signe ? J'ai aussi choisi soigneusement de magnifiques déshabillés à emporter… C'est peut-être un autre signe ? J'ai mis mon nouveau parfum, acheté la veille, en pensant à lui… C'est peut-être toujours un autre signe ?

— Je dois faire quelques tests avant de déterminer ta catégorie, blagué-je pour me tirer d'ennui.

— Tu m'intrigues. Quel genre de tests ?

Il a le don de me mettre dans l'embarras.

— Ne me dis pas que j'aurai la chance de voir un de tes magnifiques déshabillés achetés de façon compulsive sur Internet ?

Je suis rouge comme une tomate. Une vraie enfant d'école. Je ne le pensais pas si perspicace. Je tente par tous les moyens de changer de sujet.

— Ça fait longtemps que tu es allé à Mont-Tremblant ?

— Vous êtes maître dans l'art de la fuite, docteure Courtemanche, lance-t-il en riant. Avant de vous répondre, je tiens seulement à vous préciser ceci : loin de moi l'idée de vous bousculer émotionnellement. Prenons une minute à la fois…

Je reconnais mon vieil ami : si à l'écoute, si sensible…

— Et si mes yeux ont la chance d'admirer vos tenues d'Ève, je verrai ça comme un bonus.

À ces paroles, je reconnais aussi l'homme et son degré élevé de testostérone…

— Alors maintenant, pour répondre à votre question, la dernière fois que je suis allé à Mont-Tremblant, c'était il y a dix ans, en compagnie de Julie, justement.

Après trois heures de route, nous voilà enfin arrivés au Centre des congrès de Mont-Tremblant.

En ce mois de mars, ce ne sont pas les attraits hivernaux qui manquent. Disons, cependant, que je préfère profiter des attraits intérieurs, comme la piscine, le foyer, la gastronomie et les boutiques.

Je dépose mes bagages et m'apprête à sortir aussitôt. Christophe me demande où je vais de ce pas. Je lui réponds :

— La blancheur de la neige me donne mal aux yeux. J'ai besoin d'une paire de verres fumés. Tu m'accompagnes au village ou j'y vais seule ?

— Tu viens de te créer un besoin, si je comprends bien, dit-il en souriant. Vas-y seule. Je préfère me détendre avant la conférence d'ouverture. Je veux aussi visiter les lieux. Tant qu'à être ici, autant en profiter.

Dès que j'arrive au cœur du village éclatant de couleur, la frénésie du magasinage s'empare de moi. C'est fou à quel point être ailleurs et penser faire des achats me met dans un état euphorique. Pourtant, du linge, ça reste du linge ! Je visite quelques boutiques, où je déniche un sac à main, une paire de chaussures et une magnifique robe de soirée. Je fais aussi un détour par la chocolaterie, où je me laisse tenter par toutes les saveurs de chocolat au lait. Je fais préparer une jolie boîte-cadeau pour Christophe. C'est de retour à l'hôtel que je m'aperçois que je n'ai pas acheté de verres fumés. Il va tellement se moquer de moi !

La conférence d'ouverture d'un congrès donne toujours lieu à des retrouvailles. Plusieurs personnes avec qui j'ai étudié à l'université sont présentes. Nous devons nous forcer de cesser nos discussions puisque le conférencier est prêt à commencer. Le cinq à sept qui suit constitue donc l'occasion rêvée d'actualiser tous nos potins. Christophe me rejoint et m'offre une coupe de champagne. Cindy, une ancienne camarade de classe, le regarde avec autant d'amour dans les yeux qu'autrefois. Steven, lui, s'intéresse à autre chose :

— Je suis heureux de voir que vous êtes encore ensemble. Ça doit bien faire douze ans ?

Mon regard exprime de l'incompréhension et, tout à coup, je saisis que Steven croit que Christophe et moi formons un couple… Je bafouille quelques mots :

— Tu dois parler de Julie, sa femme, ou plutôt son ancienne femme…

Christophe me coupe la parole pour me venir en aide et remettre les pendules à l'heure. Steven ne semble pas du tout mal à l'aise. Au contraire, juste avant de nous quitter, il me chuchote à l'oreille qu'il est seul dans sa chambre ce soir… On aura tout vu ! Pendant des semaines, je me suis affolée en croyant ne plus pouvoir réussir à séduire. Maintenant que j'ai une espèce de sentiment peut-être amoureux, j'attire une mouche sans aucun effort.

Un souper cinq services nous est servi. Au menu : potage parmentier, salade de pousses de soja et épinards, terrine de gibier, confit de canard aux canneberges, crème brûlée à la vanille et café. À la fin du repas, mon ventre est si gonflé que je détache discrètement mon pantalon.

Steven a pris place à mes côtés pour le repas. Je suis surprise de le voir aimer à ce point la dive bouteille. Une fois ivre, il ne cesse de me faire des avances de plus en plus explicites. Âgé de trente-deux ans et chirurgien de profession, Steven, en plus d'avoir le crâne dégarni, est petit de taille. À ses côtés, un gars ordinaire devient extraordinaire. Je sais que c'est méchant de ma part de penser ainsi, mais comme personne ne m'entend… Du coin de l'œil, j'observe Christophe. Il n'a pas du tout l'air de s'en faire avec les propos obscènes de Steven. Peut-être croit-il que c'est perdu d'avance pour lui puisqu'il ne satisfait aucunement à mes critères de sélection ? Pour le faire réagir, j'allume mon radar et dirige mon regard vers le sosie de Derek Shepherd, alias Patrick Dempsey, dans la série *Grey's Anatomy*. Je m'avance vers lui, souriante, les yeux brillants, et lui demande de quelle ville il provient. Mon approche oscille entre le flirt et une représentation publique.

Bref, je suis charmante, mais juste assez pour ne pas me mettre les pieds dans les plats. Chaque minute, je guette la réaction de Christophe. Lorsque je me retourne vers lui pour la quatrième fois, il me fait un clin d'œil, comme s'il avait vu clair dans mon jeu. Quand Derek me présente son épouse, je tourne poliment les talons. Je me sens stupide !

Je retourne à ma chambre pour m'y faire couler un bain. Christophe et moi partageons la même chambre, comme toujours. Il va sûrement se demander où je suis. Je me suis couverte de ridicule. Il vaut mieux que je ratatine dans l'eau chaude plutôt que de l'attendre. Rien de mieux qu'un appel à sa meilleure amie pour se vider le cœur.

— Marilou, j'ai besoin de ton aide.

— Je ne peux pas te parler, Séléna, me répond-elle à voix basse.

— On dirait que tu me parles en direct d'une boîte de conserve. T'es où ?

— Ne pose pas de question. Dis-moi vite ce que tu veux, je ne peux pas te parler.

— Comment ça, tu ne peux pas me parler ? Tu es avec qui ?

— Un gars… Allez, dis-moi ce qui se passe, s'impatiente Marilou.

— Tu ne couches pas dans mon lit, j'espère ?

— Je ne suis pas à l'appartement, si ça peut te rassurer. Je te raconterai à ton retour… C'est Christophe ?

— Non, mon pouvoir de séduction. Trouves-tu que je vieillis mal ?

— À part quelques cheveux blancs, je n'ai vu aucun changement. Ben si j'y pense, tu commences à avoir des pattes d'oie…

— Ta gueule ! Je t'appelle pour me remonter le moral, pas pour me le faire abaisser.

J'avais presque oublié qu'avec Marilou on a toujours l'heure juste, et ce, sans tact.

— Il faut que je te laisse, l'homme s'impatiente…, dit-elle avec un roucoulement dans la voix.

— Tu veux dire « ramolli »…

Je n'ai pas le temps de terminer ma blague que Marilou a déjà raccroché. Même mon sens de l'humour ne charme pas ce soir !

J'entends Christophe entrer dans la chambre. Mon pouls s'accélère soudainement. On frappe trois petits coups à la porte de la salle de bain.

— Tu vas bien, Séléna ? Tu as quitté rapidement le souper, dit-il avec une certaine inquiétude dans la voix.

— J'avais le goût de prendre un bain. Tout va bien.

Une fois les pieds hors de la baignoire, je m'aperçois que j'ai oublié d'apporter des vêtements propres. Je demande à Christophe de fermer les yeux pendant que je cours chercher de quoi me vêtir, recouverte uniquement d'une serviette.

Il est assis sur le lit, les yeux fermés. Je fouille dans ma valise et, lorsque je me retourne, son regard est posé sur moi. Sans dire un mot, il se lève, place sa main droite au creux de mon dos et m'embrasse. Le baiser est doux, sensuel et de plus en plus brûlant. Sa main gauche se glisse sous ma serviette. Tout naturellement, je laisse ses doigts fermes parcourir mon corps et me caresser. Sans me tracasser, je savoure chaque seconde de ce moment merveilleux. Je découvre à mon tour des parties de son corps jusque-là inconnues… Je sens son souffle chaud dans mon cou, sa respiration s'accélérer. Le désir monte en moi à une vitesse fulgurante. Je voudrais le posséder, là, maintenant, le sentir en moi. Par des caresses, je l'invite à s'étendre sur le dos pour lui faire plaisir à mon tour. Ma bouche prend le contrôle de son corps. Puis je m'abreuve de nouveau à ses lèvres et plaque mon bassin contre le sien. Au moment où nos sexes s'imbriquent l'un dans l'autre, nos respirations se font haletantes et je perds la tête. Je ne suis que plaisir. La sueur de mon corps se mêle à la sienne. L'union de nos deux corps est exaltante…

À mon réveil, sans faire de bruit, je m'assois sur un fauteuil après avoir préparé une tasse de café. Je regarde Christophe dormir. Il est étendu sur le côté. Sa bouche est bien dessinée et pulpeuse. Il dort paisiblement. Je me demande à quoi il rêve… Peut-être à notre nuit ? Ses fesses sont fermes et bien rondes. Ses lunettes sont déposées sur la table de nuit, ses longs cils sont en évidence. Je me sens bien.

Christophe ouvre les yeux, sourit et repose sa tête sur l'oreiller. Il m'observe en silence.

— Qu'est-ce que tu choisis entre passer la journée ici et assister aux conférences lonnnnnngues et plaaaaaaattttttes ? demandé-je en portant ma tasse de café à mes lèvres tout en gardant les yeux fixés sur lui.

Je me brûle la langue, mais je fais mine de rien pour ne pas gâcher la réplique digne d'un film romantique que je viens de lui lancer.

Il répond à ma question en me tendant la main, m'invitant à le rejoindre sous les couvertures.

Mon plan a échoué. Devant l'enthousiasme de Christophe à aller skier, j'avais l'intention de feindre la fatigue ou de prétexter un mal de tête causé par l'abus de bons vins et de champagne pendant le congrès. Comme nous avons passé les deux derniers jours enfermés à double tour dans notre chambre d'hôtel sous la couette plutôt qu'à assister aux conférences des éminents docteurs venus de partout et possédant différentes spécialités, il a su détourner chacune de mes excuses.

— Je n'ai pas de skis…

— Ils en louent même des *fashion*, dit-il pour me taquiner.

— Je n'ai pas de linge assez chaud. C'est dommage, mais ma valise de vêtements extérieurs est restée dans mon entrée, à l'appart. Tu trouvais déjà que j'en avais beaucoup, alors je n'ai pas voulu que tu me juges davantage.

— Oui, c'est ça, c'est vraiment ton genre, Séléna, de te laisser influencer par ce que les autres pensent, surtout moi. Allez, debout, tu verras, ce sera super. Je suis même prêt à aller magasiner des mitaines et une tuque avec toi.

En entendant le mot « magasiner », je sens un soudain regain d'énergie. Pour sortir… mais aussi pour lui faire des avances, pour la huitième fois en deux jours…

— Tu sais que si tu es gênée par tes prouesses sportives, je ne te jugerai pas, beauté ! Et si tu as envie d'aller assister à la dernière conférence, vas-y, je comprendrai…

Et voilà l'argument fatidique. Passer ma dernière journée à Mont-Tremblant à assister à une conférence sur la congestion des urgences n'est pas mon sujet de prédilection. J'aime encore mieux aller me geler le bout du nez pour me réchauffer par la suite auprès de Christophe. Et je dois admettre que l'hiver a ceci de plaisant : les joues rouges, un feu de foyer, un chocolat chaud et une tonne de guimauves. Je me lève enfin du lit et m'habille chaudement. Direction : les magasins pour trouver des accessoires qui m'aideront à affronter cette journée de ski. Ensuite, je pourrai dévaler les pentes. J'espère seulement que Christophe ne s'attend pas à me voir l'impressionner. Je suis loin d'être Julie, côté sport.

Une fois en haut des pentes, j'opte pour la « familiale », histoire de me faire la main. Christophe me suit. Je le soupçonne de s'inquiéter de mes aptitudes. Il a raison... Je décide donc de l'encourager à descendre une autre pente, une intermédiaire.

— On se rejoint en bas, lancé-je.

Séléna Courtemanche a sa fierté !

Après m'être assurée qu'il a bien amorcé sa descente, je me lance à mon tour, les skis en forme de sapin. J'ai bien appris ma leçon lorsque j'avais sept ans, le dos penché vers l'avant et les yeux grand ouverts de peur. Ça va beaucoup trop vite. Plus je tente de ralentir en élargissant mon sapin, plus je perds le contrôle lorsque les skieurs habiles me dépassent à une vitesse folle. Je leur murmure de se calmer les nerfs, que je ne suis pas montée sur ces trucs-là depuis une bonne dizaine d'années. Plus ils me dépassent, plus je me sens comme un petit vieux qui roule trop lentement sur l'autoroute et que tout le monde klaxonne. Mes murmures deviennent de plus en plus forts. Un patrouilleur vient à ma rencontre et me demande si j'ai besoin d'aide. Honteuse et orgueilleuse, j'affirme que non. Quelques minutes plus tard, je m'assois sur le côté de la piste pour reprendre mon souffle. Je vois Christophe arriver à côté de moi. Il freine brusquement et se réjouit qu'une bordée de neige me recouvre, comme si une charrue venait de passer.

— Tu as décidé de te faire bronzer ?

— Christophe, j'ai bien essayé, mais ça dépasse mes capacités. Les bottes me font mal aux chevilles et je ralentis tout le monde. Mon orgueil a ses limites et je crois que c'est trop pour moi.

— Mais non, les gens sont ici pour le plaisir. Personne ne prête attention à tes talents, dit-il en souriant. Allez, debout, je vais te donner quelques trucs.

Je passe la demi-heure qui suit à écouter attentivement ses conseils, si bien que je finis par prendre plaisir à skier. Une fois en bas, je suis prête à recommencer, certaine que cette fois-ci je serai cent fois meilleure. Après avoir surmonté ma crainte de chuter en débarquant du télésiège, je me lance sans hésiter sur la piste. Je descends beaucoup plus rapidement que la première fois et je n'ai plus peur de tomber (d'accord, j'ai un peu moins peur). Je m'applique à bien utiliser les techniques de Christophe, de sorte que j'installe une certaine distance entre lui et moi. Soudain, je gagne tellement de la vitesse que je n'arrive plus à ralentir. Je perds toute ma confiance, déjà si fragile, ainsi que mon équilibre. Je sacre, la bouche cachée par mon foulard. J'ai chaud et je m'imagine déjà en train de dégringoler la pente comme une grosse boule de neige. Aussitôt pensé, aussitôt fait. Je ne sais pas comment je m'y suis prise, mais je me retrouve en moins de temps qu'il n'en faut pour cligner des yeux à dévaler la pente sans parvenir à contrôler mes skis. Je crois débouler la piste pendant un long moment, alors que je me trouve à quelques mètres seulement de l'endroit où je suis tombée. Christophe et un secouriste arrivent en trombe.

— Oui, oui, tous mes morceaux sont en place, mais ma fierté vient d'en prendre un coup, par contre, dis-je en essayant d'enlever la neige qui s'est infiltrée, par je ne sais quel moyen, jusqu'à mon nombril.

Je décide que le ski est terminé pour moi et je me rends sur-le-champ manger une poutine. J'attendrai Christophe devant le foyer ou au bar pendant qu'il s'amuse.

Enlever mes bottes me fait un bien fou, c'est presque jouissif. Les bottes de ski, les patins à glace et les patins à roues alignées, c'est le même combat pour moi. J'enlève les multiples couches de vêtements chauds qui me couvrent et file m'installer au bar pour commander un cosmopolitain. J'ai chaud, je suis prête à parier que mon mascara a coulé, mais je m'en fous, je suis vivante. Même mes cheveux ébouriffés ne m'empêchent pas de faire mon plus beau sourire au serveur, trop heureuse que mon aventure sur les pistes soit enfin terminée.

Soudain, je me sens mal. Assise sur un tabouret, je me dis que je devrais me lever pour aller m'étendre sur le divan juste à côté. Même si je le voulais, je suis incapable de bouger : j'ai chaud et tout ce qui m'entoure devient de moins en moins réel. Je tombe alors brusquement sur le sol et perds connaissance.

À mon réveil, dans le « confort » de l'infirmerie du centre de ski, Christophe est penché vers moi et me murmure :

— J'ai été *hot* à ce point-là cette nuit ? Avoir su que je te ferais autant d'effet, je t'aurais laissée dormir davantage, plaisante-t-il.

— Très drôle, dis-je, un faible sourire sur les lèvres. Qu'est-ce qui s'est passé ?

J'essaie de me relever tant bien que mal, mais ma tête tourne encore. Christophe m'ordonne de rester étendue quelques minutes de plus.

— C'est à toi de me le dire. Les secouristes ont trouvé une pièce d'identité sur toi et ont fait passer un message à la radio du centre. Tu sais que tu es maintenant une star ?

Eh merde ! Je repense à mes performances sportives et je me sens davantage comme une *hasbeen* que comme une star.

— Tu as eu des problèmes de santé dernièrement ? s'inquiète Christophe.

— À part le virus que j'ai ramené du Sud, tout va bien. Ça fait déjà plusieurs jours que je n'ai plus de symptômes.

— Je n'ai jamais su avec qui tu étais allée dans le Sud…, lance-t-il avec un regard interrogateur.

— Personne. Je suis une grande fille. Peux-tu me donner mon manteau, s'il te plaît ? J'ai des frissons.

Il lève les yeux au ciel en signe de découragement.

— Tu me promets de consulter un médecin à ton retour à Québec ? Juste pour être certain que tout va bien et que je ne m'en fasse plus.

— Je te le promets…

J'entre chez moi, salue Roméo et cherche Marilou. Aucun son. Elle est peut-être dans le bain. Elle a pris l'habitude de faire fondre mes chandelles et de vider ma bouteille de bain moussant.

— Y a-t-il une Germaine ici ? Marilou, t'es où ?

Je regarde dans toutes les pièces, mais ses affaires semblent avoir disparu. La seule chose que je trouve de mon amie est un petit mot sur la table de la cuisine.

Séléna,

J'espère que tu as passé un beau séjour à Tremblant. Je t'avais promis de te raconter tous les détails de mon aventure... Une rencontre au sommet s'impose. Et pour toi aussi, si je ne me trompe pas. As-tu mis ton déshabillé sexy finalement ?

J'habite maintenant chez mon nouveau chum, mais je n'ai pas changé de téléphone.

Bisou,

Marilou

Rechute. C'est le premier mot qui me vient en tête lorsque je réalise qu'elle est partie chez un homme que je n'ai probablement jamais vu et qu'elle connaît à peine.

26
Soupe aux choux

Ce matin, j'ai quelques rendez-vous à la clinique, une dizaine de patientes sont inscrites à mon horaire. Parmi elles, quelques-unes se sont ajoutées avec la mention «urgence». De futures mamans inquiètent de leurs divers symptômes. Les premières grossesses sont souvent source d'anxiété, comme pour Ophélie en ce moment. Ma première patiente entre sur la pointe des pieds, ne voulant pas faire le moindre bruit. Elle est accompagnée de son conjoint, tout aussi discret et timide qu'elle.

— Qu'est-ce qui vous amène en urgence ce matin?

Ils s'observent et rougissent. Je tends l'oreille vers madame pour écouter ses questions.

— Euh, ben, euh... Je ne sais pas comment vous dire ça. Euh... Je ne sais pas par où commencer...

— Par le début?

La jeune femme observe son conjoint avec un regard insistant, comme si elle voulait qu'il parle à sa place, mais ce dernier n'est pas plus volubile qu'elle.

— On a fait l'amour…

Lorsqu'elle se met à parler, son ton de voix est si bas que je dois m'accouder sur mon bureau pour m'approcher d'elle. Les deux affichent le visage de voleurs qui viennent de commettre un larcin au dépanneur du coin.

— Et… ? insisté-je.

La femme se racle la gorge avant de reprendre.

— Ben, on pense que mon chum a fait mal au bébé.

— Avez-vous eu des pertes sanguines ? Des douleurs abdominales pendant la relation sexuelle ou après ?

Quand je prononce le mot « sexuelle », les conjoints s'adossent à leur siège en signe de retrait, comme si je venais de les disputer.

— Vous savez, c'est tout à fait normal et sain d'éprouver du désir sexuel lors de la grossesse, dis-je en tentant de les rassurer.

La dame poursuit.

— Oui, mais c'est parce qu'il y avait un peu de sang sur… euh sur euh…

— Sur les draps ? Sur vos organes génitaux ?

Hésitante, elle me pointe l'engin de son conjoint. J'acquiesce pour leur montrer que j'ai bien saisi.

— Avez-vous une idée de la quantité de sang qui a pu s'écouler ?

Je me doute bien qu'ils n'ont pas pris une tasse à mesurer pour calculer, mais je dois tout de même leur poser la question.

— Quelques gouttes roses.

— Vous allez venir avec moi, je vais vous examiner.

Je couvre d'un papier neuf la table d'examen et lui donne une superbe jaquette avant de sortir pour la laisser se déshabiller.

Quand je retourne à mon bureau, le conjoint semble si mal à l'aise que j'ai envie de lui proposer de se cacher sous la chaise. Pauvre lui, comment se sentira-t-il le jour de l'accouchement ? C'est à se demander s'il a déjà vu sa femme nue à la lumière du jour et si les deux connaissent autre chose que la position du missionnaire.

— L'examen gynécologique ne révèle rien d'anormal. La perte sanguine qui a suivi la relation sexuelle provient probablement du col de l'utérus et non du bébé. Rassurez-vous, il n'y a aucun danger, vous êtes en pleine forme.

Entre deux rendez-vous, je réalise que je me sens faible, le frigo était vide ce matin. Je suis revenue du congrès il y a trois jours et je n'ai pas eu le temps de faire les courses. Je déniche une barre tendre à la salle de pause.

Ma deuxième patiente est préoccupée par l'accouchement et désire à tout prix une césarienne.

En plein milieu de ma consultation, je vois que la secrétaire tente de me joindre. Une fois la patiente sortie, je prends son message qui m'informe que mon collègue médecin veut absolument que je le rappelle ce matin. Je l'ai rencontré hier pour faire quelques tests médicaux. Après ma perte de conscience à Mont-Tremblant, j'avais promis à Christophe que je consulterais pour le rassurer.

— Salut, Guillaume ! C'est Séléna. Tu voulais que je te rappelle ce matin ?

— En effet, as-tu du temps pour passer me voir ? J'ai déjà les résultats de certains tests.

— Je n'ai pas une minute à moi aujourd'hui. Est-ce possible de me les transmettre par téléphone ?

— J'aurais préféré en personne, mais si tu insistes…

À ses paroles, je soupçonne des résultats inquiétants. C'est le type de phrase que les médecins utilisent dans des situations délicates…

— Comme je suis ton collègue, je sais que tu ne t'attends sûrement pas à ce que je vais t'annoncer…